Słodko-
-gorzkie
sekrety

AGNIESZKA
ZAKRZEWSKA

Słodko-
-gorzkie
sekrety

FILIA

Copyright © by Agnieszka Zakrzewska 2022
Copyright © by Grupa Wydawnicza FILIA, 2023

Wszelkie prawa zastrzeżone

Żaden z fragmentów tej książki nie może być publikowany w jakiejkolwiek formie bez wcześniejszej pisemnej zgody Wydawcy. Dotyczy to także fotokopii i mikrofilmów oraz rozpowszechniania za pośrednictwem nośników elektronicznych.

Wydanie I, Poznań 2023

Projekt okładki: Anna Wiraszka
Zdjęcia na okładce: © ULADZIMIR ZGURSKI/iStock
© urfinguss/iStock

Redakcja: Magdalena Koch
Korekta: „DARKHART", Jarosław Lipski
Skład i łamanie: „DARKHART"

ISBN: 978-83-8280-607-6

Grupa Wydawnicza Filia sp z o.o.
ul. Kleeberga 2
61-615 Poznań
wydawnictwofilia.pl
kontakt@wydawnictwofilia.pl

Wszelkie podobieństwo do prawdziwych postaci i zdarzeń jest przypadkowe.

Druk i oprawa: Abedik SA

Wiesz, czym jest czekolada?
Jest kwintesencją gęstej i mocnej namiętności.
Przyprawą ciemności, światła, pasji i tajemnicy,
Otulającą aksamitny firmament życia.

PROLOG

Deventer, Holandia 2020

W pokoju unosił się drapiący w nozdrza ostry zapach lekarstw. Drobniutka kobieta o jasnych włosach, poprzetykanych srebrnymi pasmami, leżała na kanapie, oparta wygodnie o wysoko ułożone poduszki. Na jej kolanach, okrytych puchatym kocem, spoczywał brulion w cienkiej, poprzecieranej na rogach oprawie. Zaciągnięte do połowy zasłony przepuszczały promienie popołudniowego słońca, figlarnie tańczące na podłodze.

– To ty, kochany?! – zawołała, kiedy na dole rozległ się stłumiony odgłos otwieranych drzwi. Po chwili na skrzypiących schodach załomotały ciężkie kroki i do pokoju zajrzał wysoki, szpakowaty mężczyzna w jasnym garniturze w prążki.

– To ja, moja staruszko – powiedział, uśmiechnął się ciepło i przysiadł na skraju kanapy, tuż obok kobiety. Marszcząc lekko brwi, spojrzał na szklany stolik, zastawiony po brzegi fiolkami lekarstw. Kolorowe pastylki wyglądały jak landrynki zamknięte w szczelnie zakręconych słoiczkach. Mężczyzna ujął leżącą na kocu poprzecinaną siateczką błękitnych żyłek dłoń kobiety. Była sucha, popękana, naznaczona śladem wbitego przed kilkoma dniami wenflonu.

– Jak się dziś czujesz, *schat*[1]?

– Zważywszy na to, że przed chwilą nazwałeś mnie staruszką, niezbyt dobrze! – Roześmiała się cicho, z trudem. – Czyżbym aż tak źle wyglądała?

– Wyglądasz pięknie, jak zawsze! Dokładnie tak samo jak w dniu, w którym się spotkaliśmy… Pamiętasz? – Mężczyźnie zebrało się na wspominki.

– Czarodziej… – mruknęła, a w jej oczach zapaliły się figlarne ogniki. – Pewnie, że pamiętam – dodała. – Ale tak… w ogólnym zarysie. Jak przez mgłę. Znając twoją drobiazgowość, na pewno zaraz mi powiesz, czy padał wtedy deszcz i co miałam w tym dniu na sobie.

– Jak ty mnie dobrze znasz! – Mężczyzna filuternie przymknął oko. – Strasznie wtedy lało, a ty kompletnie przemoknięta, w czerwonej sukience w białe grochy,

---

[1] hol. skarbie

stałaś nad brzegiem stawu w Rijsterborgherpark i, nie zważając na chlupiącą w pantoflach wodę, liczyłaś przepływające przez środek stawu łabędzie. Oczywiście zaśmiewając się przy tym do rozpuku, tak jak tylko ty to potrafisz…

– Zawsze miałam słabość do łabędzi, mój kochany – odparła kobieta.

– Myślałem, że do pralinek. – Mężczyzna mocniej chwycił jej rękę. – Wiesz już, kiedy twoja siostrzenica się tutaj pojawi? Odpisała na list?

– Nie… – Potrzasnęła głową. – Wierzę, że go otrzymała, ale… zważywszy na to, że przez całe lata nie reagowałam na żadną wiadomość z Polski, trudno oczekiwać z ich strony entuzjazmu.

Przez chwilę oboje zamyśleni milczeli, a potem kobieta powiedziała:

– Wiesz, co było moim największym błędem? Wydawało mi się, że mam czas. Że mogę poczekać i nie muszę nigdzie się spieszyć. Że życie jest niewyczerpanym źródłem lat, miesięcy, nocy i dni… A potem obudziłam się rano i okazało się, że nie mam już ani chwili. Że to, co wydawało się wiecznością, przeciekło przez palce. W ułamku sekundy, która nigdy do mnie nie należała. Ja mogłam tylko z niej korzystać.

– I co teraz?

– Nie chcę czekać. Nie odzyskam już żadnej chwili. Mogę ją tylko stracić. A tego mi nie wolno. Ona przyjedzie, prawda? Powiedz, że tak się stanie.

– Przyjedzie. Jestem tego pewien. A teraz zaśnij, skarbie, choć na chwilę. Na pewno w nocy nie zmrużyłaś oka. Ja się tu wszystkim zajmę.

ROZDZIAŁ 1

Tinder z tortem Sachera

*Codziennie jedna kostka czekolady.
I pełna garść życia.*

Eugenia, sapiąc jak brytyjska lokomotywa parowa John Bull, wkroczyła dziarsko do salonu Kostrzewskich. Wskazówki zegara, wiszącego na ścianie naprzeciw wejścia, wskazywały dokładnie godzinę siódmą, ale cioteczka nie widziała nic zdrożnego w odwiedzinach o tak wczesnej porze. W końcu honorowy kodeks rodzinny, z zasadami, które stworzyła głównie na własny użytek, był świętością i usprawiedliwione okolicznościami najście, a raczej podyktowana wyższą koniecznością wizyta była jak najbardziej na miejscu. Poza tym Gloria Vanderbilt, spadkobierczyni amerykańskiej fortuny, podobno wstawała o czwartej rano! Nic dziwnego, że dorobiła się milionów, w przeciwieństwie do gnuśniejącego Witolda, który co najwyżej mógł się poszczycić sporym garbem, bo któż to widział tak siedzieć pochylonym przy stole nad gazetą i nawet nie podnieść głowy na widok starszej siostry! *O tempora, o mores!*

– Dzień dobry, Eugenio – odezwała się grzecznie Aurelia.

Miała na sobie, niczym jakaś młódka, prześwitującą, krótką podomkę i turban z ręcznika. Wszystko wskazywało na to, że właśnie wyszła z łazienki po porannych ablucjach.

– Czemu zawdzięczamy tak wczesną i niezapowiedzianą wizytę, moja droga? – zapytała, tłumiąc ziewanie i starając się, żeby w jej głosie nie pobrzmiewał nawet cień wyrzutu. – Wybacz, ale jestem jeszcze w negliżu…

Szwagierka przychodziła wprawdzie do domu przy Parkowej jak do siebie, ale nie zdarzyło się jej jeszcze niepokoić Witoldów bladym świtem.

– Dla kogo dobry, dla tego dobry – burknęła Eugenia, mimo uszu puszczając niewygodne pytanie i, nie czekając na zaproszenie, rozsiadła się na krześle, obok brata. – A co do negliżu, no cóż, w latach mojej młodości uznano by za gruby afront paradowanie przy gościach w dezabilu!

– Na szczęście lata twojej świetno… *pardon*, młodości już dawno minęły, a raczej pokryły się grubą warstwą kurzu, więc z łaski swojej przystąp w końcu do rzeczy. Cóż cię do nas sprowadza o tak skandalicznej porze? – sapnął zirytowany Witold i zaszeleścił złowróżbnie gazetą. – Czyżbyś planowała nas uraczyć kolejną, nie zamierzam tego kryć, nudną historią o powrocie marnotrawnego kochanka Broniwoja Marii Witwickiego na twoje łono? Uwierz, mam dość tej brazylijskiej telenoweli, więc od razu stanowczo zapowiadam: nie chcę tego słuchać!

Aurelia najchętniej kopnęłaby małżonka w kolano, ale niestety siedział zbyt daleko. Igranie z seniorką rodu przypominało niefrasobliwość niedoświadczonego torreadora w hiszpańskiej corridzie. W starciu z bykiem – *pardon*, Eugenią – można było wiele stracić.

– Próżne obawy! To zbyt intymne szczegóły dla takiego młokosa jak ty! – obruszyła się. – Poza tym trafiłeś jak kulą w płot. Bronek to już mgliste wspomnienie i błąd dojrzałości. Nawet o nim nie wspomniałam Wincentemu! Ani jednym słowem!

– Przepraszam, KOMU? Jakiemu znowu Wincentemu? – Witold zrobił wielkie oczy.

– Chyba nie sądziłeś, że umrę panienką, a ty położysz łapę na moich aktywach! – prychnęła siostrzyczka. – Komu, komu?! Wincentemu Wierzychwale! To mój nowy *boyfriend*. – Wypięła dumnie pierś. – Wprawdzie to bardzo świeża sprawa i nie zamierzałam wam jeszcze niczego zdradzać, ale skoro sam wywołałeś wilka z lasu...

– Wszelki duch! Nic z tego nie rozumiem... – westchnął rozdzierająco Witold i spojrzał błagalnie na siostrę. – Jaki znowu *boy*? Hotelowy? Chyba nie chcesz mi powiedzieć, że zaczepiałaś obcych mężczyzn w hotelu?! Poruta na całe miasto!

– *Boyfriend* to przyjaciel, głuptasie! – Eugenia przewróciła oczami. – Wstyd, żeby mąż anglistki nie znał nawet podstawowych zwrotów w tym języku. Poza tym, powtarzam, chyba nie sądziłeś, że po odejściu tego... arystokratycznego padalca Witwickiego zostanę sama? Jestem na to o wiele za młoda! W styczniu skończyłam siedemdziesiąt pięć lat! Moje życie dopiero nabiera rozpędu!

– I z prędkością starej drezyny mknie ku przepaści – mruknął Witold.

– To cudownie! – Aurelia klasnęła głośno, w porę zagłuszając kąśliwą ripostę swojego męża. – Gdzie się poznaliście, Gieniu? W kawiarni przy Pięknej?

Najbardziej luksusowy, utrzymany w stylu ludwikowskim lokal w centrum miasta był ulubioną miejscówką Eugenii. Często rozsiadała się przy stoliku na bogato tapicerowanym czerwonym pluszem fotelu i pogryzając specjalność zakładu – napoleonki z francuskiego ciasta z grylażem – pilnie lustrowała wnętrze w poszukiwaniu „przedwojennych dżentelmenów".

– Tym razem pudło – odparła z wyższością Eugenia. – Kawiarniane fajfy to przeżytek, moi drodzy. W takim miejscu można się co najwyższej natknąć na łowcę posagów. Teraz drugiej połówki szuka się na Tinderze Senior! To trochę zmodyfikowana wersja klasycznej randkowej aplikacji.

– Co to jest Tinder? – szepnął dramatycznie Witold, ale Aurelia położyła ostrzegawczo palec na ustach.

– Świat idzie do przodu, a my z nim! – perorowała rozochocona Eugenia. – Metryka to tylko liczby! Wincenty jest już po osiemdziesiątce, ale wigoru pozazdrościłby mu niejeden zgnuśniały pięćdziesięciolatek! – mówiąc to, obrzuciła z politowaniem pokryty mizernymi włoskami tors Witolda, wyłaniający się zza rozchylonej bonżurki.

– Kochana, nawet nie wiesz, jak się cieszymy, że tak szybko udało ci się kogoś znaleźć i obdarzyć go uczuciem. Ale pamiętaj… – Aurelia zawahała się na moment. – …żeby nie planować ślubu już po dwóch randkach. Sama wiesz, jak to się skończyło ostatnim razem…

– Nie musisz mnie pouczać, już wyciągnęłam lekcję z tego żałosnego życiowego incydentu – zakomunikowała hardo Eugenia. – Nie chcemy z Wincentym niczego na łapu-capu, zbyt cenimy swoją dojrzałość i niezależność, dlatego postanowiliśmy w bardziej… hm… tradycyjny sposób przypieczętować naszą miłość. Słowa nic teraz nie znaczą, a czyny przetrwają stulecia!

– Już się boję... – bąknął Witold. – Czyżby czekało nas huczne wesele?
– Nic z tych rzeczy! Ty mnie w ogóle nie słuchasz. Przecież mówię, że koniec z przestarzałą, niedostosowaną do naszych czasów tradycją! Zamiast inwestować w salę, gorzałkę i suknię, w której byłoby mi nie do twarzy, bo biały mnie postarza, postanowiliśmy nabyć razem kwaterę. Już nawet wybraliśmy miejsce!
– Chcesz się pozbyć mieszkania? Nic nam o tym nie mówiłaś. Przecież tak kochasz swój słoneczny apartament! – Zdziwiona Aurelia uniosła brwi.
– To moje doczesne siedlisko! – zniecierpliwiła się Eugenia. – Przecież tłumaczę, że chodzi o pozaziemskie włości. Kupiliśmy razem kwaterę na cmentarzu! W najbardziej reprezentacyjnym, południowo-wschodnim sektorze, pod dębami. Cóż może być bardziej romantycznego niż spoczęcie tam, tuż obok siebie, w jednym grobie? To jest dopiero wieczna miłość! Drzewa będą nam szumieć nad głowami, ptaszki ćwierkać, a my trzymając się za ręce... Ekhmmm... znaczy nie wiem, czy dosłownie za ręce, ale rozumiecie, o co *kaman*?
– Na Boga! – krzyknął Witold. – Moja siostra do cna zwariowała! Aurelio, kawy! Albo, zważywszy na okoliczności, koniaku, bo nie wiem, czy dam radę przetrawić to na trzeźwo!

– Tak wcześnie rano? Alkohol? Nie histeryzuj! Żaden koniak nie będzie ci potrzebny! – stwierdziła autorytarnie Eugenia. – Z tego wszystkiego na śmierć zapomniałam, po co do was przyszłam! Doprawdy nie rozumiem, moi drodzy, jak możecie tak beztrosko celebrować poranek, zważywszy na to, co się dzieje w Holandii, u Niny! A może wciąż jesteście na nią obrażeni za to, że bez względu na koszty ratowała swoją najlepszą przyjaciółkę przed zwyrodniałym i chciwym mężem?

– Nadal nie zapomnieliśmy o tym nieodpowiedzialnym zachowaniu, ale życie toczy się dalej. Powiedzmy, że przeszliśmy nad tym do porządku, w końcu Nina to nasza córka. Ale o czym ty mówisz, Gieniu? Co się dzieje? – zapytała spokojnie Aurelia. Doskonale wiedziała, że siostra jej męża z najbardziej błahej sprawy potrafiła rozdmuchać aferę stulecia. – Nic nie wiemy!

– O to właśnie chodzi! – prychnęła Eugenia. – Siedzicie tu sobie niczym pączki w maśle, a tymczasem Nineczka zmaga się z holenderskim sanepidem! Módlcie się, żeby wyszła z tego cało, bo inaczej wszyscy wylądujemy w mojej świeżo zakupionej kwaterze! Jak jeden mąż!

Eugenia nie bez przyczyny zasiała ziarno niepokoju w willi Kostrzewskich przy Parkowej. Mimo że Nina mieszkała od ponad roku w Holandii, jej sprawy zawsze były szczegółowo omawiane w rodzinnym domu, a dostarczycielem najświeższych informacji z „końca świata" była głównie cioteczka. Od zawsze miała ze swoją bratanicą dobry kontakt. Tym razem źródłem zgryzoty miał się okazać... znany na całą Europę wypiek! A zaczęło się tak niewinnie...

Od jakiegoś czasu na samym środku kontuaru w Malinowej Bombonierce pysznił się jeden z najsłynniejszych przysmaków w historii – tort Sachera. Aksamitne, mieniące się po bokach atramentowym połyskiem czekoladowe ciasto, przełożone dżemem morelowym i nasączone rumem, w towarzystwie mielonych migdałów, dopiero od niedawna gościło w karcie słodkości chocolatierki, a już zdołało wywołać prawdziwą burzę z piorunami.

Na pomysł, żeby ten właśnie rarytas przygotowywać w Deventer, wpadła Evelien. Podczas kilkudniowej wycieczki po Wiedniu spróbowała jednego z najbardziej znanych lokalnych smakołyków, w hotelu Sacher, w samym sercu miasta, przy ulicy Filharmoników. Zakochała się w lekkiej i wilgotnej konsystencji ciasta tak bardzo, że postanowiła namówić Ninę do wypiekania tortu w Bombonierce. Zadzwoniła do niej podekscytowana jeszcze z Austrii, znad parującej filiżanki aromatycznego espresso, entuzjastycznie wykrzykując:

– Kochana, nie przyjmuję żadnej odmowy! Musimy go mieć u nas! Przynajmniej sezonowo. Otuli całą

Bombonierkę cudownym zapachem czekolady i migdałów. Możemy go podawać z bitą śmietaną i kawą po wiedeńsku z kakao i cynamonem!

– Eve, ale ja nie mam pojęcia, jak się go piecze – jęknęła Nina. – Daj mi chwilę na poszperanie w przepisach. Wydaje się bardzo wykwintny.

– I tu się mylisz, moja droga. – Evelien się roześmiała. – Jak we wszystkich genialnych wynalazkach również i w tym przypadku sekret tkwi w prostocie. To nieskomplikowana receptura. Wiesz, kto ją stworzył? Franz Sacher, młodszy kucharz i pomocnik na książęcym dworze. W pocie czoła rozmyślał, jakby tu ugościć zaproszoną do pałacu arystokrację i postanowił po prostu upiec czekoladowe ciasto z dżemem. Z braku czasu nawet nie dekorował wierzchniej warstwy wypieku. Co prawda oryginalna receptura jest pilnie strzeżona, ale my mamy na to swoje sposoby.

– Jakie? – zapytała zrezygnowana Nina. Czyżby Evelien planowała się włamać do jakiegoś obwarowanego pieczęciami i pilnie strzeżonego archiwum książęcej rodziny?

– Serce, moje kochana – stwierdziła ze śmiechem. – Jak zwykle dodamy do niego swoje serce, najlepszą czekoladę i cudownie pachnące migdały. Nie będziemy oszczędzać na składnikach, przycinać gramatur i sama zobaczysz, że nasz sacher zrobi furorę!

ROZDZIAŁ 2

Sól w oku inspektorów jakości

Kiedy ktoś stoi przed nami z czekoladą w dłoni znaczy to więcej niż tysiąc słów.

Dwa tygodnie potem „austriacki arystokrata", jak zabawnie nazwała wypiek Marta, królował już w gablocie pośród piramidek z czekoladkami i rzeczywiście od początku cieszył się dużym zainteresowaniem smakoszy z miasteczka. W ciągu tygodnia sprzedał się prawie tuzin tortów. Sekret ich popularności tkwił, o losie, w... soli! Posypane odrobiną gruboziarnistej przyprawy ciasto smakowało wybornie! Choć najpierw ten kontrowersyjny pomysł spotkał się z lekkim protestem mniej doświadczonych w branży cukierniczej niedowiarków.

– Marta! Chyba nie sądzisz, że będę solić czekoladę?! – Maniana wzdrygała się i z niedowierzeniem patrzyła na koleżankę.

– Gruboziarnista tekstura nada czekoladzie chrupkości i podkręci jej smak. Koniecznie nabieraj kryształki soli palcami i rozcieraj ją delikatnie przed posypaniem. Nie patrz tak na mnie, nie jestem czarownicą! – Marta się roześmiała, a potem nieoczekiwanie zapytała: – Podoba ci się Romeo, prawda? To idealny kandydat na męża, szczególnie dla kogoś takiego jak ty.

Marianna momentalnie zesztywniała.

– Co masz na myśli, mówiąc „kandydat na męża"? Zapewniam cię, że go nie szukam! Dopiero się rozwiodłam.

– Przede mną nie musisz grać, Mańka. Jesteś w trudnej sytuacji, a Jeurissen ma pieniądze. Nie udawaj niewiniątka, przecież widzę, że zastawiłaś na niego sidła. Tak się składa, że mnie również wpadł w oko. Tylko zupełnie z innych względów niż tobie. Po prostu potrafię po ludzku docenić, że jest fajnym facetem.

– Masz tupet, Marta! Ta rozmowa jest żenująca! Nie zamierzam dyskutować z tobą na temat Romea, ani teraz, ani nigdy. A w tej chwili pozwól, że wrócę do pracy! Zarabiać swoje własne pieniądze!

Marianna wypadła z zaplecza jak z procy, prosto w objęcia wchodzącej właśnie do Bombonierki mecenasowej

Klundert. Ta na szczęście nie zwróciła uwagi na jej rozognione policzki.

– Wiem, że otwieracie dopiero za pół godziny, ale nie mogłam dłużej czekać! – zawołała rozpromieniona starsza pani.

Marianna stanęła za ladą.

– Sprawiłyście mi taką niespodziankę, moje duszki! A raczej to on mi ją sprawił! – Mecenasowa wskazała palcem stojący w gablocie tort, ukradkiem ocierając mokre oczy chusteczką z monogramem. – Obudziłyście w mojej duszy najpiękniejsze wspomnienia. Ach, ten Wiedeń… Dwukonne dorożki przy placu Świętego Szczepana, gorąca czekolada Helmuta Sachersa, pischinger i ten tort! To właśnie nad kawałkiem sachera mój mąż poprosił mnie o rękę!

– Jakie to romantyczne! I przyjęła pani jego oświadczyny? – zapytała Marianna, wpatrzona w staruszkę z uwielbieniem.

Ostrożnie pakowała do malinowego kartonu kultowe ciasto. Od zawsze wzruszały ją historie o wielkiej miłości, może dlatego, że dotąd jeszcze takiej nie spotkała. Jej małżeństwo okazało się fiaskiem, a jedyną radością i nadzieją na przyszłość był teraz synek Benio. I nawet jeżeli… w jej sercu tlił się płomień nadziei, to teraz definitywnie zgasiły go paskudne podejrzenia Marty.

– Oczywiście nie od razu! – Mecenasowa z naganą spojrzała na Manianę. – Nigdy jawnie nie pokazuj mężczyźnie, że ci na nim zależy, moja droga. Wtedy będzie się bardziej starać! Stary Klundert musiał mnie najpierw do siebie przekonać. Dopiero za trzecim razem powiedziałam: „tak". Piękne słowa, czekoladki i deklaracje na wyrost to za mało, żeby zbudować trwały związek.

– A jaka jest według pani recepta na udaną relację? – szepnęła Marianna.

Mecenasowa wyprostowała się z godnością.

– Do tego potrzeba cierpliwości, codziennych starań, drobiazgów, czułości i zaufania. A przede wszystkim miłości. Wiem, co mówię, bo, jak widać, nam się udało. Jesteśmy razem już ponad sześćdziesiąt lat. Złote obrączki też kupiliśmy w Wiedniu, u jubilera przy Kohlmarkt.

– Sześćdziesiąt lat? To dla mnie nierealne… – szepnęła Maniana i odwróciła wzrok. – Ja już nie wierzę, że spotkam w swoim życiu kogoś, komu będę umiała zaufać…

Mecenasowa Klundert zerknęła na nią karcąco, wyciągnęła swoją pomarszczoną, powykrzywianą artretyzmem rękę i położyła na dłoni dziewczyny.

– Po prostu żyj – powiedziała. – Rób swoje, rozwijaj pasje, kochaj każdy nowy dzień i każdą podarowaną przez los szansę. A miłość… zobaczysz, i ona w końcu nadejdzie. Tylko nie wypatruj jej na każdym rogu. Nie szukaj. Lubi pojawiać się niezauważona. Jak złodziej, który znienacka kradnie nam serca.

W tym momencie do cukierni wpadła zaaferowana Isa. Minęła wychodzącą mecenasową, ukłoniła się szybko i zdyszana dopadła kontuaru. W ręku trzymała naddartą do połowy lokalną gazetę „Stentor".

– Zobaczcie to! – krzyknęła i rozpostarła wygniecioną niemiłosiernie płachtę.

– To nasza Bombonierka – zauważyła trzeźwo Kristen, podnosząc głowę znad pudełek pełnych pistacjowych czekoladek z orzechową posypką. – Ale to zdjęcie jest wyjątkowo brzydkie, jakieś zamazane, w dodatku kolor fasady przypomina wyżętą ścierkę, a nie maliny! – Skrzywiła się.

– Co to za artykuł? – Zaintrygowana Nina zamknęła klapę srebrnego laptopa i wstała zza stolika. – Zamawiałyśmy jakąś reklamę? Nic o tym nie wiem!

– Ładna mi reklama! – jęknęła Isa. – Czytaj! Ktoś nas paskudnie oczernia. Podobno kilku klientów zatruło się naszym wykwintnym tortem Sachera!

– To niemożliwe! – Nina chwyciła gazetę, z trudem sylabizując trudne holenderskie słowa. Potrafiła bez problemu porozumieć się w tym języku, a jednak naszpikowany niezrozumiałą fachową terminologią artykuł przerósł jej możliwości. – Przetłumacz mi, proszę, co tu jest dokładnie napisane – poprosiła w końcu zniecierpliwiona.

W miniony poniedziałek do naszej redakcji wpłynęła skarga na renomowaną chocolatierkę Malinowa Bombonierka przy ulicy Walstraat. Jak donosi nasze anonimowe źródło, ktoś złożył oficjalne zawiadomienie do Holenderskiego Urzędu do spraw Bezpieczeństwa Żywności i Produktów Konsumenckich o wystąpieniu objawów zatrucia pokarmowego u kilku osób, które tego dnia spożywały słodkości pochodzące z Bombonierki. Naszym dziennikarzom udało się nieoficjalnie ustalić, że chodzi o szeroko reklamowany tort Sachera, który został niedawno wprowadzony do sprzedaży...

– To jest jakaś bzdura! – krzyknęła Nina. – Musimy jak najszybciej wysłać sprostowanie do tej gazety. A najlepiej pojawić się tam osobiście. Marta, sprawdź, gdzie się znajduje redakcja „Stentora". Pójdziemy tam od razu!

– A kto ostatnio mieszał składniki na tort? Może najpierw zrobimy śledztwo wewnętrzne – zaproponowała szybko Marta. – Zdaje się, że na zapleczu pracowały Isa i Marianna.

Maniana rzuciła jej ironiczne spojrzenie.

– A co to ma do rzeczy?! – zdenerwowała się Nina. – Wszystko jest świeże, najwyższej jakości! To musi być jakaś pomyłka.

– *Goedemorgen!*[2] – rozległo się nagle od drzwi.

Dziewczyny jak na komendę odwróciły głowy w kierunku wejścia. W progu stało dwóch mężczyzn ubranych

---

[2] hol. dzień dobry

w podobne szare swetry. Trzymali w dłoniach skórzane teczki i rozglądali się uważnie.

– Nazywam się Wim van Schooten i jestem starszym inspektorem do spraw kontroli bezpieczeństwa i jakości produktów żywnościowych. To mój kolega, Bart Stam – rzucił służbiście wysoki, kostyczny blondyn w drucianych okularach. – Dostaliśmy powiadomienie o nieprawidłowościach sanitarnych w tym lokalu. Czy mogę rozmawiać z właścicielką chocolatierki?

Nina pobladła gwałtownie, a potem postąpiła krok do przodu.

– Nina Kostrzewska. Jestem do panów dyspozycji – powiedziała wolno po holendersku. – Czy mogę wiedzieć, co się dokładnie stało?

– To wykaże interwencyjna kontrola sanitarna – odpowiedział wymijająco drugi z mężczyzn i postawił teczkę tuż przy jednym ze stolików. – Musimy zbadać cały asortyment lokalu i świeżość składników, z których zostały przyrządzone sprzedawane tu produkty, jak również prawidłowość ich przechowywania. Skontrolujemy też czystość i higienę we wszystkich pomieszczeniach. Najpierw jednak zajmiemy się czekoladą w gablotach… Wim, wyciągniesz sprzęt? – zwrócił się do kolegi.

– Proszę panów, to niemożliwe. Nie jesteśmy przygotowane na kontrolę. Za chwilę zjawią się klienci. Mamy dzisiaj bardzo dużo zamówień – zaoponowała stanowczo

Isa. – Poza tym według mnie taka inspekcja powinna zostać zapowiedziana!

– W tym wypadku niekoniecznie – odpowiedział sucho urzędnik. – Jak już wspomniałem, to kontrola interwencyjna. Zgłoszono nam rażące nieprawidłowości, dlatego jesteśmy zmuszeni zareagować natychmiast. Tu chodzi o dobro konsumenta!

– To co teraz? Mamy odesłać wszystkich klientów? Przecież to niedorzeczne. – Marta ujęła się pod boki.

– Takie są przepisy. Na czas kontroli Malinowa Bombonierka zostanie zamknięta. A teraz, z łaski swojej, proszę wskazać nam miejsce, gdzie moglibyśmy się przebrać!

ROZDZIAŁ 3

Światełko w tunelu

Miłość i czekolada.
Obie mogą silnie uzależniać.

Weert, Holandia, 1984

Emilia po dramatycznej ucieczce z Polski spała bez przerwy dwa dni i dwie noce. Była zdezorientowana i otumaniona lekami. W jej głowie cały czas dudnił dźwięk klaksonu taksówki, która zabrała ją ze szpitala i zawiozła do domu Marii Grodnickiej. To właśnie lekarka podarowała jej drugie życie. Skontaktowała się z przełożoną zakonu w Holandii, w którym ostatnio przebywała Emilia, i opłaciła jej bilet do Weert. To było jedyne miejsce, gdzie dziewczyna mogła czuć się bezpiecznie. Przed zamknięciem w szpitalu psychiatrycznym pomagała zakonnicom, na prośbę siostry Lukrecji, podreperować finanse zgromadzenia, a teraz one znowu gościnnie przywitały ją w swoich progach. Była im za to ogromnie wdzięczna. Donośny odgłos dzwonka w skrzypiącej bramie przy wejściu do klasztoru codziennie rano wzywał do otwarcia przez siostry zardzewiałej i podpartej cegłą furty. Znajdujący się za nią dom zakonny, kilka miejsc noclegowych dla gości i jadłodajnia dla bezdomnych od wielu już lat prosiły się o kapitalny remont, a przynajmniej o naprawienie wiecznie przeciekającego dachu. Siostry starały się jak mogły, ale niewielkie dotacje z diecezji w Roermond nie mogły podołać ciągle rosnącym potrzebom.

Za bramą klasztoru znajdowała się wąska brukowana ścieżka, która wiodła do wejścia. Po otwarciu drzwi wchodziło się na krótki korytarz, z którego ścian całymi płatami odłaziła farba. W głębi po prawej stronie przejścia kryły się schody na pierwsze piętro, a po lewej – skręcający pod kątem prostym krużganek, prowadzący do niewielkiego, starannie utrzymanego ogrodu. Przed wejściem do refektarza leżały niewypolerowane marmurowe płyty z gęstą siatką popękanych żyłek, a nad drzwiami wisiał napis: *Si non est satis, memento paupertatis*[3]. Tuż obok usytuowana była wielka, choć skromnie wyposażona kuchnia. Cele sióstr mieściły się na pierwszym piętrze, tam też

---

[3] łac. (w wolnym tłumaczeniu) Jeśli nie wystarcza ci to, co daje klasztor, przypomnij sobie, co daje bieda.

w miniaturowym pokoiku z zakratowanym oknem zakwaterowano wyczerpaną Emilię.

Kiedy w końcu otworzyła oczy, przy jej boku na cienkim, wypełnionym włosiem i gąbką sienniku siedziała siostra Teresa. Na niskim stołeczku u jej stóp stała miska z wodą, w której moczyła szmatkę i troskliwie ocierała czoło dziewczyny.

– Gdzie ja jestem?! – zawołała Emilia i uniosła się gwałtownie na poduszkach. Zakręciło się jej w głowie tak mocno, że na ułamek sekundy straciła dech.

– Jesteś bezpieczna, dziecko… – odpowiedziała kojącym głosem zakonnica i przyłożyła chłodną dłoń do jej policzka. – Gorączka chyba już trochę opadła, ale choroba bardzo cię wycieńczyła, Emilio. Musisz dużo odpoczywać.

– Co się stało? – zapytała słabo. – Przecież ja… szpital… Trzebieszyn… Niech siostra nic nie mówi matce, bardzo proszę… i Aurelii też nie – wychrypiała konspiracyjnym szeptem. – Że żyję… Obiecuje mi siostra? Boję się ich… One chcą, żebym umarła.

– Nikt tego nie chce – przekonywała zakonnica. – Nie wolno ci tak mówić. A decyzję o tym, czy zostajesz na ziemi, czy idziesz do nieba, podejmuje Pan Bóg, a nie człowiek. Nie bój się… Tutaj nikt cię nie skrzywdzi. Pracowałaś już z nami, pamiętasz? Piekłyśmy ciasta. Uczyłaś nas robić czekoladki. Do dzisiaj mam odciski od ręcznego wyłuskiwania uprażonego ziarna. Przysłała cię do nas siostra

Lukrecja, kojarzysz siostrę Lukrecję z Rzymu? Chciała, żebyś nam pomogła podreperować finanse... Dziewczyno, ty drżysz! Bez obawy! Tu nie ma twojej matki!

– Byłam w Polsce, siostro... Pojechałam tam zabrać Aurelię i powiedzieć, że odchodzę z zakonu... A potem nie pamiętam... jak się tu znalazłam...

Mówienie przychodziło Emilii z trudem, tak jakby jej usta były sparaliżowane, niezdolne do ruchu. Przytknęła palce do spierzchniętych warg. Dotyk zabolał tak bardzo, że aż jęknęła.

– Dojdziesz do siebie, dziecko. Już i tak jest lepiej. Dotarłaś tu na ostatnich nogach. Chyba dopiero co wyszłaś ze szpitala, ale nie znam szczegółów – tłumaczyła siostra Teresa. – Przyprowadził cię do nas kierowca autobusu, podobno opłacony przez jakąś twoją znajomą z Polski. Miał nasz adres zapisany na kartce...

– Przysłała go moja siostra? Aurelia? – Oczy Emilii zapłonęły. – Może wcale nie chciała, żebym umarła?! Albo dopadły ją wyrzuty sumienia!

– Nie, to na pewno nie ona... Poczekaj... – Siostra zmarszczyła brwi. – Niech ja sobie przypomnę to nazwisko. Dziurawa ta głowa z wiekiem... nawet psalmy coraz trudniej spamiętać... – gderała, mrużąc oczy. – A! Mam! Grodnicka. Maria Grodnicka. Lekarka! – wykrzyknęła. – W torbie miałaś całą baterię medykamentów i kilka recept z przystawioną pieczątką z jej nazwiskiem. Tutaj na nic się

nie zdadzą, ale przynajmniej wiemy, co powinnaś przyjmować. Tylko jak to zdobyć? – zafrasowała się. – Mamy co prawda opiekę lekarską w miasteczku, ale ty nie jesteś ubezpieczona, a na wizytę prywatną nie ma tutaj szans…
– Dziękuję, siostro… nie wiem, jak wam odpłacę za tę dobroć… – szepnęła Emilia i przymknęła powieki.

Przez jej głowę przepływały rwące się obrazy, przechodzące nagle w pojedyncze migawki bez związku przyczynowo-skutkowego. Noc, drobne krople deszczu na twarzy, za duży płaszcz i milczący taksówkarz w granatowym wartburgu, czekający przed bramą trzebieszyńskiego szpitala, a potem… Dobre, czułe ręce, które pomogły jej założyć rano sukienkę i buty.

– *Pamiętaj Emilko, w kieszeni masz niewielkie zawiniątko. Przed twoją ucieczką ze szpitala przyniosła je jakaś dziewczyna. Nie mogła wejść na oddział i poprosiła jedną z pielęgniarek, żeby ci to dała. Uważaj na siebie. I pamiętaj, wszystko będzie dobrze.*

– Modlitwa wystarczy. Innej zapłaty nie potrzebujemy… – zaszemrała gdzieś pomiędzy jej myślami zakonnica.

Kieszeń… niewielkie… zawiniątko.

– Siostro! – Emilia otworzyła nagle oczy.

Zimny strumień powietrza wpadł jej do gardła. Dziewczyna rozkaszlała się gwałtownie. Siostra Teresa przytknęła do jej ust kubek z przestygłą herbatą.

– No już, dobrze. Dosyć tego gadania. Teraz połóż się i odpocznij.

– Czy mogę... mogę dostać swój płaszcz? – szepnęła.

– Teraz? A po co ci płaszcz? Nigdzie cię nie puszczę! – zaprotestowała zakonnica. – Jesteś jeszcze za słaba na wycieczki.

– Bardzo siostrę proszę... Nie będę nigdzie wychodzić. Chcę go sobie podłożyć pod głowę. To posłanie jest takie twarde.

– Zaraz go przyniosę – mruknęła Teresa. Po chwili wróciła ze złożonym starannie granatowym prochowcem. – To nie poduszka z gęsiego pierza, ale może rzeczywiście będzie ci wygodniej. A teraz muszę biec na wieczorną modlitwę. Śpij, dziecko, a gdybyś czegoś potrzebowała, po prostu mnie zawołaj.

Zakonnica zniknęła za drzwiami, a Emilia drżącymi dłońmi rozłożyła płaszcz na cienkiej, postrzępionej kołdrze. Lekko opuchniętymi palcami wyczuła w jednej z kieszeni niewielkie zgrubienie. Sięgnęła do środka i po chwili trzymała w ręce zawinięty w brudną bawełnianą szmatkę nieregularnych kształtów przedmiot. Delikatnie rozchyliła brzegi i kiedy ujrzała zawartość zawiniątka, po jej bladych policzkach popłynęły łzy. W jej dłoni błyszczał medalion od siostry Lukrecji. Była przekonana, że straciła go bezpowrotnie. A jednak się odnalazł. To musiała być dobra wróżba.

Otmuchów, dwa tygodnie wcześniej

Aurelia wyciągnęła z szafy malinową bluzkę z bistoru i przyłożyła ją sobie do twarzy. Żywy kolor rozjaśnił jej wymizerowaną buzię. Z trudem odłożyła ciuszek do szafy i naciągnęła na siebie „poprawny politycznie" granatowy golf.

Przez kilka ostatnich nocy nie spała, przygotowując się do klasówki z historii. Nowy nauczyciel, Jerzy Nowosielski, był bardzo wymagający i nieustannie przepytywał klasę z całego materiału, za każdym razem podkreślając dobitnie i jakby z satysfakcją, że są głąbami. To właśnie Nowosielski zastąpił ukochaną historyczkę Aurelii, Danutę Rybińską, która po trwającej prawie dwa miesiące chorobie odeszła ze szkoły. Wszyscy doskonale wiedzieli, że nie zrezygnowała z pracy z własnej woli. Krążące wokoło plotki o zbyt swobodnym podejściu nauczycielki do historii, zwłaszcza tej dotyczącej Związku Radzieckiego, w końcu dotarły do miejscowego sekretarza partii, towarzysza Kowala. Ten niezwłocznie podjął stosowne kroki i usunął wywrotową belferkę ze szkoły. Jej następca dobrze wiedział, gdzie jego miejsce i jakie poglądy polityczne są dobrze widziane, więc ochoczo zabrał się do indoktrynowania rozbisurmanionej przez Rybińską młodzieży.

Aurelia nigdy nie mogła zapamiętać dat ani miejsc wielkich bitew, choć lubiła się uczyć i miała sporą wiedzę. Danuta Rybińska to wiedziała i zachęcała uczennicę przede wszystkim do czytania, a nie do bezmyślnego wkuwania całego materiału na pamięć. Nade wszystko pragnęła, żeby młodzież nauczyła się samodzielnego myślenia. I tego wymagała od uczniów.

Aurelia przyszła dziś do szkoły, jak zwykle bojąc się historii. Tak jak przypuszczała, już w pierwszych minutach lekcji Nowosielski wlepił jej kolejną pałę za nieprzygotowanie się z bitew napoleońskich. Kiedy tylko zabrzmiał dzwonek, zerwała się z ławki i, nie czekając na pozwolenie, wybiegła na zewnątrz. Usiadła zrezygnowana na schodkach za szkołą, ukryła twarz w dłoniach i rozpłakała się ze złości i żalu. Naprawdę się starała, ale – jak widać – bez rezultatu. Bała się matki i jej umoralniającego zrzędzenia, zwłaszcza że zbliżała się wywiadówka. Michalina Dobrzycka kładła ogromny nacisk na wyniki w nauce swojej młodszej córki, szczególnie po tym, jak zawiodła ją starsza z latorośli, Emilia.

– Pamiętaj, że jeżeli i ty mnie rozczarujesz, moje biedne chore serce już tego nie udźwignie i umrę. Będziesz mnie miała na sumieniu. Nikt się o ciebie nie zatroszczy tak jak ja, nie zapomnij! – powtarzała praktycznie każdego dnia podczas kolacji.

Aurelia kiwała potulnie głową i już rozmyślała nad tym, jak jutro po lekcjach urwać się do szpitala do Emilii.

Matka nie chciała, żeby zbyt często odwiedzała siostrę, autorytarnie twierdząc, że chora potrzebuje odpoczynku, a wizyty niepotrzebnie mieszają jej w głowie. Aurelia nie rozumiała, jak można mieszać w głowie komuś, kto leży nieprzytomny, nafaszerowany lekami i nie ma z nim praktycznie żadnego kontaktu, ale przezornie wolała nie wchodzić z matką w dyskusję.

Dziewczyna zamknęła oczy, próbując przywołać pod powiekami twarz siostry. Tak bardzo za nią tęskniła przez cały czas zakonnej tułaczki, a teraz, kiedy Emilka była tuż obok, nawet nie mogła z nią porozmawiać. W dodatku ta szkoła i przeklęta historia... Dlaczego wszystko sprzysięgło się właśnie teraz przeciwko niej?!

Zrezygnowana Aurelia pochyliła niżej głowę. Po chwili poczuła delikatny dotyk czyjejś dłoni na włosach. Zdumiona otworzyła oczy. Przed nią stał wysoki, chudy jak tyczka chłopak z rozwichrzoną na cztery strony świata blond czupryną. Miał na sobie staroświecki przyciasny sweter w romby, granatowe spodnie w kant i białą koszulę. Prezentował się jak nie z tej planety! Nikt się teraz tak nie ubierał! Chłopcy zakładali obcisłe dekatyzowane dżinsy i skórzane kurtki ramoneski. Ten tu wyglądał jak własny wujek. To na pewno jakiś kujon z maturalnej. Aurelia usilnie próbowała przypomnieć sobie, skąd go kojarzy. Na szczęście nieznajomy spostrzegł wahanie na jej twarzy i pospieszył z wyjaśnieniami.

– Nie poznajesz mnie? – rzucił lekko i włożył ręce do kieszeni. – Kiedyś pożyczyłem ci podręcznik z rosyjskiego. Nazywam się Witek Kostrzewski, czwarta A, mat.-fiz. Czemu tu siedzisz i ryczysz?

Kostrzewski! Oczywiście! Ten dziwoląg, syn miejscowego komornika. Połowa szkoły śmiała się z jego stylizacji na starego zgreda, ale on zdawał się tym w ogóle nie przejmować. Zawsze jak spod igły, elegancki, doskonale przygotowany, ulubieniec dyrektora i wszystkich nauczycieli.

– Nic ci do tego – odpysknęła i odwróciła wzrok. – Idź sobie stąd! Nie masz nic do wkucia? Ostrzegam cię, odejdź zbierać swoje piątki do dzienniczka, bo zacznę krzyczeć.

Kostrzewski ani myślał się ruszać.

– Nie truj. Nie zbieram żadnych piątek. – Wzruszył ramionami. – Niepotrzebnie jesteś złośliwa. Z budą jest jak z ospą, obie trzeba przejść. Miałaś już ospę?

– Nie – odburknęła Aurelia i rozejrzała się uważnie. Jeszcze tego brakowało, żeby ktoś z kolegów zauważył ją tutaj sam na sam z tym bucem. Cała szkoła będzie się z niej nabijać.

– Ja tak. Mama zaprowadziła mnie do sąsiadów, którzy akurat ją przechodzili, żebym się zaraził.

– To głupota! – parsknęła dziewczyna. – Chorób należy unikać, a nie je roznosić.

– W tym przypadku się mylisz… – zaczął Witold, robiąc mądrą minę.

Aurelia nie zamierzała jednak słuchać wykładu kujona z mat.-fizu. Podniosła się ze schodków, otrzepała spódnicę i rzuciła ostro w jego kierunku:

– Nie łaź już za mną. Jesteś okropnym nudziarzem, wiesz? Nie mam ani czasu, ani tym bardziej ochoty z tobą gadać! A teraz zejdź mi z drogi, bo spieszę się na lekcję!

Chłopak bez słowa postąpił krok do tyłu, a Aurelia, nie zaszczycając go już ani jednym spojrzeniem, pobiegła do budynku. Musiała urwać się z ostatniej lekcji i pojechać autobusem do Trzebieszyna, do szpitala. Może Emilia się obudziła i na nią czeka?

ROZDZIAŁ 4

Zapłakany klaun

Czekolada uśmiecha świat.
Nie pyta. Nie drąży.
Po prostu jest.

Valentijn stał w kuchni przy marmurowym blacie i łapczywie dopijał drugą filiżankę mocnej i aromatycznej kawy. Miał na sobie tylko biały frotowy ręcznik owinięty wokół bioder. Na podłogę tuż u jego stóp spadały kropelki wody, gdyż dopiero co wyskoczył spod prysznica. Z niechęcią spojrzał na wiszący nad kuchnią zegar. Piętnaście minut temu powinien być w croissanterii, na spotkaniu z nowym dostawcą, ale nie chciało mu się ruszać z domu. Miał nadzieję, że Romeo to ogarnie, w końcu po tylu latach w firmie powinien w końcu nauczyć się rozmów biznesowych bez wiecznego nadzoru starszego brata.

Na blacie piętrzyły się naczynia z wczorajszej kolacji, ale Val nie zamierzał na razie ich sprzątać. Z otwartego na oścież okna dochodziło rześkie poranne powietrze, które smagało go po nagich łydkach. Zawahał się przez moment, a potem wolnym krokiem przeszedł w kierunku tarasu. Lodowaty beton kłuł boleśnie w nagie stopy, ale Valentijn przyzwyczajony był do zimna. Kiedy obaj z Romeem byli jeszcze mali, uwielbiali tarzać się w śniegu otaczającym po pas ich szwajcarską chatę w Lauterbrunnen, w Oberlandzie Berneńskim, tuż u podnóża Alp. Rodzice co roku zabierali ich na narty, ale oni najchętniej bawili się w chowanego, kryjąc się pomiędzy gigantycznymi zwałami białego puchu, któremu nie dawały rady nawet największe śnieżne pługi.

Val zamierzał właśnie przysiąść na rattanowym fotelu, gdy nagle z głębi mieszkania doszedł go sygnał wiadomości tekstowej. Jeden, a potem dwa kolejne. Zaklął brzydko pod nosem i niechętnie wrócił do mieszkania.

– Gdzie jest ten cholerny telefon? – mamrotał pod nosem, przerzucając leżące na kanapie poduszki.

Jak kamień w wodę! Kiedy już zrezygnowany zamierzał ponownie wrócić na taras, spod szklanego blatu stolika ponownie rozległ się znajomy dźwięk.

– Tutaj jesteś – powiedział głośno i spod stosu gazet branżowych wyciągnął w końcu srebrny smartfon.

Zadzwoń do mnie!

Nie myśl, że się wykręcisz!

Cholera jasna! Jadę do ciebie! I nie próbuj udawać, że cię nie ma w domu!

Nicolette! Znając skuteczność jej działania, na pewno za dwie minuty znajdzie się pod drzwiami i dopóty będzie trzymać na guziku dzwonka swój pomalowany na krwistą czerwień tips, dopóki jej ktoś nie otworzy. Val westchnął i wybrał w telefonie numer swojej byłej dziewczyny. Odebrała błyskawicznie, zanim zdążył wybrzmieć pierwszy sygnał.

– Ciągle czekam na twoją reakcję. Chyba w końcu zamierzasz się ustosunkować do wiadomości, którą ci przekazałam – rzuciła zimno do słuchawki.

– Daj mi dojść do siebie! – warknął. – Nie możesz oczekiwać, że od razu będę wiedział, co mam robić. Muszę sobie to wszystko na spokojnie poukładać! Dziewczyno, ty chcesz całkowicie zmienić moje życie! Nie wiem, czy jestem na to gotowy.

– Sam je sobie zmieniłeś. I ostrzegam, nie próbuj żadnych sztuczek, bo tym razem nie ujdzie ci to na sucho. Zrobię aferę na całe miasto! Kiedy ty w końcu wydoroślejesz?! Masz już trzydzieści pięć lat, a cały czas bawisz się w Piotrusia Pana!

– Oszczędź sobie kazań! To nie twoja sprawa, w jakich bajkach gustuję. A poza tym przyganiał kocioł garnkowi. Jeszcze rok temu wszystkie twoje rachunki płacił hojny tatuś! – odgryzł się Val. – Mam ci przypomnieć...

– Masz czas do jutra! Będę po południu. I oczekuję konkretnej odpowiedzi, zrozumiałeś? – syknęła Nicolette i głośnym, nieparlamentarnym słowem na „k" zakończyła rozmowę.

– *Shit!* – rzucił w przestrzeń Val i rąbnął telefonem o stos gazet. Aparat upadł wprost na pomięty niemiłosiernie dziennik „Stentor" ze zdjęciem Malinowej Bombonierki.

„Z tego wszystkiego zapomniałem powiedzieć Ninie o tym artykule w gazecie! Cholera! – pomyślał. – Powinienem załatwić to jak najszybciej..." Westchnął ciężko i wolnym krokiem począłapał w kierunku garderoby. Wyciągnął z szafy koszulę i dżinsy. Wychodząc z mieszkania, o mały włos zderzyłby się w drzwiach z Romeem, który stał na wycieraczce i gorączkowo przetrząsał kieszenie w poszukiwaniu kluczy.

– Oszczędź mi kazań, *bro*! Wiem, że nawaliłem, ale nie mam teraz głowy do ciastek! – kwęknął i przejechał dłonią po wilgotnych jeszcze włosach.

– U ciebie zawsze dramat! – parsknął Romeo. – A ja jak zwykle musiałem wymyślić kolejną historyjkę o nagłej niedyspozycji pana Valentijna Jeurissena. A teraz wracaj do domu i parz mi kawę. Nie zamierzam z wywieszonym językiem gnać z powrotem do croissanterii. Potrzebuję na *cito* kofeiny!

Val zawahał się przez moment, a potem przepuścił brata w progu.

– Właź, tylko nie zrzędź o bałaganie. To ledwie lekki nieład steranego życiem starszego brata. A teraz mów, co w firmie. Jak spotkanie z dostawcą?

– To bardzo konkretny człowiek. I nie tylko dostawca, a mączny wirtuoz, jak sam się przedstawił – odparł Romeo, lawirując pomiędzy rozrzuconymi na podłodze T-shirtami. – Zna się na wypiekach i najnowszych trendach. Namówił mnie na francuskie ciacha. Wyglądają jak damskie pantofelki nadziane czarną porzeczką z fiołkiem. A słyszałeś o cruffinie?

– Taaa… – odpowiedział nieuważnie Val, nalewając bratu kawy. – To połączenie muffinki i croissanta. Przypomina lekko przerośniętą babeczkę. Taką jaką robiła mama, zanim nauczyła się produkować idealnie wypieczone ciasta. Jadłem cruffiny w San Francisco w zeszłe wakacje, wiesz, w tej cukierni Mr. Holmes Bakehouse. Opowiadałem ci o niej…

– Chyba bez szczegółów, bo nie pamiętam – mruknął Romeo i upił łyk espresso. – Cholera jasna, chcesz mnie zabić? – Prychnął nagle brunatną kawową fontanną wprost na śnieżnobiałą koszulę Valentijna. – CZEGOŚ

TY DODAŁ DO TEJ KAWY?! Soli? – zapytał, wskazując na porcelanowy pojemnik z napisem *zout* stojący na blacie.

– *Godverdomme*![4] Naprawdę musiałeś wypluć to wszystko na mojego bossa! Człowieku, ta koszula kosztowała dwie twoje wypłaty! – wściekał się Valentijn, rozpinając guziki. Brunatne plamy przeciekły nawet na jego opalony tors.

– Z tego wniosek, że zarabiam zbyt mało i musisz mi dać podwyżkę – zripostował błyskawicznie Romeo. – Nie truj, w garderobie masz jeszcze z tuzin takich bossów. Lepiej powiedz, dlaczego się tak wystroiłeś, bo nigdy nie uwierzę, że przywdziałeś te designerskie ciuchy do naszej skromnej piekarni.

– Wybierałem się do Niny, złośliwcze. Już od dwóch dni chcę z nią porozmawiać i ciągle coś albo KTOŚ mi przeszkadza! – Val się skrzywił.

– Coś się tam musiało stać… – stwierdził Romeo. – Przechodziłem obok, ale chocolatierka była zamknięta. Na drzwiach wisiała kartka z napisem „Nieczynne do odwołania". Próbowałem dzwonić do Niny, ale ma wyłączony telefon. Może ty wiesz, o co chodzi?

Val, zrzucając koszulę, bez słowa podszedł do leżącej na kanapie gazety i podał ją bratu.

---

[4] hol. kurwa

– Masz, czytaj! – rzucił oschle. – To zamknięcie ma chyba związek z tym artykułem. Ktoś najwyraźniej nie lubi naszej panny Czekoladki, bo nie wierzę w ani jedno słowo o rzekomym zatruciu. Ta dziewczyna naprawdę ma serce do tego, co robi, i nigdy nie sprzedawałaby starych ciast. Zaufaj mi, mam dowód na to, że ten cały tekst został spreparowany. Dlatego muszę jak najszybciej rozmówić się z Niną. No co tak na mnie patrzysz? Powiedziałem coś nie tak?

– Wręcz przeciwnie… – odpowiedział Romeo. – Zastanawia mnie ta nagła sympatia do Niny. „Ma serce do tego, co robi?" Nie wierzę, że to stwierdzenie padło z twoich ust! Zawsze byłeś do niej wrogo nastawiony.

– Bzdura! Nie rób ze mnie potwora! – zaprotestował żywo Val. – Już dawno uznałem ją za godnego przeciwnika w interesach. Świetnie sobie radzi, jest pomysłowa i pracowita. Owszem, to w pewnym sensie ciągle nasza konkurentka, ale na zdrowych zasadach *fair play*.

– Gdybym cię nie znał, rzekłbym, że wpadłeś po uszy! Twoje serce przypomina kamień, ale w gruncie rzeczy tylko z pozoru jest twarde, a w środku skrywa miękkie maślane ciasto i słodki aksamitny krem. Jak przystało na cukiernika! – dworował Romeo.

Z trudem zaakceptował, że Nina wolała go mieć za przyjaciela niż za mężczyznę jej życia. Nie miał wyjścia, musiał się z tym pogodzić, choć czasem, gdy na nią patrzył, bezwiednie myślał o jej miękkich ustach. Pocałowała go ten jeden jedyny raz, kiedy wypiła za dużo wina na proszonej kolacji w jego domu, a on pomimo całego gejzeru namiętności, który w nim wrzał, nie skorzystał z łatwej okazji, żeby zaciągnąć ją do łóżka. Miał przedpotopowe zasady, niestety.

– Żebyś wiedział, że wpadłem! – Val wyraźnie się zasępił. Jego twarz poszarzała.

Romeo spojrzał na niego uważnie.

– Zakochałeś się w końcu? Wiedziałem! Znam cię jak nikt inny na tym świecie. Ale czy miłość to powód do robienia takich dram? Stary, ogarnij się!

– Miłość to jedno, a stabilizacja to drugie…

– A co ma piernik do wiatraka? Przecież nikt nie każe ci się od razu żenić! Masz czas!

– No właśnie nie mam! Nigdy nie przypuszczałem, że dopadnie mnie to w tak młodym wieku! A rykoszetem również i ciebie… Nie wiem, jak to przyjmiesz, stary, ale już za kilka miesięcy zostaniesz wujkiem.

– Co ty bredzisz?

– Jestem jak najbardziej poważny. Będę ojcem. Zepsuty, rozwydrzony, nieodpowiedzialny Valentijn Jeurissen tatą. Masz pojęcie?

Mina Romea dobitnie wskazywała na to, że kompletnie sobie tego nie wyobrażał.

ROZDZIAŁ 5

Słodkie eksperymenty i anielska pomidorowa

Dziewięć na dziesięć kobiet kocha czekoladę.
Ta dziesiąta kłamie.

Bombonierka zamknięta była dopiero od dwóch dni, a Ninie wydawało się, że przymusowa przerwa trwa przynajmniej dwa lata. Inspektorzy zabrali się za swoją pracę bardzo skrupulatnie, wręcz nadgorliwie. Wim van Schooten i Bart Stam monitorowali temperaturę w chłodniach, stan techniczny wszystkich urządzeń, kontrolowali zeszyty dostaw, ba, wypytywali o rodzaje stosowanych detergentów, liczbę przeprowadzonych dezynfekcji, a nawet rodzaj rękawic, których dziewczyny używały w pracy.

– Jaka jest u państwa procedura reklamacji? – pytał inspektor Stam, marszcząc groźnie krzaczaste brwi.

– Nie bardzo rozumiem… – plątała się Nora, czyli Eklerka. – U nas nigdy nie było żadnych reklamacji. Ja zawsze, ale to zawsze temperowałam czekoladę najlepiej, jak umiałam, żeby pralinki błyszczały się jak kostki brukowe na Walstraat po deszczu. Nikt się dotąd nie skarżył…
– A co do czystości, to może pan sobie szukać brudu, ile zechce! Ani pyłku kurzu pan nie znajdzie! – Biła się w piersi Isa, Paluszek. – Kafelki szoruję, aż mi skóra z palców…
– Już cicho, cicho, dziewczyny! – Do rozmowy dziarsko wkroczyła Evelien. – Nie musicie się z niczego tłumaczyć. Panowie sami przecież widzą, że ta niedorzeczna skarga była bezpodstawna. Ktoś chce nam zaszkodzić, niestety w bardzo perfidny sposób. Ludzie w dzisiejszych czasach wstydu nie mają. Pracuję w tym miejscu od ponad dwudziestu lat i przytrafia mi się coś takiego po raz pierwszy.
– Proszę się powstrzymać od tych komentarzy, pani Witte. Wnioski będziemy wysnuwać po zakończeniu inspekcji. – Van Schooten napomniał służbiście Evelien.
– Wim, nie udawaj takiego ważniaka, bo znamy się z twoją matką od czasów mojego pierwszego małżeństwa… W wózku cię woziłam, kiedy spacerowałyśmy razem po Rijsterborgherpark – szepnęła Eve, kiedy urzędnik pochylił się nad jednym z blatów. – Niczego tutaj nie znajdziecie, nawet gdybyście zaczęli kopać wielki dół pod kamienicą! Przecież ten cały donos to prowokacja.

Inspektor zaczerwienił się jak dojrzały pomidor.

– Proszę mi pozwolić wykonywać moje obowiązki – sapnął. – Stoicie tu wszystkie nad głową, dlatego jeszcze raz uprzejmie apeluję o nieutrudnianie mi pracy. Nam też zależy na jak najszybszym wyjaśnieniu tej sprawy.

Przezornie nie dodał już, że jego wiekowa ciotka, dyrektorowa Mies Smit, stała klientka chocolatierki, od wczoraj suszyła mu głowę o – jak się wyraziła – „jak najszybsze zaprzestanie okupowania" jej ulubionego lokalu w całym Deventer.

– Cóż to, chcecie tam sprawdzać przydatność do spożycia peruwiańskiego żeń-szenia? – perorowała, stukając rytmicznie laską o płyty chodnika. – Dodają go do pralinek z ciemną polewą. Wim, na Boga, te czekoladki postawiły na nogi mnie i twojego wuja. A raczej jego…

– Ciociu! Błagam! Bez intymnych szczegółów. – Wim się wzdrygnął.

Samo wyobrażenie prawie dziewięćdziesięcioletniego wujostwa razem w łóżku wydawało mu się tak abstrakcyjne jak pasażerskie loty na Księżyc w cotygodniowej promocji w pobliskim supermarkecie.

– Nie zamierzam ci opowiadać żadnych detali, młodzieńcze! – uniosła się Mies. – Ale polecam, spróbuj chociaż jednej z tych pralinek, a sam zrozumiesz, dlaczego tego miejsca w żadnym wypadku nie wolno zamykać!

Na Wimie ciążyła wielka presja, dlatego też zamierzał przyłożyć się do swoich obowiązków najlepiej, jak umiał.

Nina praktycznie cały czas siedziała na zapleczu i bezskutecznie starała się zachować spokój. Przekładała z miejsca na miejsce zeszyty dostaw, trzymała w pogotowiu całą dokumentację lokalu, wszystkie pozwolenia i umowy, także te o wywóz śmieci. Miała nawet przygotowane wyniki badania wody, wszystko zgodnie z przepisami, a jednak jej serce biło zdradliwie tak głośno, że aż musiała podkręcić radio w obawie, że inspektorzy usłyszą, jak bardzo się boi.

– Nina, nie wariuj – uspokajała ją Marta. – Wszystko będzie dobrze. Ale jeszcze raz radzę ci sprawdzić, kto miał dyżur w ten dzień, kiedy upieczono to cholerne ciasto. Coś się musiało stać, może ktoś czegoś nie dopilnował...

– Ale ja wiem, kto był wtedy na miejscu. Kristen i Marianna! Ufam im bardziej niż sobie, Marta. – Zafrasowała się.

– Ech, ty wszystkim zawsze wierzysz, a jednak sama widzisz, że to nie działa. Mamy duże problemy. Chocolatierka stoi zamknięta, klienci kupują bombonierki u konkurencji, a my tracimy swoją bezcenną markę. W biznesie obowiązuje zasada ograniczonego zaufania. Zapamiętaj to sobie na przyszłość.

Nina pokiwała głową, ale cóż mogła zrobić? Pozostało jej tylko czekanie i wiara w to, że już niedługo ten koszmar się skończy. Kiedy po raz kolejny analizowała zeszyty dostaw, w jej torebce zadźwięczała komórka. Na ekranie widniał nieznany jej miejscowy numer.

– Słucham, mówi Nina – rzuciła, modląc się, żeby to nie był urząd skarbowy.

– Dzień dobry, Nino. *Met*[5] Loretta Simons. Nie wiem, czy mnie pamiętasz. Jestem dyrektorką hospicjum de Winde. Ostatnio byłaś tak miła i podarowałaś naszym dzieciaczkom dwa ogromne pudełka pistacjowych czekoladek.

– Oczywiście, że cię pamiętam, Loretto. – Nina rozpromieniła się na moment. Od pierwszego spotkania polubiła przesympatyczną kobietę. Była życzliwa, zawsze uśmiechnięta i okrągła jak maślane ciasteczko. – Sprawienie twoim podopiecznym choć odrobiny radości dało mi więcej szczęścia, niż możesz sobie wyobrazić.

– To wspaniale, bardzo się cieszę. – Loretta roześmiała się ciepło. – Czy mogłabyś do nas wpaść, choćby dzisiaj, Nino? Mam dla ciebie bardzo ciekawą propozycję… Proszę, nie odmawiaj, bardzo mi na tym zależy.

Nina się zawahała. Na miejscu krzątały się Isa i Kristen, Marta wyszła z Evelien na targ, chyba nie stanie się nic złego, jeżeli przewietrzy głowę i pojedzie do hospicjum. Może zapomni na moment o trapiących ją problemach. To

---

[5] Tradycyjne holenderskie powitanie, gdy ktoś odbiera telefon.

miejsce zawsze działało jak kojący plaster na zranioną duszę. Tak, bardzo teraz potrzebowała chwili oddechu i refleksji.

– Dobrze, przyjadę, Loretto – powiedziała. – Przywiozę pyszne wiśniowe czekoladki do kawy. Mam nadzieję, że się skusisz.

Kiedy Nina przypinała swój rower do metalowego stojaka umieszczonego tuż przy wejściu do ośrodka, zauważyła znajomy sportowy wóz na podjeździe. Valentijn! Nagle poczuła zażenowanie. Starszy z braci Jeurissenów nagrał kilka wiadomości na jej automatycznej sekretarce, ale nie miała ochoty się z nim widzieć. Na pewno naigrawał się z niej w duchu i zacierał ręce, przecież od zawsze powtarzał, że chocolatierka jest największą konkurencją dla jego piekarni. Zaraz, zaraz... Czyżby...? Zawahała się przez moment. Nie, to niemożliwe. Val miał dziwne pomysły, ale na pewno nie upadłby tak nisko, żeby składać fałszywe doniesienie do inspekcji sanitarnej. Miała jednak nadzieję, że nie natknie się na niego w hospicjum.

Loretta czekała na Ninę w korytarzu. Uściskały się serdecznie i ruszyły w głąb budynku. Ich kroki odbijały się zwielokrotnionym echem na marmurowej posadzce.

– Zapraszam cię do mojego gabinetu – powiedziała Loretta i wskazała Ninie drogę.

W pokoju pani dyrektor oprócz zarzuconego papierami biurka, małej szafy i dwóch krzeseł nie było innych sprzętów. Na ścianach wisiały dziecięce rysunki. Większość z nich przedstawiała znacznie młodszą Lorettę z bujną blond czupryną i szerokim uśmiechem, stojącą wśród swoich wychowanków.

– Dostaję ich mnóstwo, codziennie kilka nowych. – Uśmiechnęła się, widząc spojrzenie Niny wędrujące po ścianie. – Autorów niektórych z nich już z nami nie ma… – Urwała nagle i odwróciła głowę, ale po zaledwie kilku sekundach ponownie patrzyła Ninie prosto w oczy, a na jej ustach gościł łagodny uśmiech.

– Nauczyłam się z tym żyć, Nino. Pojęcie straty ma u nas inny wymiar, ale to nie znaczy, że przechodzimy koło niej obojętnie. Dla mnie i dla moich pracowników najważniejsze jest sprawienie, żeby nasze dzieciaki czuły się tutaj dobrze i bezpiecznie. Bardzo pomaga nam w tym muzyka, ale teraz wpadłam na pomysł, że może spróbujemy poeksperymentować również z czekoladą? Może jakieś kreatywne zajęcia?

– To wspaniały pomysł! Mogę nauczyć dzieci odróżniania wielu z pozoru podobnych do siebie smaków.

– Chodziło mi raczej o objaśnienie im, jak działają relacje międzyludzkie… – wyłuszczyła Loretta i poprawiła na nosie okulary w cieniutkich oprawkach.

– Co masz na myśli? – zapytała zaintrygowana Nina.

– Pokażemy dzieciom, że wszyscy ludzie posiadają dobrą energię, niczym swoją własną filiżankę z gorącą, aromatyczną czekoladą. To od każdego z nas zależy, czy ta filiżanka jest pusta, czy napełniona po brzegi. Jeżeli czynimy dobro, napełniamy czyjś kubek, a ktoś inny, oddając pozytywną energię, napełnia nasz. Jeżeli nie dzielimy się dobrem, a tylko egoistycznie podstawiamy swoją filiżankę innym, sprawiamy, że kubki bardzo szybko się opróżniają. Może się zdarzyć, że ktoś obok nas nie będzie miał z czego dolać czekolady, kiedy my będziemy w potrzebie. Pusty kubek to koniec dobrej energii, której nigdy nie powinno zabraknąć. Tylko od nas zależy, żeby, dzieląc się dobrem jak czekoladą, nigdy nie pozwolić mu się wyczerpać, Nino. I właśnie tego chciałabym nauczyć moich podopiecznych…
 – Bardzo mi się podoba twój eksperyment, Loretto. I z największą chęcią chciałabym ci pomóc go zrealizować. Przygotuję z dziewczynami najlepszą na świecie czekoladę i przywieziemy ją tutaj, do hospicjum. Tylko będziesz musiała trochę poczekać… – Nina poczuła, że pod jej powiekami zaczynają się niebezpiecznie zbierać łzy.
 – Wiem o wszystkim… O nic się nie martw. Twoja filiżanka na razie jest prawie pusta, ale zobaczysz, niedługo ktoś życzliwy wypełni ją po same brzegi. Uwierz mi, wiem, co mówię.

Nina po wyjściu z gabinetu Loretty postanowiła zajrzeć do sali zabaw, skąd dochodził największy gwar. Uchyliła ostrożnie drzwi. Na kolorowym, mięsistym dywanie siedziało kilkoro dzieci i słuchało z zapartym tchem bajki z ustawionego na krześle adapteru. Dwie dziewczynki z głowami obwiązanymi czerwonymi chusteczkami leżały na brzuchu i układały olbrzymie puzzle, a pozostała część grupy rysowała z zapałem na przyczepionym do korkowej tablicy brystolu.

– Teraz jest względny spokój, gdybyś przyszła tu rano, te dwie małe księżniczki w chustkach na pewno zagadałyby cię dokumentnie – odezwał się za jej plecami znajomy głos.

Odwróciła głowę. Tuż za nią stał Valentijn w zabawnej czapce z pomponami i dzwoneczkami przy uszach. Jego grubo uszminkowane usta rozchylały się w szerokim uśmiechu, ale oczy, obramowane białymi plamami pudru z zakreślonym mocno konturem czarnej kreski, pozostały poważne.

– Klaun Bassie! – zawołała Nina. – Nie spodziewałam się, że cię tutaj spotkam. – Nagięła trochę prawdę, gdyż widziała przecież jego auto na parkingu. – Przepraszam, że nie oddzwoniłam… ale mam w Bombonierce mały problem… – dodała cicho.

– Czytałem „Stentora" – odpowiedział Val. – Muszę z tobą o tym porozmawiać. Szczerze mówiąc, wybierałem się najpierw do ciebie, ale Loretta zadzwoniła z prośbą o krótki występ. Któreś z dzieci ma dzisiaj urodziny i chciała mu zrobić niespodziankę.

– Bassie... Odwiedzisz mnie jutro? – Przy Valu nagle stanęła dziewczynka ubrana w piżamkę w drobniutkie żółte motyle.

– Oczywiście, że tak... – Val błyskawicznie przyklęknął koło dziecka i złapał je delikatnie za ręce. – Pamiętasz, co ci obiecałem. Będę tu przychodził tak długo, aż wyzdrowiejesz. – Potrząsnął zabawnie głową. Dzwoneczki na jego czapce zabrzęczały figlarnie.

Dziewczynka chwyciła za czerwoną kulkę z pianki przymocowaną do Valowego nosa, potrzasnęła nią zamaszyście i czmychnęła do sali.

– Naprawdę pojawiasz się tutaj tak często? – zapytała Nina.

– Jeżeli nigdzie nie wyjeżdżam albo nie mam umówionych spotkań, to tak. Kiedyś gnało mnie po świecie, teraz coraz mniej bywam. A ta mała na mnie czeka, tak samo jak kiedyś Vera... – powiedział Valentijn i zamyślił się głęboko, próbując sobie przypomnieć swoje początki w de Winde.

Loretta poprosiła go o koncert dla dzieci wkrótce po stracie jego rodziców. Prawie osiem lat temu. Był tak zaślepiony swoim bólem, że najpierw stanowczo odmówił, ale ona nie ustawała w prośbach. Nie mógł wtedy nawet patrzeć na swoje skrzypce. Dostał je od mamy na szóste urodziny. To był Karl Höfner, rekomendowany przez dziadka – muzyka Orkiestry Królewskiej w Amsterdamie. Dziadek polecił wprawdzie kupić nowy instrument, ale rodzice liczyli wtedy każdy grosz, więc Vera nabyła skrzypce z drugiej ręki. Ojciec psioczył na nazbyt oszczędną córkę, a potem zabrał się do renowacji pudła. W wolnych chwilach bawił się w lutnika, po mistrzowsku poprawił mostek, kołki i zmienił struny, na takie z bardziej miękkim dźwiękiem. Według dziadka instrument kupiony przez mamę miał prawdopodobnie około stu lat. Val od początku się w nim zakochał.

– Ode mnie dostaniesz porządny smyczek, synku – mówił dziadek. – Te najlepsze zrobione są z bardzo twardego drewna, fernambuku. Musisz o niego dbać, smarować kalafonią, czyli specjalną żywicą, nie dotykać włosia, bo od brudnych dłoni natłuszcza się i pokrywa plamami, luzować po graniu i nie napinać za mocno.

– Nigdy tego nie zapamiętam! – Val się buntował i marszczył śmiesznie swój nakrapiany drobnymi piegami nos.

– Zapamiętasz! – przekonywał dziadek. – Jesteś bardzo zdolny, jak twoja mama, tylko że ona wolała piec niż grać. Nie mogę jej mieć tego za złe. Najważniejsze, żeby była szczęśliwa. Kiedyś to zrozumiesz, synku. A teraz chodź na obiad. Vera ugotowała cały gar zupy pomidorowej.

Uwierz mi, nawet twoja babcia nie potrafi tak dobrze jej doprawić jak moja córka. Tylko cicho sza, nic nie mów, bo będzie dramat! – Dziadek mrugnął zawadiacko i pociągnął wnuka za rękę.

Val zgodził się na koncert tylko dlatego, że mama bardzo lubiła Lorettę. Pożałował tego praktycznie od razu. Kiedy stanął po raz pierwszy w hospicjum de Winde w sali wypełnionej dzieciakami, z policzkiem przytulonym do zimnego pudła rezonansowego, marzył o tym, żeby stamtąd uciec. Najchętniej zaszywał się wtedy sam w domu. Nie chciał rozmawiać z ludźmi, był jak zranione zwierzę, kryjące się z bólem głęboko w kniejach, przeganiał nawet Romea, który jak nigdy przedtem potrzebował teraz swojego brata.

I wtedy, kiedy tak stał samotny naprzeciw całego świata, napotkał spojrzenie kilkuletniej dziewczynki. Siedziała uśmiechnięta na wózku inwalidzkim z kroplówką podczepioną do umieszczonego na rączce wenflonu. Gdy po koncercie wszystkie dzieci wybiegły z sali, ona jedna została na widowni.

– Czekam tu na mamę, wiesz? – powiedziała cichym, świszczącym głosem. – Umie gotować najlepszą na świecie zupę pomidorową. Lubisz pomidorową?

– Tak, bardzo – odpowiedział szybko.

– To poproś swoją mamę, żeby ci taką ugotowała!

Val poczuł, że niewidzialna żelazna taśma zaciska się na jego sercu.

– Tak, poproszę ją. Zaraz gdy tylko wrócę do domu – skłamał. – A jak masz na imię?
– Vera. Mam na imię Vera, a ty?
To nie mogło dziać się naprawdę!
– Valentijn.
– Ładnie. Przyjdziesz do mnie jutro, Valentijn? I pojutrze?
– Przyjdę. Będę ci grał na skrzypcach, chcesz?
– Nie zostało ci dużo takich koncertów. Ja już niedługo będę aniołkiem. Ale bardzo chciałabym, żebyś dla mnie grał... Jesteś taki dobry, Valentijnie. I lubisz pomidorową!

Zacisnął kurczowo powieki. Mama na pewno maczała w tym swoje palce. Albo raczej skrzydła. I może dlatego Val zobaczył nagle mizerne światełko w tunelu. Musiał je znaleźć i przestać się nad sobą użalać. Ona by tego nie chciała. Tak jakby mówiła teraz: „Val, nie jesteś sam na tym świecie. Zrób coś dla innych, synu. Tak jak cię tego nauczyłam...".

– Hej, wracaj do mnie! – Usłyszał nagle jak zza grubej waty głos Niny. – Po raz kolejny pytam cię, o czym chciałeś ze mną porozmawiać.

Valentijn potarł obiema dłońmi twarz. Na skórze jego rąk zostały kolorowe smugi.

– Cholera, ciągle zapominam, że jestem umalowany – mruknął. – To dla faceta raczej niecodzienna sytuacja, więc wybacz, jeżeli rzeczywiście wyglądam teraz jak prawdziwy klaun. Dlaczego masz taką poważną minę? Chodzi o Bombonierkę, tak?

Nina nie umiała już dłużej udawać dzielnej i niezłomnej. Ostatnie dni mocno nadwerężyły jej pewność siebie. Przylgnęła całym ciałem do jego obleczonej w czerwono-żółty kostium piersi. Val, zaskoczony tym nagłym wybuchem czułości, na sekundę zesztywniał, a potem otoczył ją ramionami.

– Boję się, że to się źle skończy – szepnęła w gładki materiał. – Ciotka Emilia tak bardzo na mnie liczyła…

– Nie stracisz Bombonierki – powiedział z przekonaniem Val. – Pomogę ci. Tak się składa, że doskonale wiem, kto stoi za tą całą prowokacją. A teraz już nie becz, bo poplamisz mój unikatowy strój! Dałem za niego prawie sto euro na Marktplaats[6].

---

[6] Internetowy serwis aukcyjny działający w Holandii.

ROZDZIAŁ 6

Skradziony medalion i odsiecz w fiaciku

Czasem i cukier bywa gorzki.
A czekolada niezjadliwa.

Otmuchów, 1984

Szlag by trafił historyka! Rozwścieczona jak osa Aurelia tupała niecierpliwie na opustoszałym przystanku. Gdyby ten złośliwy belfer nie kazał jej zostać po lekcjach, zdążyłaby bez problemu na autobus do Trzebieszyna. Według rozkładu następny pekaes odchodził za półtorej godziny, ale nie mogła czekać tak długo. Wróciłaby wtedy do domu grubo po zmierzchu i matka urządziłaby kolejną awanturę, a kto wie, może zdzieliłaby ją pięścią po plecach, a potem poprawiła pasem, tak jak ostatnio, kiedy próbowała się wykręcić od niedzielnej mszy.

– Zapamiętaj to sobie, moja panno! – Michalina Dobrzycka z nabrzmiałą czerwoną twarzą stała nad płaczącą córką. Na przedramieniu Aurelii widniały krwawe wybroczyny po kilkukrotnych razach metalową sprzączką od paska. – Kościół to świętość! Już jedna z was się od niego odwróciła i teraz pokutuje za grzechy w szpitalu.

– Emilia niczego złego nie zrobiła! Po prostu wybrała inną drogę. Nie możesz jej za to karać, mamo. Ani ty, ani twój Bóg – odważyła się powiedzieć Aurelia.

Dobrzycka uniosła prawą dłoń i zdzieliła córkę po policzku. Dziewczyna zajęczała żałośnie.

– Ubieraj się, ale już! Czekam na ciebie w korytarzu za kwadrans. I wyszoruj porządnie twarz, bo wyglądasz jak ladacznica z tymi niezdrowymi rumieńcami!

Aurelia uciekła do łazienki. Odkręciła kran i z ulgą włożyła pod niego głowę. Lodowaty strumień łagodził ogień na jej skórze. Spróbowała po omacku chwycić ręcznik, ale jej dłonie natrafiały raz po raz na śliskie kafelki. W końcu spojrzała na ścianę. Wieszak był pusty. Na pewno matka zabrała ręcznik do prania. Aurelia porządnie odcisnęła włosy z wody, ostrożnie uchyliła drzwi i rozejrzała się wokół. Gdyby Michalina ją teraz zobaczyła, niechybnie zrobiłaby kolejną awanturę, że biega z mokrymi kudłami.

Dziewczyna już miała przemknąć do swojego pokoju, gdy nagle jej uszu dobiegł cichy głos matki:

– Tak, proszę księdza. Wielebny zawsze mnie zrozumie... Oczywiście, że przyjdę, jak tylko będę mogła. Może dziś po mszy? Ach, jest ksiądz chory? To w takim razie umówmy się na piątek. Przyniosę ten medalion, tak jak obiecałam... Aurelia? O nią proszę się nie martwić, jest głupia i łatwowierna. Przeczytałam jej ten list od sióstr z zakonu, gdzie przebywała Emilia. Nie było tam żadnej wzmianki o medalionie, ale żeby uwiarygodnić tę historię, dopisałam co nieco. Wiem, że Pan Bóg mi wszystko wybaczy, gdyż robię to wszystko dla dobra córek, choć one jeszcze tego nie rozumieją...

Aurelia zakryła dłońmi buzię. Pod jej stopami utworzyła się już spora kałuża. Błyskawicznie ściągnęła sweter i wytarła podłogę, po czym bezszelestnie nacisnęła klamkę i wślizgnęła się do swojego pokoju. Drążącymi rękoma rozczesała mokre włosy i zaplotła na nich ciasny warkocz.

– Jesteś gotowa? – Zza drzwi dobiegł niecierpliwy głos matki.

– Tak, już idę, czekaj na mnie na dole! – krzyknęła. – Muszę tylko włożyć buty.

Po chwili trzasnęły drzwi wejściowe. Aurelia odczekała kilka sekund i weszła do królestwa matki. Szarpnęła za uchwyt kredensu na wysoki połysk i spod stosu bielizny pościelowej wydobyła małe zawiniątko. Intuicja jej nie myliła. Matka zawsze chowała cenne rzeczy pod powłoczkami i prześcieradłami. Tym razem popełniła błąd. Ten medalion należał do Emilii i Aurelia musiała go jej oddać. Nawet jeżeli matka miałaby ją potem zatłuc. Jak ona mogła tak kłamać! Wmawiała jej chorobę Emilii, a ona jej uwierzyła i zawiodła na całej linii. Musiała teraz przekonać siostrę, że została zmanipulowana i nie wiedziała, co robi. Miała nadzieję, że ten medalion zmiękczy serce Emi. Gdy tylko wydobrzeje, wyjadą razem do Holandii. Aurelia nie potrafiłaby już żyć z matką, nie po tym, co się stało. Nienawidziła jej tak bardzo, tak mocno…

Schowała ostrożnie zawiniątko do kieszeni. Musiała działać rozważnie i przygotować sobie w głowie cały scenariusz. Nie przewidziała jednak pewnych komplikacji…

Do tej pory wszystko szło zgodnie z planem i gdyby nie ten cholerny Nowosielski, już siedziałaby przy łóżku Emilii, a teraz tkwiła bezproduktywnie na tym przystanku. Co robić? Rozzłoszczona dziewczyna z całej siły kopnęła leżący pod stopami okrągły kamień. Potoczył się w tumanie kurzu na dziurawą jezdnię prosto pod koła kanarkowego fiata 126 p, który, rzężąc jak gruźlik, zatrzymał się tuż obok niej.

– Może cię gdzieś podrzucić? – Zza uchylonej szyby dobiegł głos… Nie do wiary, tego kujona, Witka Kostrzewskiego!

Dziś miał na sobie granatowy sweter pleciony w grube warkocze i staromodną koszulę z szerokim kołnierzykiem.

Wyglądał, jak zwykle, niczym relikt przeszłości. Ale tym razem nie miało to dla Aurelii żadnego znaczenia! Kostrzewski spadł jej prosto z nieba!

– Szybko, ruszaj, no dalej! – krzyknęła, otwierając drzwiczki auta i sadowiąc się na pokrytym wytartą baranią skórą siedzeniu.

– Mam cię zawieźć do domu? – zapytał Witek i wrzucił pierwszy bieg.

Fiacik potoczył się wolno w głąb ulicy.

– Nie! Jedź do Trzebieszyna, do szpitala! Tam leży moja siostra!

Witold momentalnie się skrzywił.

– To ponad trzydzieści kilometrów w jedną stronę. Nie starczy mi benzyny – wyjąkał. Ściskał kierownicę tak mocno, że aż pobielały mu knykcie.

– Kupimy paliwo na CPN-ie! Mam pieniądze! – Aurelia wyszarpała z wysłużonego plecaka okrągłą portmonetkę. – Błagam cię, pospiesz się. Czas nagli!

Witek dopiero przed kilkoma dniami odebrał z urzędu prawo jazdy i tak naprawdę to była jego pierwsza wyprawa samochodem. Solennie obiecał ojcu, że najwyżej pół godziny dla rozgrzewki pojeździ po bocznych uliczkach i wróci do domu. Nie było mowy o wyprawie tak daleko, a w dodatku trasa prowadziła przez dwa duże skrzyżowania ze światłami, a on przecież jeszcze nigdy nie jechał tam samodzielnie, bez instruktora.

– Proszę cię, Witek... – wyjąkała Aurelia, widząc jego niezdecydowanie, i zaczęła płakać.

Chłopak, popatrując na nią z ukosa, toczył w głowie krwawą bitwę na argumenty za i przeciw tej eskapadzie. Mógł dużo stracić, ale jeszcze więcej zyskać... W końcu skręcił gwałtownie w prawo i dodał gazu.

– Może nawet nie będziemy musieli tankować – rzucił pogodnie i poczuł, jakby urosły mu skrzydła. Przed kilkoma miesiącami skończył dziewiętnaście lat i po raz pierwszy zrobił coś niezgodnego z wolą ojca służbisty. Bunt na pokładzie Kostrzewskich! To było nawet przyjemne uczucie.

Po chwili poczuł na ramieniu dłoń Aurelii. Miał wrażenie, jakby na jego starym swetrze usiadł delikatny motyl.

– Nigdy ci tego nie zapomnę, Witek. Nigdy, pamiętaj o tym! Jesteś równy gość!

Na Witkowym firmamencie rozśpiewały się chóry anielskie. Co za dziewczyna! Gdyby powiedziała mu to na początku, pojechałby nawet do Gdańska!

Kilkadziesiąt minut później stary fiacik komornika Kostrzewskiego zatrzymał się na słabo oświetlonym szpitalnym parkingu. Zaczęło mżyć.

– Poczekam na ciebie w aucie, dobrze? – powiedział, ale Aurelia już go nie słyszała. Od razu wyskoczyła z samochodu i pognała do ceglanego budynku.

Tuż przy recepcji na jej drodze stanęła pielęgniarka ubrana w poplamiony jakimś fioletowym płynem fartuch.
– A dokąd to panienka tak gna? Dziś już nie ma odwiedzin! – zagrzmiała groźnie i ujęła się pod boki.
– Bardzo siostrę proszę… to ważne, tylko na kilka minut! – Aurelia złożyła ręce jak do modlitwy, ale pielęgniarka pozostała nieprzejednana.
– Nie ma mowy! Żadnych wyjątków! Dopiero bym dostała burę od doktora Obarskiego. Jest bardzo surowy i biada komukolwiek sprzeciwić się jego poleceniom. Nie mam zamiaru tracić przez ciebie pracy, moja droga. Zmykaj, ale już! Przyjdź jutro rano, dobrze? – dodała nieco łagodniej, widząc zrozpaczony wyraz twarzy dziewczyny.

Aurelia zrozumiała, że nic już nie wskóra. Sięgnęła szybko do kieszeni i wyjęła z niej małe zawiniątko.
– W takim razie proszę to przekazać Emilii Dobrzyckiej. Sala numer pięć. To bardzo ważne… Ona musi jak najszybciej mieć ten medalion…

Pielęgniarka nieufnie przyjęła pakunek.
– Mogę? – zapytała i, nie czekając na odpowiedź, rozchyliła zawiniątko.
– To bardzo piękna rzecz – powiedziała nagle wzruszona.

Gest tej dziewczyny bardzo ją rozczulił. Przyniosła swojej chorej siostrze medalik i zapewne codziennie żarliwie modliła się o jej zdrowie. Pielęgniarka była głęboko wierząca, a dzisiejsza młodzież raczej uciekała od Kościoła do swoich rockowych idoli. Teraz nie mogła odmówić tej dziewczynie. Czułaby się wtedy, jakby popełniała grzech.

– Przekażę jej to – powiedziała szybko. Włożyła zawiniątko do kieszeni fartucha i rozejrzała się na boki. Ordynator Obarski miał to do siebie, że pojawiał się zawsze niespodziewanie, tak jakby wiecznie czyhał na potknięcia lub niesubordynację swojego personelu. – I poczekaj chwilę, dziecko, co mam przekazać Emilii Dobrzyckiej? Od kogo ten prezent?

– Proszę powiedzieć, że od Aurelii.

– To wszystko? – zdziwiła się pielęgniarka.

– Niech jej pani jeszcze powie, że bardzo ją kocham. Najbardziej na świecie.

Aurelię obudziło głośne szczękanie garnków w kuchni. Przetarła szybko zaspane oczy i spojrzała na przewieszone niedbale przez poręcz krzesła błękitne dżinsy. Tuż przy miniaturowej kieszonce na biodrze spodni widniała ciemna smuga. Dziewczyna uśmiechnęła się bezwiednie. Chyba się udało! Najważniejsze, że Emilia dostała swój medalion.

Kiedy Aurelia wróciła do domu, matka nawet nie wychyliła nosa z pokoju. Na drzwiach błyskało niebieskie światło od telewizora, a zza szyby dobiegały stłumione głosy jakiejś małżeńskiej kłótni. Oznaczało to, że Dobrzycka włączyła swój ulubiony serial, a wtedy przepadała dla całego świata. Na stole w kuchni przykryte talerzem leżały dwie zimne parówki i czerstwy chleb, ale Aurelia nie miała ochoty na kolację. Witek już o nią zadbał. W drodze powrotnej ze szpitala wyczarował tabliczkę mlecznej czekolady Ratuszowa. Zajadali się nią w milczeniu, szeleszcząc srebrną cynfolią. Aurelia nie przyznała się chłopakowi, że od rana nie miała nic w ustach, ale zdradziło ją uporczywe burczenie w brzuchu, które bezskutecznie starała się zagłuszyć kaszlem. Kiedy w końcu chłopak podał jej kawałek trudno dostępnego przysmaku, spojrzała na niego z uznaniem. Po raz drugi, odkąd się poznali.

– Skąd to masz? – zapytała zdumiona. – W sklepach można kupić tylko ohydne wyroby czekoladopodobne. W dodatku na kartki! Zresztą i tak ich nie jadam. Mama wymienia je zawsze u sąsiadki na mięso, twierdząc, że od słodyczy psują się zęby.

– Mój ojciec czasem dostaje coś spod lady w supersamie – mruknął Witek i z niepokojem zerknął na migającą kontrolkę wskaźnika paliwa. – Wiesz, jak to jest. Z komornikiem lepiej żyć w zgodzie.

– Skąd mam wiedzieć? Nigdy jeszcze nie miałam żadnych zatargów z prawem – zażartowała Aurelia.

Z lubością smakowała na języku lepki smak czekolady. Za oknami auta już migały słabo oświetlone rogatki miasteczka. Dziewczyna chwyciła mocniej przetartą na rogach skórzaną listonoszkę.

– Zatrzymaj się na początku ulicy Świerczewskiego. Obok domu kultury. Przejdę się dalej. Moja matka często stoi w oknie, a nie chciałabym... znaczy nie mogłabym – plątała się w zeznaniach Aurelia.

Na szczęście jej wybawca był bardzo wyrozumiały.

– Jasne, nie musisz nic mówić – mruknął. – Zmyłaby ci głowę, gdybyś wróciła z jakimś podejrzanym typem, w dodatku samochodem. Grzeczne uczennice nie wsiadają do aut obcych mężczyzn.

– Po pierwsze, nie jesteś obcy, a po drugie... – Aurelia urwała i zaczerwieniła się po sam czubek głowy.

– Tak? – Witold zatrzymał auto tuż przy krawężniku i odwrócił się w jej kierunku, mrużąc lekko oczy.

– Po drugie, ja wcale nie jestem grzeczna. Cześć! – krzyknęła i wyskoczyła z samochodu jak z procy.

„Nawet mi nie podziękowała" – pomyślał zrezygnowany i w tym momencie usłyszał ciche pukanie w okno. Energicznie pokręcił korbką i opuścił szybę do połowy.

– Dziękuję ci za pomoc, Witku. Naprawdę to doceniam – powiedziała Aurelia. Jej skóra poróżowiała od mroźnego listopadowego powietrza. Nieśmiało wyciągnęła rękę i dotknęła delikatnie jego policzka.

– Źle cię oceniłam, przepraszam – szepnęła. – Jesteś równy gość. A teraz naprawdę muszę już iść. Bywaj!

Sylwetka Aurelii już dawno rozpłynęła się w mroku ulicy, a Witek nadal nie mógł się ruszyć z miejsca. Siedział za kierownicą jak zaczarowany, cały czas słysząc w głowie cichy głos dziewczyny, której on, największy łasuch świata, ot tak oddał przed godziną swoją ukochaną czekoladę. Już teraz wiedział na pewno, że ta znajomość będzie go kosztować o wiele, wiele więcej. Był na to przygotowany, ba, wręcz nie mógł się tego doczekać.

W końcu przekręcił kluczyk w stacyjce. Fiacik szarpnął i zaczął się krztusić, a potem silnik zgasł.

– Cholera jasna! – warknął Witold pod nosem i uderzył otwartą dłonią w deskę rozdzielczą. To i tak cud, że udało mu się dojechać tym szrotem tak daleko.

– Witek? A co ty tu robisz?

Kilka kroków dalej z wypchaną siatkową torbą stała jego starsza siostra. Najwyraźniej robiła zakupy w supersamie. Eugenia zaledwie dwa miesiące temu dostała pierwszą poważną posadę, protokolantki w kolegium do spraw wykroczeń, i w końcu wyprowadziła się z domu.

– Ojciec pozwolił ci zabrać wóz? – zapytała zdziwiona. – To do niego niepodobne! Trzęsie się nad nim jak co najmniej nad królewskim rolls-royce'em.

– Na chwilę, żebym poćwiczył – przyznał szczerze Witek. – A ja pojechałem do Trzebieszyna. Stary dostałby apopleksji! Musiałem... załatwić pewną arcyważną sprawę! Gienka, błagam, nie wydaj mnie, bo da mi szlaban! W dodatku jestem uziemiony, bo skończyło się paliwo... Umarł w butach, siostra!

– Skaranie boskie z tym chłopakiem – burknęła Eugenia. – Dobra, chodź ze mną, andrusie, tutaj niedaleko, na Buczka, mieszka taki jeden badylarz, ma u mnie dług wdzięczności, to może w ramach pokuty skołuje mały kanister benzyny. Ale pamiętaj, jak na stare lata nie będziesz się mną zajmował i usuwał najmniejsze pyłki spod moich zgrabnych nóżek, to urwę ci łeb, gnojku! Zrozumiano?

– Się wie! Jestem twoim dłużnikiem do końca życia! Inaczej niech mnie dunder świśnie!

Aurelia z trudem tłumiła ziewanie. Siedziała podparta łokciami o pulpit poplamionej atramentem ławki, z całych sił walcząc z opadającymi powiekami. Fizyk kreślił na tablicy jakieś zawiłe wzory, mamrocząc coś pod nosem, a cała klasa przysypiała, ukołysana przez monotonne brzęczenie zaplątanej w gigantycznej pajęczynie pod sufitem ospałej muchy.

Nagle drzwi do klasy otworzyły się gwałtownie i do środka wszedł ubrany w ohydny atramentowy garnitur dyrektor. Uczniowie jak na zawołanie wyprostowali się w ławkach. Fizyk zamarł z kredą w dłoni i spojrzał pytająco na pryncypała.

– Dobrzycka! – szczeknął służbiście dyrektor i potoczył groźnym wzrokiem po zmartwiałych twarzach wystraszonej młodzieży. – Która to?

– To ja. – Aurelia uniosła rękę.

Serce waliło jej jak młotem. Coś się musiało stać. Matka? Albo, nie daj Boże, Emilka. Bezwiednie zacisnęła dłonie w pięści.

– Spakuj torbę i chodź ze mną. A wy wracajcie do nauki – polecił dyrektor i, nie oglądając się za siebie, wyszedł z sali.

Aurelia błyskawicznie wrzuciła do torby podręczniki i, pochylając nisko głowę, podążyła za nim. Na korytarzu po lewej stronie drzwi stała matka. Była trupio blada.

– Emilia uciekła ze szpitala! – krzyknęła rozdzierająco. – Na pewno maczałaś w tym palce! W dodatku ktoś ukradł z kredensu złoty medalion, który należał do mnie! Ty wstrętna dziewucho, to twoja sprawka!

– Jak to uciekła?! – zawołała Aurelia i zaczęła głośno płakać. – Jak mogłaś do tego doprowadzić, mamo?!

– Zamilcz w tej chwili! Za wszystko mi odpowiesz! Przysięgam, za wszystko! To twoja wina! – powtórzyła Michalina.

Dyrektor spojrzał na nią z naganą zza grubych szkieł szylkretowych okularów.

– Proszę się uspokoić, pani Dobrzycka – zagrzmiał. – Szkoła to nie miejsce na rozwiązywanie rodzinnych problemów. Zwalniam pani córkę dzisiaj z pozostałych lekcji, ale życzyłbym sobie i całemu gronu pedagogicznemu, żeby załatwiała pani swoje osobiste sprawy poza placówką edukacyjno-wychowawczą! Ta histeria to bardzo niepedagogiczne zachowanie! Żegnam!

Michalina chwyciła Aurelię mocno pod ramię i pociągnęła ją w stronę schodów. Kiedy wyszły na dziedziniec przed szkołą, wiatr szarpnął boleśnie za jasny warkocz dziewczyny.

– Koniec tego dobrego! – sapnęła Dobrzycka. – Odeślę cię do internatu! Nie chcę mieć do czynienia z kłamczuchą, która okrada własną matkę! A teraz marsz do kościoła, wyspowiadać się ze wszystkich grzechów, inaczej do domu za próg nie wpuszczę!

ROZDZIAŁ 7

Niespodzianka w antykwariacie i rogalowy *savoir-vivre*

Spójrz na kawałek czekolady.
A najlepiej włóż go do ust i zamknij oczy.
Czujesz?
To właśnie szczęście.

Marianna miała ogromne wyrzuty sumienia. Bombonierka od kilku dni była zamknięta na trzy spusty. Nina chodziła z zaczerwienionymi oczami, dziewczyny nie mogły sobie znaleźć miejsca, a ona sama… z trudem ukrywała radość. Jej nieudane małżeństwo w końcu dobiegło końca. Iwo podpisał zgodę na wyjazd Benia do Holandii i dał jej upragnioną wolność. Nie miała praktycznie niczego, żadnego majątku, ponieważ zrzekła się praw do ich wspólnego domu, z zastrzeżeniem, że jej część nieruchomości automatycznie przejdzie na synka, kiedy ten osiągnie pełnoletność. Tak jej poradziła Maria Grodnicka, bo Mańka oczywiście pozbyłaby się wszystkiego, byleby tylko nie musieć się układać z Iwem. Na razie nie martwiła się o pieniądze. Wierzyła, że uda się jej powoli odbudować finansową stabilizację, a teraz łapała garściami nowe życie na końcu świata, ciesząc się chwilą i drobiazgami.

Benio coraz lepiej radził sobie z obcymi zwrotami, może dlatego, że w końcu zapisała go do szkoły TiNtaan, dla dzieci niewładających jeszcze językiem holenderskim w stopniu pozwalającym im na pójście do normalnej placówki. Mały tak szybko i z zapałem uczył się charczących słówek, że dostał już kilka pochwał od nauczycielki. Oprócz niego w klasie znajdowało się jeszcze kilkoro uczniów z językowymi zaległościami, ale przemiła młodziutka *juf* Roos, uspokajała, że dzieciaki w mig nadgonią cały materiał.

– *Ik heet Bernard* – mówił jej dzielny synek, wysuwając z przejęciem koniuszek języka i wtulając mięciutką, pulchną rączkę w dłoń mamy. – *Juf* mówiła, że to bardzo piękne, tradycjonalne imię. Tak się nazywał mąż starej pani królowej, ale oboje już umarli. A kiedy ja umrę?

– Nieprędko. – Marianna się wzdrygnęła, ale była już przyzwyczajona do dziwnych pytań chłopca. – I nie tradycjonalne, a tradycyjne!

Stary zegar na krzywej wadze miejskiej na placu de Brink wskazywał dokładnie godzinę drugą. Wracali niespiesznym krokiem ze szkoły do domu. Benio machał zamaszyście kolorowym workiem z blokiem rysunkowym i kredkami i chwalił się przed mamą, ilu nowych słówek nauczył się dziś w szkole.

– *Ik woon in Deventer* – wyrecytował wolno i wyraźnie. – Chyba mogę tak mówić, mamusiu? To tutaj jest teraz nasz domek? A nie u tatusia? – dodał już po polsku.

– Masz teraz dwa domki, syneczku. U tatusia i tutaj, u cioci Niny. Pamiętasz, co ci mówiłam?

– Tak. – Benio pokiwał z przejęciem głową. – Rozstałaś się z tatem i teraz nie mieszkacie razem, ale ja już na zawsze będę waszym synkiem. I oboje kochacie mnie najbardziej na świecie!

– Zgadza się, mój mądralo. A mówi się „z tatą", a nie „z tatem". Biegnij do Bombonierki, Marta na pewno ma dla ciebie gorącą czekoladę. Ja zaraz do was przyjdę, muszę wstąpić na chwilę do antykwariatu.

Benio w podskokach popędził w stronę malinowej kamienicy. Marianna odczekała chwilę, śledząc uważnie synka, a kiedy zniknął za drzwiami chocolatierki, uśmiechnęła się bezwiednie i z radością popatrzyła na sąsiadujące z Bombonierką domy. Walstraat była przepiękną ulicą, jedną z najurokliwszych w mieście. Brukowany trotuar, mieniące się wszystkimi kolorami tęczy fasady strzelistych kamieniczek, obrośniętych ścianą zieleni, i ukochane przez Mariannę miniaturowe sklepiki z mydłem i powidłem. Lubiła pogawędzić z właścicielem antykwariatu Pod Białym Jeleniem o wyższości Szekspira nad Goethem, oglądać nowe naszyjniki z lapis-lazuli, robione ręcznie przez Jolene z pracowni Błękitny Kamień, ale najbardziej na świecie kochała wizyty w księgarence Antoinette. Jej właścicielka była Francuzką z Nantes, która mówiła po angielsku z silnym akcentem, a jej słowa naszpikowane były wibrującym i uroczym francuskim r. Patrząc na nią i jej wzruszającą zaraźliwą pasję do książek, odruchowo myślała o księgarni Między Bookami, którą prowadziły kiedyś z Niną. Minęły dopiero dwa lata od chwili, gdy ich wspólny biznes upadł, a Mariannie się zdawało, jakby wydarzyło się to w zeszłym stuleciu. W innym życiu, które już bezpowrotnie minęło.

– Jak dobrze cię widzieć, *mon chéri!* – zawołała Antoinette na widok Marianny i wyciągnęła ku niej obie ręce. – Wchodź szybciutko, mam coś dla ciebie!

Marianna schyliła lekko głowę (te urocze, niskie, ponad stuletnie stropy!) i znalazła się w miniaturowym pomieszczeniu wypełnionym od posadzki aż po sufit oprawionymi w płótno i skórę książkami.

– Uwielbiam ten zapach, *madame* Antoinette – powiedziała i wciągnęła z lubością w nozdrza aromat starych woluminów wymieszany z wonią kurzu i skóry.

– Jesteś niezwykła, kochanie! – Klasnęła z zachwytu Francuzka. – Młodzi wolą raczej zapach świeżo wydrukowanych książek, papieru i tuszu, a ty... jesteś taka jak ja. Ze stemplem takich egzemplarzy już nie produkują. Lubimy starocie, może dlatego, że pachną przeszłością, słodkim, piżmowym zapachem, który długo utrzymuje się w nosie. I wiesz co, podobno ten aromat przywodzi na myśl moje dwie ukochane słabości... czekoladę i kawę.

– Ta teoria wyjaśnia, dlaczego za każdym razem, kiedy czytam książkę, sięgam po coś słodkiego! – Roześmiała się Maniana.

– Twoja zachcianka, kochana, jest udokumentowana naukowo. – Antoinette poprawiła opadające na czoło niesforne białe jak skrzydło gołębia loki. – Kilka lat temu podczas mojej podróży do Birmingham wraz ze starym przyjacielem, brytyjskim arystokratą, odwiedziłam Museum and Art Gallery. Jakież było moje zaskoczenie, kiedy wręczono nam nieoznakowane próbki zapachu starej książki. Zgadnij, co oboje wyczuliśmy?

– Oczywiście czekoladę!

– *Oui*! To brzmi zabawnie, ale czekolada i kawa zawierają sfermentowane lub prażone związki chemiczne zwane ligniną i celulozą, które występują również w rozkładającym się papierze. Ale nie martw się, nie będę zanudzać cię naukowymi odkryciami. To tylko wstęp do mojej niespodzianki, *voilà!* – Mówiąc to, Antoinette wręczyła

Mariannie przewiązany błękitnym sznurkiem pakunek. – Nie krępuj się, otwórz!

Marianna pospiesznie rozerwała papier. Po chwili trzymała w rękach niepozorne pudełko z napisem „Old Books". Pachniało zniewalająco i tak znajomo!

– Prosto z Anglii. Od Petera, mojego arystokraty. – *Madame* mrugnęła do Maniany. – Jedna z walijskich firm wyprodukowała czekoladę o zapachu starych woluminów. Wyczujesz tu aromat tytoniu z kubańskich cygar, palonych orzechów laskowych, kadzidła, miry i wędzonej soli morskiej. Kiedy Peter mi o tym opowiedział, od razu poprosiłam go o zakup tabliczki dla mojej polskiej przyjaciółki. Wiem, co chcesz teraz powiedzieć: „Dlaczego tylko dla mnie, a nie dla Niny?". Ha! Widzę po twojej minie, że miałam rację! Nie martw się, dla niej też mam taką tabliczkę. Jesteście mi bardzo bliskie… może dlatego, że wszystkie musiałyśmy budować swoje życie od nowa na obczyźnie. I wszystkie, pomimo trudności i tęsknoty za krajem ojczystym, świetnie dajemy sobie tutaj radę…

– To prawda. Kocham Ninę jak siostrę. To ona dała mi szansę na nowe życie… – wyszeptała Marianna. – Tak bardzo chciałabym jej pomóc. Nie wiem, czy słyszała pani o tej aferze z tortem Sachera. To oczywiście bzdura…

– Wiem… czytałam miejscową gazetę – potwierdziła Antoinette. – Wszystko skończy się dobrze, zobaczysz, *mon chérie*. To doświadczenie tylko was wzmocni. Nie możecie się poddawać. Bombonierka od zawsze znana jest z najwyższej jakości czekoladek, a złych, zawistnych ludzi niestety na tym świecie nie brakuje… A teraz biegnij już do swojej przyjaciółki i synka, bo przecież widzę, że marzysz tylko o tym, żeby ich teraz uściskać.

Marianna wracała do Bombonierki podniesiona na duchu. Czasem zwykła rozmowa z dobrym, życzliwym człowiekiem sprawiała, że niebo nabierało znowu błękitnych barw.

– Dzień dobry, Marto! – zawołała, widząc krzątającą się przed malinową kamienicą dziewczynę. – Kontrolerzy już sobie poszli?

– Tak – mruknęła dziewczyna. – Nareszcie skończyli grzebać nam w każdym kącie. Musimy teraz czekać na wyniki tej niedorzecznej farsy. Podobno może to potrwać nawet kilkanaście dni. Ta opieszałość naraża nas na niewyobrażalne straty…

– Odrobimy je wszystkie! – odrzekła Marianna i weszła do środka. – Musimy być dobrej myśli, bo po co być złej?

– Łatwo ci wierzyć za cudze pieniądze, mądralo. Gdyby chodziło o twoją firmę, nie byłabyś taka beztroska – fuknęła Marta i zabrała się za mycie zakurzonej witryny.

Zaledwie po kilkunastu sekundach Marianna wybiegła na zewnątrz.

– Gdzie jest Benio?! – zawołała. – Przecież miał tutaj na mnie czekać!

– Hola, hola, moja pani! Nie jestem niańką twojego bachora. – Marta ujęła się pod boki. – Sama go sobie pilnuj, zamiast przesiadywać na ploteczkach u Antoinette! Widziałam, jak konferowałyście przed jej antykwariatem.

– Jak mogłaś wypuścić go samego na ulicę?! Przecież on ma dopiero sześć lat! Może poszedł z kimś obcym... jest jeszcze taki ufny! – Marianna, nie czekając na odpowiedź Marty, pobiegła w głąb Walstraat.

Dziewczyna wzruszyła ramionami i popukała się w czoło.

– Histeryczka! Jakbym nie miała, co robić! Już widzę, jak ktoś porywa takiego przemądrzałego dzieciaka! Za dopłatą bym go nie chciała.

Romeo podciągnął wysoko rękawy białej płóciennej koszuli i zerknął do miski. Ciasto wyrosło pięknie, było elastyczne, miękkie i nie kleiło się do dłoni. Wczoraj, porządkując w szufladzie rachunki, natknął się na ten przepis mamy, opatrzony miniaturowymi zabawnymi rysuneczkami paryskich kawiarni. Vera uwielbiała włóczyć się bez celu po romantycznych zakątkach ukochanego miasta. Z Champ de Mars podziwiała wieżę Eiffla, pogryzając zwykle świeżą sezamową bułeczkę *roulé* z piekarni Utopie, spacerowała po targu Aligre z torbą ciastek *madeleine* i piła najlepszą w Paryżu herbatę w herbaciarni Angelina przy rue de Rivoli. Ojciec śmiał się zawsze, że z matką nie da się zwiedzać tego miasta, z nią trzeba je po prostu... zjeść.

Nagle uszu Romea doszedł cichy szmer, jakby skrobanie palcem po szkle. Spojrzał uważnie w kierunku okna, a po sekundzie jego twarz rozjaśnił uśmiech. Za zakurzoną lekko szybą zobaczył pyzatą buzię swojego małego przyjaciela, który podobnie jak i on wręcz przepadał za croissantami.

Jeurissen wyszedł szybko na zewnątrz i jak zawsze przyklęknął tak, żeby jego oczy znajdowały się na wysokości buzi chłopca.

– *Ik heet Bernard* – powiedział bardzo poważnym i dumnym tonem mały.

– *En ik heet Romeo. Aangenaam*[7] – odparł uroczyście Romeo.

– Tego słowa nie rozumiem – przyznał uczciwie Benio. – To za trudne. Jestem głodny! – oznajmił i złapał się za brzuszek.

– Myślę, że mam na to radę. – Roześmiał się. – Chodź ze mną, łakomczuchu. Pora, żebym nauczył cię najważniejszych zasad jedzenia croissantów.

---

[7] hol. Bardzo mi miło.

Obaj wrócili do pachnącej masłem i kruszonką piekarni. Benio usadowił się przy swoim ulubionym stoliku tuż przy szerokiej ladzie wypełnionej świeżutkimi wypiekami. Przy kasie stało kilkoro klientów, którzy na widok poważnej miny chłopca uśmiechali się ciepło. Za kontuarem stała ubrana w pasiasty fartuszek Irene. Ujmowała delikatnie srebrnymi szczypcami kruche i parujące croissanty, tak jakby były najcenniejszymi kamieniami szlachetnymi, i pakowała je do firmowych toreb.

Romeo podszedł do kontuaru, sięgnął do wypełnionego pieczywem koszyka i wyjął puchatego, delikatnie przyrumienionego rogalika. Benio patrzył na niego z niemym zachwytem.

– Pamiętaj, kolego, prawdziwy croissant nie może ociekać tłuszczem. Ma być lekki jak piórko, z chrupiącą skórką, pusty w środku, a jednocześnie miękko rozpływający się w ustach.

– *Lekker krokant* – powtórzył Benio i położył łapkę na rogaliku. – Mogę już jeść? – zapytał i, nie czekając na odpowiedź, wpakował na raz pół croissanta do buzi.

– Jest dobry, prawda? – Romeo patrzył rozbawiony na małego, a potem przysiadł się do stolika. – A teraz zasada numer dwa. Nigdy nie jedz rogalika, który nie jest świeży. Jedzenie starych croissantów to grzech!

– *Zonde!* Grzech! – potwierdził Benio, mlaskając ze smakiem.

Na jego koszulce tkwiły już okruchy ciasta francuskiego. Strzepnął je na podłogę, po czym złapał się za głowę. Jasne płytki wokół jego bucików upstrzone były złocistymi okruszkami.

– Nabrudziłem! – zmartwił się chłopiec. – Zaraz posprzątam.

– Croissantowy *savoir-vivre* nakazuje, że trzeba kruszyć – uspokoił go Romeo. – Jeżeli nie ma wyraźnych śladów po konsumpcji, znaczy, że nasz croissant nie był smaczny! A przecież to nieprawda? Najadłeś się, przyjacielu?

– Tak… – Benio poklepał się po brzuchu. Zrozumiał tylko ostatnie zdanie z długiego wywodu Romea, po czym dyskretnie wytarł tłuste rączki w koszulkę. – Szkoda, że nie ma tutaj ptaszków, wydziobałyby te okruszki co do jednego. Mamusia mówi, że trzeba się dzielić i nie można marnować jedzenia. A ja poproszę jeszcze jednego rogalika!

– Nie ma mowy! – Romeo podniósł obie dłonie. – Ostatnia, trzecia zasada brzmi: „Nie można jeść więcej niż jednego croissanta naraz". Inaczej to obżarstwo. A ty przecież jesteś dżentelmenem.

Benio już nie zdążył odpowiedzieć, gdyż do stolika podbiegła Marianna. Miała rozwiane włosy i ślady łez na policzkach.

– Dlaczego znowu uciekłeś?! – zawołała z wyrzutem. – Miałeś na mnie czekać w Bombonierce!

– Ale byłem głodny, a ciocia Marta powiedziała, że wszystko jest zamknięte i nie ma dla mnie czekolady. – Usta małego wygięły się w podkówkę. – Nie złość się, mamusiu... Nauczę cię jeść maślane rogaliki, chcesz? Możesz je sobie kruszyć, Romeo mówi, że tak wolno! To po dże... lu... meńsku!

Romeo wyciągnął rękę i bez słowa czułym gestem odgarnął długie jasne pasma, które przykleiły się do mokrych policzków Marianny. Dziewczyna, jakby nie dowierzając temu, co się dzieje, na sekundę zamknęła oczy, a potem zawstydzona własnymi myślami otworzyła je i szybko otarła rękawem swetra.

– Nie złość się na niego... – powiedział miękko Romeo. – To moja wina. Powinienem jak najszybciej odprowadzić go do chocolatierki, a nie kusić croissantami. Przecież to nie pierwszy raz, kiedy ucieka potajemnie, bo jest głodny... – Mrugnął fluternie.

– Marta nie powinna go tak zbywać. Nie wiem dlaczego, ale mam wrażenie, że robi to złośliwie – westchnęła ciężko Marianna. – Bardzo mnie to martwi, bo nawet jeżeli z jakichś sobie tylko znanych powodów czuje do mnie niechęć, to co jej zawinił Benio?

„Lepiej, żeby Romeo nie wypytywał o te powody" – pomyślała w panice.

– Nie mów o mnie „Benio"! Mam na imię Bernard! Jak król! *Koning*! – Chłopiec uniósł dumnie podbródek.

– Ty mój królu… – Marianna w końcu się roześmiała i rozwichrzyła dłonią gęstą czuprynę chłopca.

– Nie można was nie lubić… A z Martą to na pewno jakieś nieporozumienie. Wszystko sobie niedługo wyjaśnicie, zobaczysz – powiedział pogodnie Romeo. – Przepraszam was, kochani, ale muszę wracać do pracy.

– Jeszcze raz dziękuję, że zająłeś się moim synkiem…

Marianna zrobiła krok do przodu, a później niespodziewanie dla samej siebie przylgnęła do mężczyzny, obejmując go mocno. Odwzajemnił jej uścisk i gładził delikatnie mocnymi dłońmi jej plecy. Pachniał domem, bezpieczeństwem, cynamonem i cukrem pudrem. Pod cienkim materiałem koszuli czuła miarowe bicie jego serca.

Romeo chłonął z zaskakującą nawet dla niego samego radością bliskość dziewczyny, a potem odsunął ją delikatnie od siebie i spojrzał prosto w jej piękne orzechowe oczy.

– Zawsze możecie na mnie liczyć, Marianno. Nigdy o tym nie zapominaj.

ROZDZIAŁ 8

Tajemniczy wojskowy i kuszenie ciastem

Najlepszy przyjaciel to taki,
który ma w domu tabliczkę czekolady.
A najlepiej dwie.

Weert, Holandia, 1984

Emilia szybko dochodziła do siebie. Siostry karmiły ją troskliwie własnoręcznie przygotowywanymi zupami, z których najbardziej lubiła gęstą i zawiesistą grochową, zwaną tutaj *erwtensoep*. Już w kilkanaście dni po przyjeździe do zakonu stanęła na nogi i od razu rwała się do pracy.

– Naprawdę nie musisz wstawać tak wcześnie. Wydobrzej najpierw, nabierz trochę ciała. Jeszcze zdążysz się zmęczyć. Tutaj u nas zawsze jest co robić – mówiła siostra Teresa, ale z przyjemnością patrzyła na swoją podopieczną.

Zaokrągliła się nieco, jej policzki nabrały rumieńców, a ruchy sprężystości. W niczym nie przypominała tego wystraszonego chuchra, które jeszcze tak niedawno przelewało się przez ręce. Pan Bóg nad nią czuwał. I cokolwiek złego zdarzyło się w jej życiu, dał dziewczynie kolejną szansę. A ona pragnęła zrobić wszystko, żeby jej nie zmarnować.

– Już niedługo wrócimy do kuchni. Pamięta siostra, dlaczego przyjechałam tutaj po raz pierwszy? – pytała Emilia podczas śniadania w refektarzu.

– Oczywiście. Nasza kochana Lukrecja, niech Pan świeci nad jej duszą, przysłała cię do nas, dziecko. Niestety na razie nic się nie zmieniło. Nadal borykamy się z problemami, brak nam środków na zapłatę podstawowych rachunków. Gminie nie opłaca się partycypować w kosztach tak dużego budynku, wolą go przerobić na kompleks apartamentów, których ciągle za mało w okolicy.

– Spróbuję wam pomóc – powiedziała Emilia. – Ale musimy się przygotować na harówkę… dzień i noc.

– Jesteśmy do tego przyzwyczajone. – Teresa machnęła dłonią. – Naszej pracy nikt nie widzi, ludzie myślą, że jedynie medytujemy tutaj, za murami, i zbijamy bąki. Nie oczekujemy pochwał, ale czasem jest ciężko, bo okoliczni mieszkańcy postrzegają nas jako jeszcze jeden bezużyteczny ośrodek do utrzymania za ich pieniądze z podatków. Dla nich jedyną uczciwą pracą jest ta na roli. Ponieważ jadłodajnia dla bezdomnych nie przynosi żadnych dochodów, a jedynie straty, w ich oczach jest zbędna, a biednych ludzi jest coraz więcej. Niestety.

– Zmienimy to – oznajmiła z mocą Emilia. – Będziemy piekły ciasta, produkowały czekoladki i same na siebie zarobimy. Niech się siostra nie boi, pobierałam nauki u Alexandre'a Caillera. To bardzo znany *maître chocolatier*. Zostanę tutaj tak długo, jak będzie trzeba. Mam własne plany, ale one... na razie muszą poczekać.

– Alexandre? Ten Alexandre? Od siostry Lukrecji? – zapytała nagle zakonnica i poniewczasie ugryzła się w język.

– To oni się tak dobrze znali? Nic o tym nie wiedziałam! Może mi siostra zdradzić więcej szczegółów? – Emilia patrzyła na nią zaintrygowana.

– To chyba nie jest dobry pomysł... stare dzieje... coś musiałam pomylić... – Siostra Teresa nagle się zmieszała. – Widzimy się później, mam za chwilę wizytę jednego z miejscowych radnych – powiedziała szybko i energicznie wstała od stołu.

Zawstydzona Emilia przygryzła górną wargę. Najwidoczniej niechcący poruszyła jakąś bardzo drażliwą kwestię, ale nie chciała dłużej drążyć, żeby nie spłoszyć siostry Teresy. Miała nadzieję, że ta tajemnica wkrótce się wyjaśni.

Tymczasem w zgromadzeniu zaczęła się mozolna praca. Siostry nie miały żadnych maszyn, zgniatały w moździerzu uprażone i ręcznie oczyszczone z łupinek ziarna, za które Emilia zapłaciła z własnej kieszeni. Zmieniały się co jakiś czas, bo ich mięśnie nie dawały rady tak ciężkiemu fizycznemu zajęciu. Niestety, mimo starań wszystkich zakonnic ziarna nie przypominały w żaden sposób jednolitej masy, na podobieństwo miękkiej plasteliny, którą chciała uzyskać Emilia.

– Ta konsystencja nie jest aksamitna ani delikatna. Cały czas wyczuwam w niej grudki. Musimy mieć młynek żarnowy, bo inaczej wszystkie tutaj padniemy – stwierdziła po kilku dniach zrezygnowana dziewczyna, ocierając chustką zroszone od potu czoło. Palce wszystkich pracujących z moździerzem sióstr pokrywały wielkie bąble. Na początku zakładały rękawiczki, ale te już po paru godzinach nadawały się do wyrzucenia. Emilia nie mogła się skupić na modlitwach, nie słuchała tego, co czytały podczas mszy postulantki, i cały czas zastanawiała się, jak zaradzić problemowi, który wydawał się nie do rozwiązania. Nie pomógł nawet prymitywny młynek, który siostry znalazły na plebanii miejscowego księdza.

Najprościej byłoby pójść do banku i wypłacić pieniądze, ale Emilia nigdy nie lubiła iść na skróty. Poza tym nie chciała uszczuplać swoich finansowych zapasów, nie wiedząc, co czeka ją w przyszłości. Otwarcie wymarzonej własnej cukierni na pewno kosztowało fortunę, musiała więc rozsądnie gospodarować majątkiem. A jednocześnie tak bardzo chciała pomóc siostrom uratować ich dom zakonny. Sytuacja zdawała się patowa.

W końcu pewnego popołudnia, kiedy o mały włos nie zjadła z nerwów całego ołówka, którym kreśliła w kajecie plany urządzenia własnego czekoladowego miejsca na ziemi, wpadła na świetny pomysł. Pospiesznym krokiem wyszła ze swojej celi na korytarz. Pachniało tutaj jedzeniem, które przygotowywano w kuchni dla chorych.

– Siostro Tereso… – Zapukała kilkakrotnie do sypialni ulubionej zakonnicy.

Po chwili drzwi uchyliły się i stanęła w nich Teresa z różańcem w dłoniach.

– Proszę, wejdź. – Serdecznym gestem zaprosiła Emilię do środka.

Dziewczyna wślizgnęła się do celi i rozejrzała bezwiednie dookoła. Pod niewielkim wysoko umieszczonym oknem stało wąskie łóżko z cienkim materacem obleczonym szarym kocem. Pod przeciwległą ścianą znajdowała się prosta szafka z jasnego drewna, na której stały małe lusterko i stosik równo poukładanych książek w twardej oprawie.

Zakonnica wskazała Emilii krzesło, ale ta potrząsnęła przecząco głową.

– Siostro, czy w miasteczku jest jakaś cukiernia? – zapytała, patrząc na nią z nadzieją.

– Nawet dwie – odpowiedziała Teresa. – A najbardziej znana, z tradycjami, to ta u Josa Hermansa. Wypiekają tam najbardziej znane w całej prowincji *vlaai*!

– Co to takiego? – Emilia zrobiła zdziwioną minę.

– To rodzaj tarty owocowej – wyjaśniła zakonnica. – Miejscowi cukiernicy najczęściej dodają do niej wiśnie, morele lub jabłka, które rosną bujnie w przydomowych ogródkach. Jak to się kiedyś mówiło? Najlepsze i najsmaczniejsze przepisy powstają z biedy. To właśnie wtedy, kiedy spiżarnia jest pusta, panie domu stają się najbardziej kreatywne. Mąki dostarczy młynarz, kury w obejściu zniosą świeże jajka, a mleko dadzą pasące się na pastwiskach krowy.

Emilia wiedziała już wszystko. Nazajutrz włożyła jedyną „cywilną" sukienkę (nie chciała zakładać habitu, żeby nie wzbudzać podejrzeń, że chce kogoś „naciągnąć" na Pana Boga, a poza tym przecież tak naprawdę już nie była zakonnicą) i poszła do miasteczka.

Piekarnia Josa Hermansa znajdowała się w samym centrum, przy dużym placu otoczonym fikuśnymi kamieniczkami. W wysokich oknach ocienionych granatowymi markizami pięknie wyeksponowano najróżniejsze ciasta. Przed witryną, z nosami przylepionymi do szyby, stało kilkoro dzieci wpatrujących się roziskrzonym wzrokiem w rozłożone na paterach przysmaki. Emilia pewnym krokiem wmaszerowała do środka, choć tak naprawdę serce waliło jej jak młotem. Z zachwytem rozejrzała się wokół.

Kolorowe ciasta wyłożone na podłużnych ladach odbijały się w ogromnych lustrach zawieszonych na jednej ze ścian. Za kontuarem stał szpakowaty mężczyzna z sumiastym wąsem. Emilia od razu domyśliła się, że to właściciel cukierni. Emanował pewnością siebie charakterystyczną dla ludzi prowadzących biznes. Na widok dziewczyny skłonił lekko głowę i zapytał przyjaznym głosem w silnym miejscowym dialekcie:
– Czym mogę panience służyć?
– Mam na imię Emilia. Emilia Dobrzycka. Chciałam porozmawiać z panem na osobności. To bardzo delikatna sprawa… – odpowiedziała łamanym holenderskim, a potem z ulgą przeszła na niemiecki. – Niech mi pan wybaczy językowe błędy… mieszkam w tej okolicy dopiero od kilku miesięcy.
– Świetnie sobie panienka radzi! – zapewnił Hermans. – Skąd pochodzisz, jeżeli mogę wiedzieć?
– Z Polski. To długa historia. Chciałabym zamieszkać w Holandii, dlatego muszę jak najszybciej nauczyć się porozumiewać z mieszkańcami tego kraju.
– Naprawdę doceniam te starania, bo znam ludzi, którzy żyją w tej okolicy całe lata i nawet nie próbują nauczyć się naszej gwary. Przepraszam, ale ze mnie gbur, nie przedstawiłem się. Nazywam się Jos Hermans. Jestem dumnym właścicielem tej piekarni. Zaczynałem jako młody chłopak, właściwie uczeń. To były czasy! Wypiekaliśmy

ciasta w przydomowych ceglanych piecach, *bakhoesach*. Mój *opa* palił w nich jeszcze zbieranymi w okolicznym lesie gałęziami… Nie rozumiem, dlaczego o tym mówię, ale wzbudza panienka we mnie ochotę do zwierzeń. Robię się na starość sentymentalny!

– To zupełnie tak jak ja! Jesteśmy bardzo podobni!

– Tylko u panienki ta starość mi zgrzyta! – Hermans roześmiał się tubalnie.

Wszystko wskazywało na to, że pierwsze lody zostały przełamane. Emilia liczyła skrycie na to, że uda jej się szybko nawiązać dobry kontakt z właścicielem, ale nie przypuszczała, że mężczyzna sam się rozgada, zanim o cokolwiek zdąży go zapytać.

– Jolanda! – zawołał w stronę zaplecza pan Hermans. Po chwili zza aksamitnej kotary wyłoniła się pyzata i rumiana dziewczyna w białym fartuchu i trwałej na blond włosach. – Zastąp mnie za kontuarem. Mam tutaj coś do obgadania z tą oto uroczą dziewczyną.

Jolanda łypnęła na Emilię podejrzliwie. Co prawda miała jeszcze kilka gorących ciast do wyłożenia z blachy, ale z szefem się nie dyskutowało. Jego słowo było tutaj święte.

– Słucham, z czym do mnie przyszłaś, Emilio – zagadnął przyjaźnie Hermans, kiedy usiedli przy miniaturowym stoliku nakrytym kraciastą ceratą, w rogu piekarni. – Ale zanim coś powiesz, proszę, spróbuj mojego ciasta. Nie wiem, jak to jest w twoim kraju, ale u nas, na południu Holandii, pierwsze lody przełamują lokalne słodkości. Jolando, podaj nam, a chyżo, Weerter Vlaaitje. To flagowy wypiek naszej cukierni – oznajmił z dumą. – Nadzienie z waniliowego puddingu, delikatne, aksamitne… No niech panienka sama powie po skosztowaniu. Bajka!

Ciasto z wanilią przełamaną przepyszną konfiturą z agrestu rzeczywiście rozpływało się w ustach. Emilia jęknęła z lubością i zanurzyła widelczyk w miękkim, wilgotnym wnętrzu.

– Jeszcze nigdy nie jadłam czegoś tak pysznego! – zawołała.

Jos Hermans aż pokraśniał z zadowolenia.

– Zaraz popróbujesz jeszcze tarty z porzeczkami! Musi panienka wiedzieć, że cały czas ugniatamy ciasto ręcznie w dużych drewnianych misach. Potem wystarczy rozwałkować je na cienkie placki, wyłożyć je na stalowe blachy, koniecznie posmarowane najlepszym olejem rzepakowym, tłoczonym tutaj w okolicy, i do pieca! Ot i cała zagadka. Ale ja tu zagaduję, a ty pewnikiem się spieszysz. Teraz wszyscy młodzi się spieszą. Tradycja już ich nie interesuje…

Hermans ciężko westchnął. Może dlatego, że jego jedyny syn wcale nie kwapił się do przejęcia biznesu, tylko wybierał się na uniwersytet techniczny w Delft. Ech, i radość, i zgryzota dla ojca piekarza. A tymczasem młoda dziewczyna o pięknych płowych włosach z rudawymi refleksami wpatrywała się w niego jak zaczarowana.

– Myli się pan, nie wszyscy są tacy – powiedziała od serca Emilia. – Ja sama marzę o własnej cukierni. Chcę zostać *maître chocolatier*. I wiem, że kiedyś dopnę swego. Jeżeli będę ciężko i uczciwie pracowała. Tak jak pan.

Staremu Hermansowi zaszkliły się oczy. Cokolwiek chciała od niego ta dziewczyna, zamierzał jej pomóc.

– Czy ma pan młynek żarnowy? – zapytała nagle.

Jos oniemiał. Żył już na tym świecie ponad pięćdziesiąt lat i nikt nigdy nie zaskoczył go tak bardzo jak ta młoda dama.

Kiedy pokrótce opowiedziała mu o swoim pomyśle pomocy siostrom z zakonu i o braku podstawowych sprzętów do wyrabiania czekolady, Hermans pokręcił z powątpiewaniem głową.

– Młynek żarnowy to nie problem, moja droga. Mam ich nawet kilka, ale to chyba nie jest najlepsze rozwiązanie.

– Dlaczego pan tak uważa? – W głosie Emilii dźwięczało rozczarowanie.

– Wspominałaś, że zostajesz tutaj tymczasowo i chcesz wkrótce biec dalej. Siostry nie potrzebują sprzętów, bo nawet najnowocześniejsze z nich nie zastąpią tego, co najważniejsze.

– Co ma pan na myśli?

– Raczej kogo. Ciebie, moje dziecko. Kiedy zabraknie im twojej energii, kreatywności i motywacji, nie poradzą sobie same. A czekolada wyrabiana bez miłości i serca nie będzie się dobrze sprzedawać. Uwierz mi, wiem, co mówię... Swój biznes zbudowałem właśnie na tej pasji do rzemiosła. Inaczej to nie ma sensu.

– Sugeruje pan, że powinnam tu zamieszkać na stałe? Nie mam sumienia zostawiać siostrzyczek samych. Obiecałam komuś ogromnie dla mnie ważnemu, że pomogę podźwignąć to zgromadzenie z finansowego kryzysu. I zrobię wszystko, co w mojej mocy, żeby tak się stało...

– Porzucając swoje marzenia? – Jos Hermans uniósł krzaczaste brwi. – Czy to rozważne poświęcenie? Nie tędy droga. Ale masz rację, obietnica to świętość. Coś wymyślimy! Pomogę ci. A teraz musisz napić się ze mną pysznej miejscowej kawy. Tak się tutaj ubija interesy, moja droga!

Kiedy Emilia z zaczerwienionymi od nadmiaru emocji policzkami wyszła w końcu z cukierni, na zewnątrz już zmierzchało. Uliczne lampy, stylizowane na przedwojenne latarnie gazowe, oświetlały romantycznie ryneczek miasta. Dziewczyna przymknęła na moment oczy, a później wciągnęła do płuc ożywczy zimny haust powietrza.

– Oby to wszystko skończyło się dobrze... – powiedziała półgłosem, z rozpędu po niemiecku.

– A dlaczego miałoby być inaczej? – rozległ się nagle w ciemności męski głos.

Z atramentowej czerni nocy wyłonił się wysoki, barczysty chłopak w brązowym mundurze i w zawadiacko nasuniętym na bok czoła berecie z emblematem królewskiej armii holenderskiej.

Emilia spojrzała na niego zaskoczona.

– Czy my się znamy? – zapytała, lustrując go uważnym spojrzeniem. Wyglądał na bardzo pewnego siebie, a jednocześnie miał coś ujmującego w intensywnie niebieskich oczach.

– Jeszcze się nie spotkaliśmy. Ale jestem cierpliwy jak każdy żołnierz i wiedziałem, że niedługo to nastąpi. Dlatego czekam tu na panią prawie dwie godziny.

– Przecież nie byliśmy umówieni! – Roześmiała się, nieco zaskoczona rozbrajającą szczerością chłopaka.

– Często przychodzę do piekarni Josa po ciastka dla kolegów. Jego wypieki są tutaj słynne – wyjaśnił nieznajomy. – Nasz oddział stacjonuje niedaleko i okropnie nas tam karmią. Ustaliliśmy dyżury i codziennie ktoś inny przynosi słodki prowiant. Inaczej byłoby z nami krucho. A żołnierze, jak się zapewne pani domyśla, muszą dobrze jeść. – Mówiąc to, z lekkością uniósł sporą papierową torbę z logo cukierni.

Emilia roześmiała się wdzięcznie.

– Czyli dzisiaj wypadł pana dyżur.

– Właściwie to mojego kolegi, ale w ostatniej chwili coś mu przeszkodziło! Na szczęście!

– Szczęście? Dla kogo?
– Dla mnie. Inaczej nigdy bym pani nie spotkał. Przepraszam, nie przedstawiłem się. Nazywam się Julian van Toorn. Jestem podoficerem w armii królewskiej. Limburgia to dla mnie egzotyka, bo urodziłem się na wschodzie kraju. A pani? Sądząc po tym miękkim uroczym akcencie, nie jest pani rodowitą Holenderką.
– W istocie, nie jestem. Przyjechałam do Weert z bardzo daleka, ale nie zabawię długo w tym miasteczku. Szukam jeszcze swojego miejsca i wierzę, że już wkrótce je znajdę… Mam na imię Emilia, ale może pan mówić do mnie Emma.

Van Toorn patrzył na nią zafascynowany. Jej piękne jasne włosy przeplecione rudawymi pasmami mieniły się lśniącymi refleksami w świetle latarni, opadając miękką falą na proste plecy. Miała na sobie jakiś lichy płaszczyk, ale on okiem konesera kobiecych wdzięków w mig dostrzegł pod najtańszym materiałem piękny zarys ramion, wąską talię i niezwykle długie nogi. Jeszcze nigdy nie widział tak całkowicie nieświadomej swojego uroku dziewczyny. Jak to dobrze, że ten dureń Bas zapił wczoraj i wypchnął go po te ciasta. Inaczej nigdy by tej lalki tutaj nie przyuważył.

I już teraz wiedział, że tak łatwo nie wypuści jej z rąk.

ROZDZIAŁ 9

Cmentarne intrygi cioteczki Eugenii

Brylanty to przeżytek.
Teraz każda dziewczyna nosi w torebce tabliczkę czekolady.

– Czyli według ciebie jest tylko jedno rozwiązanie tego problemu?
– A widzisz jakieś inne? Poza tym co to za prostackie określenie? Problem? To błogosławieństwo!
– Tak, jeżeli się kogoś kocha. A w naszym przypadku tak nie jest...
– Jesteś okrutny.
– Jedynie brutalnie szczery, a to spora różnica.

Valentijn umówił się z Nicolette w jej ulubionej włoskiej restauracji, da Mario przy Vleeshouwerstraat. Dziewczyna już od kilku dni nalegała na spotkanie w celu – jak to sama określiła – omówienia ich wspólnej przyszłości. Nicolette uważała, że powinni do siebie wrócić, szczególnie teraz, kiedy mieli zostać rodzicami. Val miał na ten temat odmienne zdanie. Nie zamierzał uchylać się od odpowiedzialności, ale nie chciał wiązać się z kimś, kto nie szanował jego wolności, pasji i przyzwyczajeń. Próbowali już zamieszkać razem, ale za każdym razem ten ekscentryczny eksperyment kończył się karczemną awanturą i wystawianiem za próg walizek. Nicolette nigdy nie rozumiała, dlaczego hospicjum de Winde jest dla niego tak ważne („Powinieneś raczej unikać śmierci, a ty z chorym wręcz zaangażowaniem z nią obcujesz!"), nienawidziła jego kolekcji skrzypiec i uważała, że powinien sprzedać rodzinny biznes i zająć się czymś bardziej dochodowym i prestiżowym.

– „Dziewczyna piekarza" to brzmi śmiesznie, nie uważasz? – dworowała, wydymając swoje wypełnione kwasem hialuronowym usta.

Val najpierw drwiąco komentował głupie i uszczypliwe uwagi, a potem nic już sobie z nich nie robił. Może gdyby mu naprawdę na niej zależało, starałby się coś zmienić, ale przecież ta ich niby-relacja od samego początku była tylko zabawą. Niestety, skończyła się niezbyt fortunnie. „Rozbiłeś ten wazon, to teraz zbieraj skorupy" – jak mawiał zawsze jego ojciec Mark, kiedy Val wracał ze szkoły z uwagą albo podbitym okiem po kolejnej bójce.

Tym razem jednak sprawa była o wiele poważniejsza niż szczeniackie animozje czy dwudniowy kac. Chodziło o nowe życie. Nie chciał i nie zamierzał z tym igrać.

– Będę ci pomagał finansowo, uznam to dziecko, ale na pewno nie weźmiemy ślubu, Nicolette. Zapomnij o tym. Ja się nie nadaję do małżeństwa. Widzisz mnie w kościele przed ołtarzem?

– Nie dramatyzuj, Jeurissen. Nikt cię nie ciągnie do kościoła. Możemy się pobrać w Gemeentehuis[8]!

– To z kościołem to tylko taki przykład. Metafora, rozumiesz? – Val przewrócił oczami. – Nie naciskaj, bo nie zmienię zdania. Nawet teraz się kłócimy, nie udawaj, że tego nie widzisz. Nie będę fundował własnemu dziecku takiego emocjonalnego rollercoastera. *No way!*

– To twoja ostateczna decyzja czy chcesz, żebym dała ci czas do namysłu? – zapytała zimno Nicolette i z obrzydzeniem odsunęła od siebie talerz z ledwo napoczętą pastą z owocami morza.

– Nie potrzebuję żadnego czasu! Ile razy mam ci powtarzać, że nic z tego nie będzie. Nic z NAS nie będzie, rozumiesz? Zamówić ci coś innego? – zapytał, wskazując na pełen talerz. – Jesteś w ciąży, powinnaś o siebie dbać. Może lasagne? Podobno Mario przyrządza najlepszą w Deventer.

---

[8] hol. urząd gminy, ratusz

– Wsadź sobie w dupę lasagne! – wrzasnęła Nicolette i wstała gwałtownie, zrzucając na posadzkę wykrochmaloną serwetę. – Pamiętaj, że jeszcze z tobą nie skończyłam. Nie zamierzam cię błagać na kolanach, ale na pewno nie będę ci ułatwiać życia. A jeżeli chodzi o alimenty... mój prawnik skontaktuje się z tobą niebawem! I wiesz co? – Nicolette zatrzymała się w pół kroku.

– Cały zamieniam się w słuch – mruknął cynicznie.

– Jak sądzisz, co powiedziałaby twoja matka, którą nieustannie wynosisz na piedestał, gdyby się dowiedziała, że porzucasz swoją kobietę w ciąży?

– Nicky, ostrzegam cię!

– Pomogę ci, bo sam na to nie wpadniesz! Wstydziłaby się za ciebie, rozumiesz? A teraz żegnaj! Nie musisz odprowadzać mnie do wyjścia!

Fuck, ta mała żmija doskonale wiedziała, gdzie kąsać! Najgorsze jest to, że miała rację. Mama palnęłaby umoralniające kazanie, to pewne. A potem zadałaby mu kluczowe pytanie:

– Kochasz ją, synu?

– Nie, mamo. Przecież ty wiesz, że ja nie umiem kochać.

Val zamówił całą butelkę różowego lambrusco.

– Jak zwykle kończysz w rynsztoku, Jeurissen – powiedział sam do siebie półgłosem.

Siedzące obok dziewczyny spojrzały na niego zgorszone, a potem zaczęły szeptać coś między sobą. Val jednym haustem wypił kieliszek wina. Był przyzwyczajony, że jego życiowe decyzje powodują u innych raczej grymas zażenowania, niż uznania.

„Mamo, co ja mam zrobić?" – pomyślał i poczuł nagłe szarpnięcie w sercu. Może gdyby żyła, nie popełniłby tylu głupstw. Albo tylko tak mu się wydawało. Przecież sama wielokrotnie powtarzała, że błędy uczą nas stawać się lepszą wersją samych siebie. Dlatego nie trzeba się ich wstydzić. Tylko czy w jego przypadku ta sentencja miała jakikolwiek sens?

Po godzinie smętnego grzebania w sałatce i wypiciu hektolitrów lambrusco w końcu wyszedł na rozświetloną stylizowanymi latarniami ulicę. Zbliżał się weekend, miasto wypełniały roześmiane grupki młodych ludzi i trzymających się za ręce zakochanych par. Kiedy przechodził koło hipsterskiej restauracji St. Tropez, przy jednym ze stolików, dokładnie pod przywieszoną do gałęzi obszernego kasztanowca girlandą z kolorowymi żarówkami, dostrzegł Ninę. Przystanął na chwilę, patrząc na jej lśniące w migocącym świetle włosy. Nina miała poważną, ściągniętą twarz. Siedziała naprzeciw jakiejś dziewczyny, ale nie mógł dostrzec twarzy jej towarzyszki, gdyż była do niego odwrócona plecami.

– Byłeś dla tej małej aniołem… – Przypomniał sobie ich ostatnią rozmowę w hospicjum. Opowiadał jej o Verze, zupie pomidorowej i nadziei, że kiedyś zjedzą ją razem. Nadziei, która umarła wraz z nią.

– Nie jestem żadnym aniołem, popatrz na mnie. – Roześmiał się. – Czy ja wyglądam jak święty?

– Anioły rzadko ich przypominają. – Nina wzruszyła ramionami. – Często wyglądają jak pielęgniarka z pobliskiego szpitala, czasem biegają na czterech nogach i merdają ogonem, a niekiedy… są klaunami z czerwonym nosem, w śmiesznej czapce z pomponami, którzy na chwilę zmieniają komuś świat. I powodują, że staje się lepszy. Nigdy o tym nie zapominaj, Val.

Kiedy wyszli ze szpitala i w końcu powiedział jej o Richardzie van Toornie, który próbował namówić go na łatwe i szybkie pozbycie się konkurencji, nawet na niego nie spojrzała.

– Mój przyjaciel, prawnik Lars van Haasteren, także uważa, że to sprawka Richarda. Ale niczego mu nie możemy udowodnić. Ta skarga została złożona anonimowo. Richard z łatwością może się wszystkiego wyprzeć.

– Mogę poświadczyć, że próbował mnie wkręcić w swoje machlojki.

– Nie boję się tej kontroli, Val. Niczego nie znajdą. O wiele bardziej obawiam się konsekwencji medialnych tego całego zamieszania.

– Co masz na myśli?

– Nasi stali klienci na pewno się od nas nie odwrócą, ale z pewnością zawiedziemy w pewnym stopniu ich zaufanie – odparła spokojnie Nina. – Może przestaną nas polecać i zaczną się zastanawiać, czy nie jesteśmy jednak winne? Jak to właściwie było z tym tortem? A jeżeli rzeczywiście dodano do niego jakiś przeterminowany lub niepełnowartościowy składnik? Powiem ci szczerze, ten przepis możemy spisać na straty. Jak mówi przysłowie, w każdej, nawet najbardziej podłej plotce jest ziarno prawdy. A w naszym biznesie zaufanie i lojalność to podstawa. Będziemy musiały się bardzo napracować, żeby z powrotem je odzyskać. I wymyślić coś, żeby w końcu Richard dał nam spokój... – mruknęła.

– Wchodzisz czy wychodzisz, kolego, zdecyduj się! – Jakiś chłopak w powyciąganym swetrze trącił go lekko ramieniem i spojrzał z wyrzutem. – Śnisz na jawie i blokujesz drogę, stary!

Val spojrzał na niego przepraszająco i powlókł się w stronę swojego apartamentu. W tej chwili marzył tylko o tym, żeby w końcu położyć się do łóżka, przykryć głowę poduszką i zapomnieć o wszystkich problemach. Jak widać, nawet anioły je miewały.

Nina była chyba jedyną osobą na całym świecie, która tak o nim myślała.

– To naprawdę niedorzeczne, moja droga, żeby w naszym wieku umawiać się na cmentarzu na pogaduszki –

burknął Witold. – Eugenia kompletnie postradała zmysły, a ty jej w tym kibicujesz!

Wysłużona granatowa škoda państwa Kostrzewskich stanęła pod starym wiązem, tuż przy zabytkowej kutej bramie prowadzącej do nekropolii. Kilka lat temu podczas wielkiej nawałnicy, która przeszła nad miastem, w pień wiązu uderzył piorun, wyżłabiając w nim sporą wyrwę. Stała w niej teraz drewniana kapliczka z figurką Matki Boskiej, ufundowana przez parafian. To właśnie „pod kapliczką" Aurelia i Witold umówili się z Eugenią i jej nowym przyjacielem.

– Jak mu tam? Temu wybrankowi? Żebym znowu nie strzelił jakiejś gafy! – marudził Kostrzewski, zawiązując pod szyją jedwabny fular „dla bardziej spektakularnego efektu".

– Wincenty Wierzychwała – odpowiedziała Aurelia i zerknęła na mały złoty zegarek na przegubie lewej dłoni. – Najlepiej za dużo nie mów. Wystarczy, że Eugenii nie zamykają się usta.

– Czy ona wyszukuje tych swoich gachów w książce z najdziwniejszymi nazwiskami świata? Któż to słyszał, żeby nazywać się Wierzychwała?!

– To prastare nazwisko z tradycjami – odezwał się nagle zza ich pleców dziarski męski głos. – Wierzychwała herbu Topór. Występował głównie w ziemi krakowskiej, lubelskiej i sandomierskiej, skąd pochodzę! Można rzec, że w prostej linii od bojarów litewskich, moi mili państwo!

Kostrzewscy drgnęli synchronicznie i odwrócili się za siebie. Uśmiechnięta Eugenia w nowym, błękitnym płaszczyku stała pod rękę z nobliwym starszym panem w czarnym prochowcu. Oboje wyglądali tak szykownie, jakby właśnie przed chwilą wyszli z przedwojennego domu mody, oczywiście z tradycjami.

– Kochani, przedstawiam wam mojego narzeczonego! – zakomunikowała uroczyście Eugenia. – Myślę, że nie będziemy się bawić w przestarzałe konwenanse i od razu grupowo przejdziemy na ty. Wicuś jest emerytowanym nauczycielem i jak nikt zna wszystkie historyczne ciekawostki z regionu. Radzę wam słuchać go pilnie, bo założę się, że nie macie pojęcia o przebogatych dziejach tej okolicy.

– Eugi, to miłe, że tak pięknie mnie przedstawiasz. – Wierzychwała się skłonił. – Po takiej introdukcji nie pozostaje mi nic innego, jak przypomnieć państwu… ekhm… wam, moi drodzy, że ten oto wiąz, pod którym właśnie stoimy, pamięta czasy potopu szwedzkiego, a może i wcześniejsze dzieje naszego miasta, któremu nadano prawa miejskie w roku… no właśnie… ktoś z zebranych wie?

– Ja nawet nie pamiętam, kiedy zbudowano tutaj kolejnego, czwartego już lidla, więc proszę mnie wyłączyć z tego quizu! – fuknął Witold.

Żona uszczypnęła go dyskretnie w ramię.

– Zdaje się, że miało to miejsce w dwunastym wieku, ale dokładnej daty nie pamiętam – przyznała szczerze Aurelia.

Wierzychwała spojrzał na nią z uznaniem.

– Brawo, moja duszko! W rzeczy samej, w dwunastym wieku, a konkretniej w pamiętnym *Anno Domini* tysiąc sto siedemdziesiątym piątym, roku narodzin Ingeborgi Duńskiej, córki króla Danii...

– Może wejdziemy w końcu na cmentarz? – przerwał mu zniecierpliwiony Witold. – Zaraz się ściemni, a nie zamierzam spacerować pomiędzy nagrobkami w ciemnościach, niczym duch po kościelnej zakrystii. Wykłady historyczne zachowajmy sobie na inną porę, bardziej domowo-obiadową. Pokażcie tę waszą ziemię obiecaną, a raczej miejsce wiecznego spoczynku, a potem napijmy się w końcu kawy. Panie przodem!

– Impertynent – burknęła pod nosem Eugenia i zgrzytnęła zębami, ale na szczęście rozanielony Wincenty tego nie zauważył.

– Zakupiliśmy z Eugi miejsce w najbardziej prestiżowej lokalizacji, o doskonałej dostępności, przy głównej alei – perorował, żywo gestykulując. – Nie muszę chyba dodawać, że to niezwykle kosztowna inwestycja, ale oboje jesteśmy zgodni co do tego, że to dobrze ulokowane pieniądze.

– Raczej świetnie zakopane – mruknął Witold, ale nikt już go nie słuchał.

Aurelia rozglądała się uważnie po kamiennych i marmurowych nagrobkach. Na niektórych z nich stały świeże kwiaty, na innych okazałe plastikowe wieńce i bogato zdobione znicze. Nagle drgnęła i zatrzymała się w pół kroku. Zmrużyła kilkakrotnie oczy, jakby próbowała wypatrzeć coś w oddali.

– Coś się stało? – zapytał cicho Witold. – Dlaczego opóźniasz ten pochód chwały ku ziemskiej kwaterze spoczynku naszych nieocenionych Wicusia i Eugi?

– Idź z nimi, Witku. Ja zaraz do was dołączę… – szepnęła i, nie czekając na odpowiedź męża, skręciła w wąską alejkę pomiędzy grobami.

Witold wzruszył ramionami i niechętnie podążył za siostrą i jej przemądrzałym wybrankiem. Był już przyzwyczajony, że jego żona chadzała zawsze własnymi, niezrozumiałymi czasem dla takich pragmatyków jak on, ścieżkami.

Aurelia ostrożnie stawiała obute w zamszowe kozaczki stopy. Gdzieniegdzie jej obcasy zapadały się w podmokłej, nieutwardzonej glebie, zostawiającej na materiale brzydkie, wilgotne plamy, ale ona niestrudzenie parła naprzód. W końcu stanęła przed małym nagrobkiem z granitu w odcieniu jasnego brązu. Na popękanej płycie spomiędzy gęstego kobierca liści wyłaniały się zaśniedziałe nieco litery.

Michalina Józefa Dobrzycka

Aurelia przyklękła, odruchowo odgarnęła liście na bok i zmarszczyła brwi. Na samym środku grobu leżała czerwona róża. Kostrzewska delikatnie dotknęła jej jędrnych płatków. Wszystko wskazywało na to, że ktoś położył ją tutaj całkiem niedawno. Matka nie miała w okolicy żadnej rodziny ani przyjaciół. Jedyną osobą, która ją znała, była jej własna córka. A ona już od dawna nie przynosiła matce kwiatów. Któż to zatem mógł być?

ROZDZIAŁ 10

Piwna pianka dla czekoladożerców

Czekolada nie zadaje pytań.
Bo na wszystkie z nich zna odpowiedź.

Na zapleczu Bombonierki zebrała się spora grupa. Przy marmurowym blacie przycupnęły Isa, Nora i Kristen. Pod przeciwległą ścianą, tuż obok konszy i temperówek, stały Evelien i Nina, a przy wejściu, na dostawionym naprędce krześle, spoczął notariusz Lars van Haasteren. Tuż za nim z poważnymi minami tłoczyły się Marta i Marianna.

– Moi kochani… Zebrałam was tu wszystkich razem, bo właśnie otrzymałam raport na temat przeprowadzonej dwa tygodnie temu kontroli naszej Bombonierki… – zaczęła uroczyście Nina i otworzyła podłużną kopertę ze służbowym stemplem. Po chwili namysłu odczytała trzymane w rękach pismo: – *Podjęte przez inspektorów kontroli bezpieczeństwa i jakości produktów żywnościowych wnikliwe śledztwo mające na celu sprawdzenie wszelkich nieprawidłowości w działalności lokalu Malinowa Bombonierka nie wykazały żadnych rażących uchybień. Niniejszym potwierdzamy, że chocolatierka może wznowić swoje funkcjonowanie.*

Na zapleczu podniósł się taki gwar, że nikt już nie słyszał ostatnich słów Niny, która dziękowała za wsparcie nieocenionej grupie przyjaciół Bombonierki. Eklerka i Kuleczka ściskały się mocno, ze łzami na policzkach, a jak zwykle przytomna Kristen rozdawała wszystkim pistacjowe czekoladki ułożone na wielkiej srebrnej tacy.

– Jedzcie, póki gorące! – żartowała i ukradkiem ocierała skrajem fartucha „pocące się" oczy. – Komu kawy? Marta, nastaw ekspres, najwyższa pora uruchomić w końcu tę diabelską maszynerię, bo o wiele za długo stała bezużytecznie, zbijając bąki!

– Gratuluję, Ninaatje… Nie mogło być inaczej… – powiedział Lars i poklepał dziewczynę po ramieniu. – Teraz musicie zabrać się ze zdwojoną siłą do pracy i ponownie udowodnić mieszkańcom miasteczka, że nigdzie indziej nie znajdą tak pysznych pralinek i wypieków. Ktokolwiek złożył na was tę paskudną i kłamliwą skargę, a raczej donos, powinien się wstydzić.

– Nadal myślisz, że to mógł być Richard? – zapytała Nina i przysiadła na podłodze, tuż przy krześle Larsa. – Valentijn

Jeurissen wspomniał, że podobno ten intrygant próbował nakłonić go do współpracy przeciwko mnie.

– Nie możemy mu niczego udowodnić. – Notariusz zmarszczył krzaczaste brwi. – Znając bandyckie metody jego działania, mógł przekupić jakiegoś lekarza, który poświadczył, że rzeczywiście zatruł się ciastem. On albo ktoś przez niego podstawiony. Podobno bywał w Bombonierce kilkakrotnie i rzeczywiście zamawiał ten tort. Richard zawsze starannie przygotowuje sobie pole manewru. Zależało mu na nagłośnieniu tej sprawy, a żądne sensacji pismaki w mig podchwyciły temat. Jesteś już znana w Deventer! A takich ludzi chętniej trzyma się na muszce pistoletu.

– Już tak nie szepczcie, moi drodzy! Dosyć tych tajemnic! – Evelien nachyliła się nad głowami van Haasterena i Niny. – Pora świętować! Napijecie się szampana? Taka okazja wymaga specjalnej oprawy.

– Od razu wiedziałam, że niczego tutaj nie znajdą! – Isa ujęła się pod boki. – Tak szoruję te blaty, tak pucuję, że niedługo całkiem je przetrę. Ze świecą szukać u nas nawet najmniejszej muszki, a co dopiero insektów! To na nie głównie polowali! W workach z naszym ziarnem!

– Jeżeli już o insektach mowa, podobno amerykańska firma Hotlix produkuje czekolady nadziane robakami i świerszczami! – poinformowała Marta. – Jeżeli więc znajdziesz jakąś larwę, możesz śmiało wrzucić ją do konszownicy!

– To nie jest śmieszne, Marta! – odezwała się nagle Marianna. – Isa mówi poważnie, bardzo się napracowała, żeby wszystko błyszczało.

– To, że ty nie masz nawet grama poczucia humoru, nie oznacza, że i reszta świata nosi kij w tyłku! – odgryzła się błyskawicznie dziewczyna. – Radziłabym bardziej przyłożyć się do pracy, bo jak na razie bujasz w obłokach, zamiast uczyć się temperowania! Samo się nie zrobi! Ostatnio po twojej fuszerce praliny były matowe i Kristen musiała po tobie poprawiać.

– Moje drogie, przestańcie się kłócić! – wtrąciła Nina. – Dzisiaj świętujemy! Na omawianie spraw firmy przyjdzie czas jutro. To gdzie ten szampan?

Po kilku godzinach, kiedy całe towarzystwo rozeszło się do domów, Nina, rozmasowując skronie, weszła na górę, do swojego miniaturowego apartamentu. Miała ochotę na gorącą kąpiel i zaszycie się z dziennikiem Emilii pod kołdrą. Zrzuciła w progu buty, postąpiła krok naprzód i nagle poczuła rwący ból w stopie.

– Do diabła! – krzyknęła i runęła jak długa. Na podłodze leżały rozrzucone klocki Benia. – Cholera jasna – mruknęła i złapała się za bolącą stopę.

Z sypialni wyjrzała zaniepokojona Maniana. Miała zaspane oczy i rozczochrane, sterczące na wszystkie strony włosy. Wszystko wskazywało na to, że Nina wybudziła ją z wieczornej drzemki.

– Przepraszam cię, kochana, powinnam tu posprzątać, ale położyłam się przy małym i nie wiedzieć kiedy, przysnęłam… Zaraz to wszystko ogarnę!

– Daj spokój – rzuciła Nina i w kilka susach na jednej nodze znalazła się przy kanapie. – Cały dzień o tym marzyłam – powiedziała i z ulgą opadła na poduszki. – Jeżeli już tak bardzo chcesz coś dla mnie zrobić, to podaj mi kieliszek wina. Jak mam się upić, to najlepiej we własnym domu.

Marianna bez słowa zakrzątnęła się w kuchni, przyniosła butelkę, a po chwili zasiadła naprzeciwko przyjaciółki, dokładnie pod portretem młodej ciotki Emilii.

– Co masz taką poważną minę? – zapytała Nina i upiła spory łyk z kieliszka. – Czyżby Iwo znowu coś wymyślił? Albo, nie daj Boże, moi rodzice? Nie odebrałam telefonu od ojca, a znając jego nieograniczoną inwencję twórczą, mógł zadzwonić do ciebie. Tylko mi nie mów, że mają zamiar tu przyjechać!

– Tym razem chodzi o mnie, Ninka. A raczej o mnie i o Benia. Nie możemy już dłużej tutaj mieszkać.

– O czym ty mówisz? – Nina wyprostowała się na kanapie. – Oszalałaś? Skąd ci to przyszło do głowy?! Benio

dopiero co zaczął naukę w nowej szkole, a ty chcesz wracać do Polski? A co ze mną, co z Bombonierką? Jeżeli to Iwo znowu coś mąci…
— Tym razem wyjątkowo to nie jego sprawka. — Maniana uśmiechnęła się blado. — Po prostu to mieszkanie jest dla nas za ciasne. Nic nie mów! Nigdy nie usłyszałam od ciebie ani słowa skargi, ale przecież sama widzę, jak się męczysz. Nawet dziś… Przyszłaś do domu po całym dniu ciężkiej pracy i wywinęłaś hołubca, potykając się o zabawki mojego dziecka. Poza tym masz swoje życie, prywatne sprawy. Co będzie, jak zdecydujesz się zaprosić tutaj jakiegoś chłopaka? Będziemy siedzieć we czwórkę na kanapie i jeść chipsy, jak w jakimś tanim serialu komediowym?
— Widzisz tutaj kolejkę adoratorów łasych na moje wdzięki? — zażartowała Nina. — Nie w głowie mi amory, Mańka, mam teraz mnóstwo pracy.
— Niejeden amator twojej urody by się znalazł. A może nawet już nie musisz go szukać… Ale my z Beniem, a raczej Bernardem, bo teraz wymyślił sobie, że tak właśnie, po królewsku, mam go nazywać, musimy się rozejrzeć za nowym lokum. To już postanowione. Bez dyskusji!
— Skoro tak, mój generale, to nie pozostaje mi nic innego, jak zaakceptować ten rozkaz. Oczywiście obiecuję, że ci pomogę! — Nina zasalutowała do gołej głowy. — Czekaj, mam pomysł! Ostatnio Evelien mówiła, że chce wynająć poddasze swojego domu! Podobno ma około

sześćdziesięciu metrów kwadratowych powierzchni. To dwa razy więcej niż moja stara kawalerka!

– Szkoda, że ją sprzedałaś, prawda? – zapytała zagadkowo Marianna. – Bardzo lubiłaś to mieszkanko.

– To tylko rzecz nabyta. – Nina wzruszyła ramionami. – Nigdy nie należy się do nich przywiązywać, jak pisała w pamiętniku ciotka Emilia. Są ważniejsze sprawy na tym świecie.

– To prawda. Na przykład przyjaźń. I lojalność. I poświęcenie.

– O czym ty mówisz, Mańka? Jakie znowu poświęcenie?

– Przecież ja wiem, Nina, co dla mnie zrobiłaś. Już od dawna to wiem. Czekam tylko na to, kiedy w końcu zdecydujesz się mi o tym powiedzieć. Sprzedałaś swoje mieszkanie, żeby opłacić wydumane żądania Iwa. Przecież w innym przypadku nigdy nie zgodziłby się na rozwód i zwrócenie mi wolności.

– Mańka, błagam cię! Nie rób niczego głupiego... – Głos Niny zaczął się rwać. Gorączkowo szukała w myślach odpowiednich słów, żeby wyrazić buzujące w głowie emocje. – I nie bądź na mnie zła. Ja musiałam to zrobić. Musiałam! Nie dam ci odejść po raz drugi. Nie pozwolę na to, rozumiesz?

– Nigdzie się nie wybieram. I chociaż najchętniej dałabym ci teraz po dupie, że zmarnowałaś majątek na tego padalca, to cóż ja mogę powiedzieć? Tylko jedno... Kocham cię, Nina. I nigdy nie będę w stanie odwdzięczyć się za to, że wyrwałaś mnie ze szponów tego toksycznego małżeństwa. Nigdy...

Po policzkach Marianny zaczęły spływać łzy. Nina zerwała się z kanapy i objęła mocno przyjaciółkę.

– Myślałam, że będziesz na mnie zła – szepnęła. – Cały czas drżałam, że w końcu to wyjdzie, że Eugenia lub moi rodzice coś chlapną... ale teraz czuję taką ulgę... Nawet nie masz pojęcia, jaki ciężar spadł z mojego serca. A tak przy okazji, kto okazał się kretem?

– Oczywiście mój własny, ale na szczęście były już małżonek! Zadzwonił do mnie któregoś dnia na rauszu i oznajmił, że przehandlowałaś mnie jak Beduini swoje wielbłądy na pustyni! Oczywiście posłałam go do diabła! I wiesz, co mu powiedziałam?

– Już się boję!

– Że jego stajnia nie zasługiwała na takiego baktriana jak ja. Co najwyżej może postawić sobie w niej bezzębną starą szkapę. A i w to wątpię! Żadna, nawet ta najbardziej kulawa, nie wytrzymałaby z nim tygodnia.

– Moja krew! – zakrzyknęła Nina i obie roześmiały się głośno.

Tak donośnie potrafiły się śmiać tylko prawdziwe przyjaciółki.

– Co ty na to, żebyśmy zaczęły robić pralinki z nadzieniem likierowym? – zapytała rano Marta, kiedy Nina nieco spóźniona zeszła do chocolatierki.

Wszystkie dziewczyny stały już przy swoich stanowiskach pracy ubrane w białe fartuchy. Wokół nich roznosił się gęsty, aromatyczny, najpiękniejszy na świecie zapach gorącej czekolady.

– O jakich likierach myślisz? – zapytała zaciekawiona i zdjęła z wieszaka swoją błękitną chmurkę, jak nazywała jej służbowy uniform Isa.

Nina chciała, żeby był biały, tak jak pozostałych pracownic, ale zaprotestowały zgodnie, twierdząc, że szefowa musi się wyróżniać. Przynajmniej kolorem.

– Poszalejmy, proszę! Różowy szampan! Pomarańczowe cointreau! Kawowy baileys albo whisky! Może być też wino! Czerwone pasuje do gorzkiej, deserowej, suszonych płatków róży i owoców wiśni. A francuskie chardonnay oczywiście do białej czekolady, którą wzbogaciłabym lekko cytryną i kandyzowaną skórką pomelo! Pozostaje nam różowe... poczekajcie... – Marta przymknęła lekko oczy. – Mam! Truskawki i ziarna granatu! Możemy wypuścić wszystko w trzech liniach: *red*, *white* i *rose*!

– Chcesz nam rozpić całe miasto? – Kristen roześmiała się znad konszownicy. – Ale tak na serio, uważam, że to bardzo dobry pomysł. Jak zresztą wszystkie twoje, Marta. Jesteś kopalnią wiedzy i inspiracji! Dziewczyna aż pokraśniała i nie wiedzieć czemu, zerknęła znacząco na ubijającą śmietanę Mariannę.
– Skoro alkohol, to może i tytoń? Widziałam ostatnio w jakimś firmowym kwartalniku czekoladowe cygara, do złudzenia przypominające te prawdziwe, w dodatku zapakowane w bardzo elegancką kasetkę. Dyrektor Jolink mógłby je kupować w prezencie dla swoich najlepszych kontrahentów, co wy na to? Możemy mu także zrobić limitowaną kolekcję piwnych pralinek?
– Piwo i czekolada? Czy to na pewno dobry pomysł? – Nina ze zdegustowaną miną wpatrywała się w Martę.
– Oczywiście, a dlaczego nie? Pod warstwą mlecznej czekolady ukryjemy gęste karmelowe nadzienie przypominające w smaku piwną piankę! Dokładnie taką, jaką produkują browary Davo!
– Dobrze, już dobrze! O nic więcej nie pytam, bo ty przecież na wszystko masz odpowiedź! – skapitulowała Nina, podnosząc ręce. – Zdążymy ze wszystkim na jutro? Chciałabym w końcu otworzyć malinowe podwoje dla naszych stęsknionych czekoladożerców!
– Taaak jest, szefowo! – zawołał cały zespół i począł miarowo uderzać silikonowymi szpatułkami w kamienny blat.

– Rozmawiałam z Evelien – szepnęła Marianna do ucha Niny. – Mam do niej wpaść dziś po południu i obejrzeć mieszkanie. Na początku twierdziła, że może je wynająć dopiero po odmalowaniu ścian i odświeżeniu podłóg, ale przekonałam ją, że równie dobrze mogę to zrobić sama. Pamiętasz, jak odremontowałyśmy naszą księgarnię? Sławetny Moniuszko wynajął nam lokal w opłakanym stanie, ale w mig doprowadziłyśmy go do stanu używalności.

– Nawet mi nie przypominaj! – Nina zachichotała. – Nasz stary, cwany Moniuszko, jakże odmienny charakterologicznie od jego muzycznego, romantycznego pierwowzoru! Cały czas mam na dłoniach blizny po zdzieraniu tej ohydnej olejnej farby w kolorze zbutwiałych liści! A o malowanie się nie martw. Pomogę ci w urządzaniu twojego pierwszego holenderskiego gniazdka, możesz na mnie liczyć. Kto jak nie ja?

Marianna zaczerwieniła się lekko i szybko odwróciła wzrok.

– Zaraz, zaraz, pani Bilewska! Co ma znaczyć ten rumieniec i zagadkowe spojrzenie? Czyżbym o czymś nie wiedziała?

– Powiedziałam Romeowi o moich planach. No nie patrz tak na mnie! Spotkałam go przypadkiem na rynku, przy straganie z owocami, i… od słowa do słowa wygadałam się o swoich planach. Oczywiście od razu zaproponował pomoc. Wspominał, że jego mama była dekoratorką wnętrz, kochała sztukę i projektowanie mieszkań. Często jeździli razem na wystawy do Amsterdamu i spacerowali po targach staroci nad kanałami, szukając tam nowych inspiracji.

– Widzę, że bardzo dużo o nim wiesz. – Uśmiechnęła się ciepło, przyglądając się badawczo przyjaciółce.

– Rozmawiamy często. Romeo jest bardzo mądry i dojrzały jak na swój wiek. Ale to tylko przyjaźń. Po prostu bardzo go lubię…

– Jasne! Nawet przez myśl mi nie przeszło, że to może być coś więcej. Właściwie zupełnie nie rozumiem, dlaczego skóra na twojej twarzy przypomina kolorem pomidora – nabijała się Nina. – Auć, nie musisz mnie szczypać!

Roześmiane dziewczyny nie zauważyły, że tuż za nimi już od dłuższego czasu stała Marta. Jej zacięta mina nie wróżyła niczego dobrego, a zaciśnięte w pięści dłonie zwiastowały rychłe problemy.

ROZDZIAŁ 11

Gołąb na skraju przepaści

Bądź jak czekolada.
Inspiruj. Działaj.
Odkrywaj.
Smakuj.

Weert, Holandia, 1984

Emilia jeszcze kilkakrotnie odwiedziła Josa Hermansa w jego cukierni na rynku limburskiego miasteczka. Przychodziła do niego zwykle tuż przed zamknięciem lokalu, wtedy miał dla niej najwięcej czasu. Nigdy nie przypuszczała, że ten skromny, niepozorny człowiek z prowincji ma za sobą tak bogatą i barwną historię.

– Jestem doskonałym przykładem na to, że najlepsi cukiernicy rodzą się z ludzi, którzy przeszli swoją zawodową ścieżkę od samego początku, Emilio – mówił nad świeżą, parującą jeszcze obłoczkiem wanilii bułeczką posypaną obficie rodzynkami i cynamonem. – Zacząłem od zmywaka, u wuja, który prowadził piekarnię, potem moja droga skręciła w kierunku kierowcy zdezelowanej furgonetki, którą dostarczałem produkty do miejscowych sklepików, aż w końcu zaprowadziła na sam szczyt, do szefa własnej cukierni.

– Czyli nigdy nie uczyłeś się na cukiernika? – Emilia zgodnie z holenderskim zwyczajem praktycznie od razu przeszła z Hermansem na ty, pomimo sporej różnicy wieku, która ich dzieliła.

– Zawsze uważałem, że szkoła to strata czasu. Teraz myślę inaczej, ale ciągle powtarzam, że najważniejsze są serce i miłość do zawodu. Nie mam żadnego wykształcenia gastronomicznego, to pasja zrodzona z potrzeby chwili. Kiedyś wraz z żoną, jeszcze wtedy narzeczoną, wyjechałem do Francji i tam, w Paryżu, przy rue Bonaparte, spróbowałem swoją pierwszą prawdziwą drożdżową brioszkę. Zamarzyło mi się, żeby wszyscy ludzie z mojej mieściny mogli próbować na co dzień takich rarytasów. Zacząłem eksperymentować z przepisami. Chłonąłem wiedzę jak gąbka, czytałem mnóstwo książek, podpatrywałem cukierników przy pracy, ba, pomagałem im często za darmo tylko po to, żeby nauczyć się rzemiosła. Pośpiech i chciwość w tym wypadku nie popłacają.

– Tak samo mówił Alexandre – szepnęła Emilia.

– Pracowałem po kilkanaście godzin dziennie, nie odczuwając zmęczenia i żyjąc marzeniami. Im więcej smaków, aromatów i receptur poznawałem, tym łatwiej mi było później coś z nich skomponować. Nabrałem wprawy, lekkości, żonglowałem składnikami jak cyrkowiec. Tak właśnie narodziła się moja cukiernia. Miałem szczęście do ludzi, otaczałem się tylko takimi z pozytywną energią, z korbą, takimi, którzy nie zwieszali nosa na kwintę, kiedy życie dawało po dupie, ale z jeszcze większym zapałem brali się do roboty. Los mnie nie oszczędzał, ale i bardzo dużo mi podarował. Pora spłacić ten dług. Już chyba wiem, w jaki sposób… – Hermans patrzył na nią zagadkowo.

Pewnego dnia, kiedy siedzieli razem przy „ich stoliku", knując, jak zabawnie określali swoje nieformalne spotkania, do środka cukierni wszedł Julian van Toorn. Kiedy zobaczył Emilię, uśmiechnął się od ucha do ucha i zasalutował, zabawnie podnosząc do czoła prawą dłoń.

– To twój znajomy? – Jos skrzywił się nieznacznie.

Widywał tego żołnierza często w pobliżu cieszącej się złą sławą w mieście knajpy Rosalindy Pintar. Jak głosiła wieść gminna, piwo podawały tam wynajęte przez obrotną właścicielkę dziwki, które obsługiwały stacjonujący na manewrach pułk. Ten tutaj przyprowadził kiedyś jedną z tych panienek na kawę. Migdalili się tak ostentacyjnie, że Jos już miał im udzielić reprymendy i wyprosić z lokalu, ale na szczęście zaraz sami się wynieśli.

Emilia zaczerwieniła się, jakby zrobiła coś niestosownego.

– Spotykamy się czasem, ale to nic zobowiązującego – zastrzegła, chyba trochę za szybko.

– To nie moja sprawa, ale uważaj na niego. Nie patrzy mu dobrze z oczu – powiedział Hermans.

Polubił Emilię i życzył jej jak najlepiej, choć zdawał sobie sprawę z tego, że już niedługo dziewczyna pójdzie własną drogą i nawet najlepsze rady udzielane jej z życzliwości nie muszą oznaczać, że nie ma prawa do popełniania swoich własnych dorosłych błędów. Tymczasem jednak trzeba było zająć się realizacją ich wspólnego planu.

Emilia na początku nie miała odwagi powiedzieć siostrom, że już nie będą produkować w klasztorze pralinek. Ten pomysł, pomimo początkowej euforii i wiary, że uda im się przenosić czekoladowe góry, nie miał szans na powodzenie. Hermans miał rację. Dopóki przebywała w zgromadzeniu, ze swoją otwartą, pełną pomysłów głową, wszystko wydawało się proste. Jednak doskonale wiedziała, że Weert to tylko przystanek w jej długiej drodze ku marzeniom. Nie chciała i nie mogła zostać tu na zawsze. Siostry musiały mieć mentora i doradcę, który nieustannie zarażałby je swoją pasją. Czekolada wymagała doświadczenia i obycia, czasem bywała nieprzewidywalna i kapryśna, bardzo często niewdzięczna i wymagająca ciągłej atencji. Poza tym Emilia sama wciąż się jeszcze uczyła tego trudnego rzemiosła.

Smak czekolady był wpisany już na zawsze w jej DNA, płynął gęstą, szeroką, aromatyczną rzeką w jej żyłach. Serce rwało się dalej, by sięgać po więcej. Równocześnie pragnęła dochować danej obietnicy. Nie mogła jej złamać. To dzięki siostrze Lukrecji zrozumiała, gdzie tak naprawdę leżą jej powołanie i miłość. Często myślała o porankach w kuchni rzymskiego klasztoru, gdzie wspólnie ucierały ziarna kakaowca. To Lukrecja nauczyła Emilię szukania prawdziwych smaków czekolady, tworzenia czystych, niezmąconych chemią kolorów, doceniania zniewalających zapachów ziaren, opiekanych i mielonych na kamiennych żarnach, i komponowania ganaszy o jak najlepszej konsystencji, zamykanych w korpusach wykwintnych pralinek.

Emilia pragnęła robić wszystko sama, ale po raz pierwszy musiała przyznać się do błędu. Nie potrafiła nauczyć sióstr tego wszystkiego, co sama kochała nad życie. Ta miłość była niepodzielna. Siostry jej nie rozumiały, bo dla nich jedyną miłością był Bóg. Nie przewidziała tej przeszkody. Jak również tego, że zaniedbany i wymagający pilnych remontów klasztor nie jest dobrym miejscem na czekoladową manufakturę. Budynek był wilgotny i przejmująco zimny, a czekolada nie lubiła nadmiaru wody, traciła wtedy swoje subtelne nuty smakowe i wietrzała. Dlatego

Emilia tak bardzo potrzebowała teraz starego cukiernika z dobrym sercem, Josa Hermansa, którego, jak wierzyła głęboko, postawił na jej drodze dobry los.

Kiedy już omówili ostatnie szczegóły planu, postanowiła w końcu wtajemniczyć w niego resztę zgromadzenia. Pewnego wieczoru po kolacji w refektarzu Emilia poprosiła o zostanie najbliżej współpracujących z nią sióstr. Od razu zauważyła, że na twarzach niektórych z nich pojawił się strach. Przygotowywała przemowę podczas kilku ostatnich bezsennych nocy na twardym sienniku w swojej celi, ale widząc targające zakonnicami emocje, również i ona się rozkleiła.

– Na pewno chce nas zostawić… Przecież to od początku nie miało sensu… Znudziło się jej u nas… W końcu to ciężka, niewdzięczna praca… – Zewsząd dochodziły ją strzępki prowadzonych przy stole rozmów.

„Musisz wziąć się w garść, Emilio. Pamiętaj, nie jesteś sama" – powtarzała sobie dla dodania animuszu i postanowiła powiedzieć prawdę, bez owijania jej w kokon sztucznych i napuszonych słów.

– Moje kochane siostrzyczki, bardzo chciałam wam pomóc i zrobiłam naprawdę wszystko, żebyśmy mogły produkować tutaj najlepsze czekoladki, ale pokonały nas przeciwności losu. Nie uda mi się utrzymać tutaj naszej manufaktury...

– Wiedziałam, że tak będzie! – powiedziała głośno siostra Joachima. Od samego początku twierdziła, że fabryczka czekolady „chałupniczym sposobem", nie po Bożemu, nigdy się nie uda. – Zgubiła cię pycha, Emilio. Wielokrotnie powtarzałyśmy ci, że nie mamy warunków do przeprowadzenia tego eksperymentu – dodała, kładąc nacisk na ostatnie słowo.

– To nie był żaden eksperyment i siostra doskonale o tym wie – rzuciła gniewnie Teresa. – Emilia pracowała już przy produkcji pralinek w zakonie niedaleko Zurychu.

– Nie możemy się porównywać z bogatymi formacjami ze Szwajcarii, moja droga – skontrowała zimno Joachima. – Zurych ma o wiele bardziej atrakcyjną lokalizację i wysoki standard, który przyciąga więcej zamożnych pielgrzymów, turystów i gości. Przede wszystkim w tamtejszych pokojach są łazienki! Szwajcarskie siostry dostają dotacje na konserwacje i remonty, nic dziwnego, że mają czas, żeby się bawić w czekoladki. U nas natomiast brakuje wszystkiego! Na ścianach króluje grzyb, dach przecieka, od ścian odpadają tynki. Przez całe lata nikt niczego tutaj nie naprawiał, łatało się prowizorycznie najpilniejsze potrzeby.

– W jakim celu prezentujesz nam tutaj tę szczegółową wyliczankę, Joachimo? – Ton siostry Teresy był lodowaty. – Przecież wszystkie o tym wiemy!

– Ale może nasz bujający w obłokach szanowny gość nie zdaje sobie z tego sprawy – burknęła sceptyczna zakonnica. Inne siostry zaczęły kiwać znacząco głowami. – Przybyła tutaj na białym rumaku, machając sztandarem z hasłem: „Wybawię was z kłopotów!". A nas po prostu, moje drogie, nie stać na zbytki! Tylko kilka z nas ma skromne renty, reszta jest praktycznie bez dochodów! Radziłam, żebyśmy zostawiły szklarnię z pomidorami lub zarybiły dwa stawy na łące, ale wszystkie z was zapaliły się nagle do tej czekolady i nie chciały mnie słuchać.

– O, przepraszam, ja od razu poparłam siostrę – odezwała się drobniutka zakonnica siedząca po lewej stronie stołu. – Proponowałam też, żebyśmy szyły i ozdabiały szaty liturgiczne, ale mój pomysł nie spotkał się z żadnym odzewem.

Nastała pełna napięcia cisza. W tym momencie drzwi refektarza otworzyły się z głośnym skrzypnięciem i pojawiła się w nich barczysta sylwetka piekarza Josa Hermansa.

– Przyznam szczerze, że trochę podsłuchiwałem – oznajmił rozbrajająco. – Ale grzeszyłem w dobrej wierze! A co by siostrzyczki powiedziały na sponsora? Albo może lepiej rzec „pracodawcę"? Przyznaję jednak z ręką na sercu, że jestem trudnym i wymagającym szefem.

Wśród siedzących przy stole zakonnic rozległ się szmer.

– Nie pojawiłem się w klasztorze przypadkiem – pospieszył z wyjaśnieniem Hermans. – Przybyłem tutaj na zaproszenie Emilii, która, jak sugerują tu niektóre niepochlebne głosy, chce was zostawić w opałach… – zaczął i potoczył znaczącym wzrokiem po zebranych w refektarzu siostrach. – To bardzo krzywdząca opinia, tym bardziej że to właśnie Emilia przyszła do mnie prosić o pomoc dla waszego zgromadzenia.
– Kim pan jest, jeżeli mogę wiedzieć? – zapytała Joachima, poprawiając przekrzywiony welon.
– Jestem właścicielem świetnie prosperującej piekarni w centrum miasta. Planuję otwarcie jeszcze kilku lokali w okolicy i potrzebuję rąk do pracy. Mam dla sióstr propozycję. Czy zechcecie pomagać mi w wypiekaniu lokalnych ciast? Bez obawy, dostarczę do klasztoru wszelkie niezbędne maszyny i nauczę was tajnych receptur. To właśnie dzięki nim moje kultowe *vlaaitjes* rozchodzą się jak świeże bułeczki.
– Jeżeli się zgodzimy, co oferuje pan w zamian? – Joachima nie dawała za wygraną, ale jej zacięta twarz złagodniała nieco.
– Będę opłacał wasze rachunki, ureguluję długi, a z czasem pomogę w remoncie tego budynku. Myślę, że to uczciwa propozycja. – Hermans skrzyżował na piersi obie dłonie.
– Też tak sądzę! – zawołała nagle Teresa. – Bóg nam pana zesłał, bo naprawdę jesteśmy w bardzo ciężkiej sytuacji.

– Panu Bogu to podziękują siostry w modlitwie – zagrzmiał niczym kościelne organy. – Mnie – pracą na rzecz piekarni… Ale zwykła ludzka wdzięczność należy się Emilii. To przede wszystkim jej bardzo zależy na tym, żeby wasze zgromadzenie przetrwało tę losową nawałnicę.

Nastała cisza, a potem rozległy się pojedyncze oklaski, które z sekundy na sekundę zamieniły się w coraz głośniejsze brawa. Emilia pochyliła głowę. W tym momencie przez otwarte okno refektarza wfrunął do środka biały gołąb. Na początku bezradnie i rozpaczliwie trzepotał skrzydłami pod wysokim sufitem, a potem nagle się uspokoił, przysiadł na jednej z szaf i, przekrzywiając lekko głowę, uważnie obserwował ciemnoczerwonymi oczyma siedzące przy stole kobiety.

ROZDZIAŁ 12

Stara przyjaźń nie rdzewieje

Nie uszczęśliwiaj wszystkich na siłę.
Nie jesteś czekoladą.

Na zapleczu Bombonierki raz po raz rozlegały się radosne okrzyki i wybuchy niekontrolowanego śmiechu. Ubrana w biały fartuch Marianna siedziała na niskim drewnianym stołeczku i, wyciągając przed siebie obleczone w dżinsy długie nogi, zamaszyście gestykulowała, objaśniając coś siedzącym w ciasnym kręgu wokół niej Kristen, Isie i Norze. Dziewczyny miały na głowach zabawne czapki, sklejone naprędce z wczorajszego niesławnego dziennika „Stentor".

– Nie miałam pojęcia, że przestrzeń nad mieszkaniem Evelien jest taka duża! – wykrzyknęła Isa i sięgnęła łapczywie po leżącą na blacie ulubioną pralinkę z ganaszem z solonego karmelu.

– Właściwie są tam trzy pokoje, a w jednym z nich spory piec kaflowy. Jest przepiękny! Ale najfajniejsze są oryginalne belki stropowe. Uwielbiam takie wnętrza! – mówiła z błyszczącymi oczyma Marianna. – Wystarczy tylko odmalować ściany, dokupić trochę desek, wycyklinować podłogę, ale Romeo twierdzi, że to kwestia dwóch, trzech tygodni. Bardzo mi pomaga. Po przyjacielsku! – zastrzegła szybko, ale rumieniec, który niespodziewanie pojawił się na jej policzkach, zdradził o wiele więcej niż tysiąc słów.

– Mogę wiedzieć, co tu się dzieje? – Nad głowami dziewczyn rozległ się nagle głos Marty. – Naprawdę sądzisz, że masz czas na pogaduszki? – zwróciła się do Marianny z poirytowaną miną. – Przez ciebie siedziałam tutaj pół nocy, próbując ratować zwarzony ganasz! Czy ty nigdy nie nauczysz się prostej zasady, że zbyt długie ubijanie mu szkodzi?!

– Przepraszam, nie miałam pojęcia… – Marianna próbowała się tłumaczyć, ale Marta nie dała jej dojść do słowa.

– Może po prostu pora w końcu przyznać się do tego, że ta robota nie jest dla ciebie! – zawołała. – Zawsze wymyślasz sobie jakieś inne zajęcia tylko po to, żeby nie stać zbyt długo nad konszownicą. O temperowaniu nie wspomnę! Dobrze zatemperowana czekolada po zastygnięciu ma piękny satynowy połysk, charakterystyczną chrupkość i łamliwość, aksamitnie rozpływa się w ustach i nie topi w dłoni. Ale nie twoja, bo ty tego nie robisz! Ty nawet nie potrafisz przyrządzić czegoś tak prostego jak gorąca czekolada! Rondel z grubym dnem, trzepaczka i mleko! Ot i cała filozofia! Nawet to cię przerasta! Najpierw trzeba je podgrzać, słyszysz, podgrzać, a dopiero potem zalać nim czekoladę! A nie na odwrót! Skądś ty się tu wzięła, dziewczyno?!

– Marta, spasuj trochę! – powiedziała ostro Kristen. – Marianna dopiero się uczy! Nie każdy ma taką wiedzę jak ty!

– Jaką wiedzę? O czym ty mówisz? – nasrożyła się dziewczyna. – Przecież rozmawiamy o podstawowych sprawach, które potrafiłby ogarnąć nawet przedszkolak. Ale najwidoczniej Marianna bardziej spełnia się w pracach remontowych. Niedługo będzie was uczyć, jak montować listwy przypodłogowe…

– A więc tutaj jest pies pogrzebany – mruknęła Kristen. – Nie chodzi o żadne ganasze, czekoladę i umiejętności, ale o Romea Jeurissena!

– Mówiłaś coś? – warknęła Marta, patrząc na nią spod byka.

– Zdawało ci się – odpowiedziała szybko Kristen i strzepnęła rozłożystą spódnicę. – A teraz wracajmy do pracy. Przerwa na kawkę i pogaduszki już się skończyła.

Marta fuknęła jeszcze kilka razy niczym rozzłoszczona kotka, szarpnęła wiszący na wieszaku fartuch i stanęła przy kamiennej płycie. Praca twórcza była najlepszym antidotum na wszelkie kłopoty, szczególnie te sercowe. Na zewnątrz zrobiło się chłodniej, dlatego dziewczyna zamierzała przyrządzić dziś pralinki z ciemnej czekolady z mocnymi aromatycznymi przyprawami. Isa przygotowała już błękitne miseczki z niebiańsko pachnącym cynamonem, błyszczącymi gwiazdkami anyżu, chrupiącym karmelem i pistacjami. Tylko ona potrafiła doskonale wyczyścić formy, tak że nie było znać na nich nawet najmniejszych śladów odcisków palców. Marta najbardziej lubiła dekorować czekoladki. Używała do tego najchętniej masy kakaowej, zamszu, suszonych kwiatów, owoców czy orzechów. Moment, w którym przygotowywała formę, nanosiła na nią barwnik i tworzyła wymyślony wcześniej wzór, przypominał koronkową pracę jubilera lub projektanta mody. Bo czyż jej wykwintne praliny nie były niczym misternie wykonana biżuteria lub starannie skrojona na miarę niepowtarzalna sukienka na paryski pokaz *haute couture*? Czekoladki wymagały nie tylko doskonałego surowca, staranności, cierpliwości, zmysłu artystycznego i wyobraźni, ale przede wszystkim wiedzy i talentu.

A jakież to umiejętności posiadała ta cała Marianna, którą tak tu wszyscy hołubili i bronili? Żadnych, absolutnie żadnych. Marta nie mogła pojąć, jak ktoś taki mógł pracować w Malinowej Bombonierce. Ta dziewucha nadawała się do zmywania podłogi, a nie komponowania smaków wykwintnych czekoladek! Ale przecież rozwódka z dzieckiem nie przyjechała do Holandii, żeby pracować. Co to to nie! Marta przejrzała ją od samego początku! Spryciara od razu zagięła parol na Romea, który nie dość, że miał własny biznes, to w dodatku był bardzo przystojny. I naiwny! Marta rozumiała go o wiele lepiej! Oboje mieli artystyczne dusze i nieposkromioną wyobraźnię, którą można by było spożytkować w spektakularnych projektach, nie tylko biznesowych. Łączyło ich tak wiele pasji! Marta marzyła skrycie, że pewnego dnia pojadą razem do Peru, do najpiękniejszego miejsca na ziemi, górzystej dżungli w dolinie rzek Apurímac, Ene i Mantaro, domu prastarych drzew kakaowych. Mogliby współpracować z miejscowymi rolnikami i dbać o plantację. A potem wróciliby tu, do Deventer, i namówiłaby go na wypiekanie bajgli zamiast rogali! Przecież tak naprawdę te bułki z dziurką miały polskie korzenie! Razem mogliby tworzyć niebanalne połączenia smakowe, mieszać tekstury i balansować smaki. A cóż mogła mu zaproponować ta cała Marianna? Dzieciaka i długi, bo przecież chwaliła się, że przyjechała do Holandii z jedną walizką! Tak jakby bieda była powodem do dumy!

– Przepraszam, jest tu ktoś? – Rozmyślania Marty przerwało nagle stukanie w szybę. Zniecierpliwiona podniosła głowę.

– Otwieramy za pół godziny! – krzyknęła odruchowo po polsku i rozejrzała się po wnętrzu.

Isa jak zwykle pracowała ze słuchawkami na uszach, a Kristen i Marianna na pewno poszły na targ po świeże owoce.

– Poczekam – rozległ się ponownie męski głos. – Tylko niech mi pani powie, czy zastanę dziś tutaj Ninę.

Marta pospiesznie wytarła dłonie i zaintrygowana podeszła do wejścia. Przy drzwiach stał wysoki, patykowaty chłopak. Miał na sobie o wiele za dużą bluzę z napisem „Kocham Amsterdam" i naciągniętą głęboko na czoło czerwoną bejsbolówkę.

Marta przekręciła klucz w zamku i otworzyła drzwi.

– Miło widzieć rodaka... – zaczęła, ale nagle tuż za jej plecami rozległ się głośny pisk.

– Nie wierzę! – krzyczała Nina, biegnąc w ich kierunku z rozłożonymi szeroko rękoma.

Chłopak na jej widok pojaśniał... Po chwili wpadli sobie w ramiona i, śmiejąc się do rozpuku, przekrzykiwali jedno przez drugie.

– Co się z tobą działo?

– Świetnie sobie radzisz!

– Musisz zobaczyć, jak się urządziłam! Nie mogę uwierzyć, że cię widzę, łachudro jeden!

– Dom wariatów – mruknęła Marta i dodała głośniej: – Mogę wiedzieć, co się tutaj dzieje? Nino, kto to jest i dlaczego nazywasz go łachudrą?

– To Chris, poznaliśmy się na samym początku mojej holenderskiej przygody – objaśniła Nina. – Wyobraź sobie, że oboje wjechaliśmy do Kraju Tulipanów i Wiatraków na traktorze z burakami! Wyglądaliśmy jak uciekinierzy z domu wariatów, z twarzami umazanymi ziemią i buraczanym sokiem! Pamiętasz? – zwróciła się do chłopaka, poklepując go przyjacielsko po ramieniu.

– Jakże mógłbym zapomnieć? – Chris zachichotał łobuzersko. – Trafiłem do Amsterdamu w moich najlepszych dżinsach z krwawą plamą na du…

– Może porozmawiajcie sobie na zapleczu, bo odstraszacie klientów. – Marta przewróciła oczami, gdyż zza pleców Chrisa i Niny wychynęły właśnie mecenasowa Janina Klundert i dyrektorowa Mies Smit.

– Dzień dobry paniom, zapraszamy, zapraszamy, zaraz otwieramy. – Uśmiechnęła się szeroko do stojących na trotuarze staruszek. – Przygotowałam dla pań jesienne nowości: białe czekoladki z prażonym ryżem i skórką pomarańczową oraz praliny z cynamonowo-korzennym ganaszem *speculaas*. Polecam też suszoną żurawinę w toffi z migdałami.

– Pozostanę jednak przy pralinkach z piri-piri, moja duszko – oznajmiła zdecydowanie mecenasowa Klundert. – Aura tak mglista i zimna, więc chętnie rozgrzeję swoje zziębnięte podniebienie.

– I po co te podchody, Janino? – prychnęła drwiąco jej towarzyszka. – Przecież obie wiemy, że nie chodzi o żadne podniebienie, a o pierzynę! O wiele za długo radziłyśmy sobie, a raczej – pora przyznać to szczerze – NIE radziłyśmy sobie wcale bez naszych ulubionych wspomagaczy z lubczykiem! Zapakuj mi od razu kilkanaście sztuk! – zwróciła się do Marty. – I mam nadzieję, że nie będziecie już zamykać Bombonierki na tak długo. Świętej pamięci Emma nigdy nie miała nawet jednego dnia wolnego. Chocolatierka zawsze była otwarta – poinformowała karcąco.

– Jak widać, nie możecie się opędzić od klientów – stwierdził Chris, puszczając oczko do przyjaciółki, która zaraz pociągnęła go za ramię.

– Chodź ze mną na górę, napijemy się kawy i wszystko mi opowiesz – szepnęła. – Nawet nie masz pojęcia, jak się cieszę, że tu jesteś.

Po chwili weszli do pogrążonego w porannym mroku pokoju na piętrze. Nina pstryknęła włącznik światła. Pomieszczenie zalała ciepła poświata płynąca z umieszczonego na suficie witrażowego abażura.

– Masz swój portret na ścianie. – Chris gwizdnął z podziwem przez zęby, wskazując na duże zdjęcie młodej kobiety ubranej w białą sukienkę.

– To ciotka Emilia, głuptasie! – Dziewczyna się roześmiała.

– Niemożliwe. – Chłopak pokręcił z powątpiewaniem głową. – Wyglądacie identycznie!
– Wiele osób mi to mówi. Dlatego tak bardzo żałuję, że nie miałam okazji jej poznać – westchnęła Nina. – Ale dosyć już tych smutków. Siadaj na kanapie i opowiadaj wszystko. Jak na spowiedzi! Nadal mieszkasz w Amsterdamie?
– To najlepsze miejsce do życia, jakie mogłem sobie wyobrazić! Szczególnie dla takiego dziwoląga jak ja! Pokochałem Amsterdam od pierwszego wejrzenia, choć, jak zapewne pamiętasz, początki były trudne. Teraz wynajmujemy apartament na Jordaanie, tuż przy kanale…
– Zaraz, zaraz… – przerwała mu Nina. – Co masz na myśli, mówiąc MY?
Chris spłonił się jak pensjonarka.
– Jesteś tak samo bystra jak wtedy, kiedy widzieliśmy się po raz ostatni! – Mrugnął zawadiacko. – My, czyli mój chłopak i ja. Zakochałem się bez pamięci i na zawsze!
– To cudownie! Kim jest ten szczęśliwy wybranek?
– Michel, amsterdamczyk z dziada pradziada – rzucił lekko Chris. – Prowadzi naleśnikarnię Pod Wiatrakami przy Herengracht, w samym centrum. Poszedłem tam kiedyś coś zjeść, Michel nakarmił mnie od serca i… już zostałem. Koniecznie musisz spróbować jego popisowego naleśnika!
– Z serem czy z dżemem? – zażartowała Nina.

– Pudło, hetero! Z kurczakiem w marynacie mango z chili, roszponką, mozzarellą i melonem!

– Zlituj się nade mną! Język mi ucieka! Możesz być pewien, że do was wpadnę. Chętnie poznam twojego czarodzieja Michela, który potrafi przyrządzać takie cuda.

– A co z chłopakiem, który wyratował mnie z finansowej opresji...? Chyba był piekarzem, prawda? Croissanty, maślane bułeczki, francuskie rogaliki z konfiturą? Wydawał się bardzo sympatyczny.

– Romeo to mój przyjaciel, ale na pewno nie chłopak – stwierdziła Nina. – Zostaniesz na lunch? Zadzwonię do niego i pójdziemy do jakiejś fajnej knajpki w centrum. Romeo na pewno chętnie cię zobaczy, tym bardziej że ostatnim razem wyglądałeś o wiele gorzej. A teraz, niech tylko spojrzę, król życia! A raczej naleśników!

– Drwij, drwij, ile wlezie, i tak cię kocham! A teraz błagam o filiżankę kawy, bo ta lura, którą wypiłem na dworcu, ciągle jeszcze zalega mi na żołądku!

ROZDZIAŁ 13

Skrzypce w Saint Tropez

*Czekolada wywołuje uśmiech,
nawet u komornika i bankiera.*

– I co teraz zamierzasz zrobić, stary? – zapytał zatroskany Romeo i upił łyk aromatycznego espresso. – Jeżeli mam być szczery, nie widzę cię w roli ojca. Przecież ty ledwo ogarniasz własne życie!

– Chciałeś powiedzieć „nie ogarniasz". Dziękuję za wsparcie, młody, na ciebie zawsze mogę liczyć.

Bracia siedzieli na tarasie apartamentu starszego z Jeurissenów. Z dołu dochodziły odgłosy porannej krzątaniny rozkładających swoje kramiki sklepikarzy. Klaksony samochodów, jakieś nawoływania, głośny śmiech kwiaciarek, podśpiewywanie właścicielki stoiska z kapeluszami i zrzędzenie sąsiadującego z nią wiecznie nadąsanego ogrodnika, sprzedającego najlepsze w okolicy pomidory.

– Pamiętasz, co zawsze mówił ojciec? – zapytał po chwili milczenia Romeo. – O prawdziwej miłości i porach roku?

Valentijn potaknął, a potem odwrócił głowę.

– *Z twoją matką piekę chleb już od dwudziestu lat. Robimy to na wiosnę, gdy do naszych okien zaglądają bezwstydnie gałęzie liliowego bzu, a potem latem, kiedy na szybie rozpłaszcza nos gorące sierpniowe słońce. We wrześniu nastają chłodniejsze dni, a my podjadamy grube pajdy razowca, siedząc na schodach w kolorowych skarpetach „zmęczonych" przez Verę na drutach. Oczka są za duże i krzywe, bo mama zawsze powtarza, że nie ma cierpliwości do dziergania. Ale dla mnie, synu, to nie jest ważne... Tak samo jak dla niej nie ma znaczenia, że powidła, które razem zrobiliśmy, są za słodkie, bo ja kocham cukier, a ona jest zawsze na diecie. I w grudniu mama smaruje tą słodką jak ulepek marmoladą chleb na śniadanie, a ja psioczę na nieszczelne okna. Potem idę do kuchni, a ona już tam na mnie czeka. Ona i te posmarowane grubo pajdy. I śmieje się całą sobą, że nie wejdę w moje stare dżinsy i będziemy musieli kupować nowe. To jest właśnie miłość, synu. Kiedy razem i na przekór wszystkiemu chcesz przeżywać ze sobą od nowa i jeszcze raz te wszystkie pory roku, które tak już dobrze znasz, te kolejne pajdy chleba, za słodką konfiturę, krzywo wydziergane skarpety, nieszczelne okna i złażącą z drzwi farbę. I już nie wyobrażasz sobie, że mógłbyś to robić z kimś innym.*

– I myślisz... że z nią, z Nicolette... to będzie właśnie tak? – zapytał cicho Romeo.

– Nie, nie będzie. I doskonale o tym wiesz! – warknął Val. – Ojciec i matka poznali się w zupełnie innej rzeczywistości... Teraz jest inaczej, szybciej, płycej... Spotykamy się przypadkiem, wpadamy na siebie gdzieś w knajpie, zamienimy kilka słów, jest fajnie albo mniej fajnie, ale szkoda czasu, bo przecież go nie mamy, więc idziemy do łóżka, a potem... nagle zamieszkujemy razem i jakoś się to kręci. Jakoś! Ja nie chcę jakoś, do cholery!

– W twoim przypadku raczej nic się nie kręci. – Romeo był bezlitosny. – Strasznie to wszystko trywializujesz. Pozwól, że ja nadal będę wierzył, że gdzieś tam, może całkiem niedaleko, a może wręcz przeciwnie, za górami i za lasami, mieszka kobieta mojego życia. I ja ją w końcu znajdę.

– *Yes, sure*, romantyku z bożej łaski – prychnął Val. – I będziecie żyli długo i szczęśliwie! *Sorry*, jestem za stary na bajki. W te o czekoladowym deszczu też już nie wierzę. Jedyne, co może spaść na mnie, to ptasie gó...

W tym momencie komórka w kieszeni dżinsów Romea zawibrowała głośno. Ten popatrzył z politowaniem na brata, popukał się znacząco w czoło i odebrał telefon.

– Nina? Jak miło, że dzwonisz! Tak, jestem w Deventer, właśnie piję kawę z Valem.

Starszy Jeurissen drgnął na dźwięk imienia Niny, a potem, przechylając znacząco do góry dnem pusty kubek, wszedł do mieszkania i poczłapał w kierunku kuchni.

– Polska nie jest za górami, za lasami, więc może całkiem niedaleko znalazłeś w końcu tę swoją księżniczkę, rycerzu – powiedział półgłosem i chwycił za bakelitowy uchwyt aluminiowej włoskiej makinetki. – Cholera jasna, dlaczego ja zawsze muszę mieć pod górkę?! – krzyknął, kiedy kawiarka wysunęła mu się z rąk i gorący brunatny napój chlusnął spektakularną fontanną na jego lniane spodnie.

– Biedny, skrzywdzony Val! – Za jego plecami rozległ się drwiący głos Romea. – Na szczęście masz brata, który nie da ci sczeznąć samotnie w tej otchłani rozpaczy. Przebieraj gatki, bo idziemy na lunch. Do Niny wpadł jej znajomy z Amsterdamu, kiedyś mu pomogłem, więc czuje się zobowiązany zasponsorować mi bagietkę na placu de Brink. No, nie patrz tak na mnie! Ruszamy, ale już! Zjesz coś dobrego, bo bekonowe krakersy i parówki na dłuższą metę mogą znacząco wpłynąć na twoją linię. Już zauważam niewielki brzuch, a młody tatuś musi być w formie!

– Gad! I pomyśleć, że tak o ciebie dbałem! Ostatnie pieniądze wydawałem na twoje korki z matmy, a teraz taka odpłata! – rzucił sarkastycznie Valentijn. – Naprawdę muszę iść tam z tobą? Nie chce mi się gadać z jakimś obcym facetem.

– Dobrze ci to zrobi, no już, przebieraj się, chyba że chcesz zaprezentować Ninie swoje owłosione nogi!

– Spadaj! Idź już na de Brink, ja tu trochę ogarnę i niedługo do was dołączę. Ale nie obiecuję, że wytrzymam w tym towarzystwie wzajemnej adoracji dłużej niż pół godziny.

Plac de Brink należał do ulubionych miejsc spotkań wszystkich rodowitych deventerczyków. To tutaj biło miarowo i radośnie serce całego miasta. Ocienione zielonorudymi kasztanowcami kolorowe kamieniczki ze szprosowymi oknami kryły w swoich wnętrzach klimatyczne kafejki, bary i restauracje. Ludzie siedzieli pod parasolami na rattanowych krzesłach i, popijając popołudniową kawę lub wino, uśmiechali się do siebie, niespiesznie tocząc rozmowy na każdy temat.

Nina i Chris zarezerwowali stolik we francuskim bistro Saint Tropez. Wielki taras, wypełniony stolikami, przechodził płynnie we wnętrze restauracji z ogromnym podświetlonym neonowo napisem nad barem – *formidable*.

Kiedy usiedli na swoich miejscach, natychmiast podszedł do nich postawny i jowialny Didier, właściciel restauracji. Był na miejscu zawsze, tryskający energią, uśmiechnięty, chowający w zanadrzu mnóstwo anegdotek z awanturniczej przeszłości, a przede wszystkim doskonale wiedzący, jak dobrze karmić ludzi. Jego motto („Gotuj z sercem, pysznie i uczciwie") przyciągało spragnionych wyjątkowych smaków gości. Takich, którzy kochali Lazurowe Wybrzeże i Saint Tropez.

Didier szerokim gestem podał menu, wypisane także kredą na tablicach.

– Polecam świeżutką *pissaladière* z anchois, cebulką i oliwkami. – Zmrużył jowialnie oko. – Albo *soccę* prosto z pieca. Tylko broń Boże nie jedzcie jej widelcem, tylko tak jak saraceńscy najeźdźcy przykazali, palcami i koniecznie ze sporą ilością pieprzu.

Chris zrobił minę światowca, a potem szepnął Ninie dyskretnie do ucha:

– Nie mam pojęcia, co to *socca*.

– Przysmak prosto z Nicei – odszepnęła, z trudem zachowując powagę. – Cienki, ogromny, miękki w środku i chrupiący na brzegach naleśnik z mąki z ciecierzycy...

– Naleśnik? To moja branża! – Chris momentalnie wyprostował się na krześle.

– Poproszę tę *soccę*! I całe morze wina! Jak szaleć, to szaleć! – zamówił z gestem.

– To również moje motto, *monsieur*! – Didier się skłonił. – Jeżeli wino, to cabernet sauvignon z Domaine des Masques. To wyśmienity wybór. I od razu powiem w wielkim sekrecie, że najlepsza *socca* to ta zeskrobana z brzegów patelni, leciuteńko przypalona – oznajmił konfidencjonalnym szeptem i uradowany popędził do kuchni.

– Polubił cię! – Nina się uśmiechnęła, strzepnęła sztywną serwetę i położyła ją na kolanach.

– Jak wszyscy! Nieskromnie mówiąc, jestem duszą towarzystwa. A teraz dosyć już tych wymijających tematów. Mów mi, co u ciebie! Mnie samego wypytałaś od a do z, zdradziłem ci prawie wszystko z pikantnymi szczegółami, a ja nadal nie wierzę, że ten przystojny brunet, z którym tak ofiarnie szukałaś mnie nad amsterdamskimi kanałami, nie zagościł na stałe w twoim sercu! Takie ciacho?

Nina nie zdążyła nic odpowiedzieć, bo właśnie zza grubego pnia kasztanowca, pod którym siedzieli, wyłonił się Romeo. Był ubrany w błękitną koszulę, która pięknie harmonizowała z jego ciemną karnacją. Chris obrzucił go uważnym spojrzeniem od stóp do głów i skinął z aprobatą głową w kierunku Niny.

– Jesteś jeszcze przystojniejszy, niż zapamiętałem! – przywitał Romea. – Niestety ja sam jestem obecnie zajęty, ale gdybyś kiedyś reflektował na kawę w Amsterdamie…

– Oczywiście, mam twój numer! – Jeurissen roześmiał się głośno i zasiadł tuż obok Niny.

Chris popatrzył na nich oboje z nieukrywanym uznaniem.

– Ładna z was para… jak rozumiem. Bo jesteście razem? – Zawiesił teatralnie głos.

Romeo i Nina jak na komendę potrząsnęli przecząco głowami.

– Już ci mówiłam, uparciuchu. Przyjaźnimy się. Wyłącznie! – podkreśliła stanowczo Nina, a Romeo przytaknął jej bez słowa.

– To błąd, bo wyglądacie oboje jak z żurnala. Tak mawiała zawsze moja babcia, ale sądzę, że to nieco przestarzały zwrot. – Chris wydął usta i delikatnie dotknął dłonią starannie ufryzowanych włosów.

– Bardzo francuski, pasuje do tego miejsca – wtrącił szybko Romeo i zerknął zagadkowo przez ramię. – W końcu jesteś! – syknął. – Co się tak czaisz? Chodź tu do nas!

Przy stoliku stał wysoki ciemnowłosy mężczyzna z chmurnym spojrzeniem. Chris zamrugał z niedowierzaniem oczami.

– Nic już z tego nie pojmuję! – jęknął. – Zmówiliście się wszyscy czy co? Wcale się nie zdziwię, jeśli za chwilę dołączy do naszej wesołej kompanii sam król Willem-Alexander! Choć chyba on sam nie jest nawet w połowie tak atrakcyjny jak wy. Urwaliście się z choinki?

– Gorzej! Z piekarni! – rzucił Val i w końcu się rozchmurzył. Może dlatego, że Didier podszedł do stolika z butelką najlepszego wina w bistro. – Napijmy się! Za to, zważywszy na wasze zabawne, ale przyznam szczerze, urocze akcenty, międzynarodowe spotkanie pod kasztanami – powiedział Val i uniósł kieliszek.

Nina jak na komendę chwyciła swój i z lubością umoczyła usta w aromatycznym sauvignon.

Bracia wydawali się zrelaksowani, Chris zachwycony, a ona sama już zapomniała, kiedy tak świetnie się bawiła. Romeo, zaśmiewając się do rozpuku, opowiadał zabawne anegdotki z braterskich początków w piekarni.

– Myśleliśmy, że croissanty robi się z ciasta francuskiego!

– Mów za siebie! – parsknął Val, podjadając sałatkę z ośmiornicy. – Didier, podaj z łaski swojej trochę więcej wina, bo inaczej skończy się to katastrofą. Mój rodzony brat mnie pomawia!

– Ja do teraz byłem przekonany, że tak właśnie jest! Chodzi o rogaliki, nie o pomawianie! – Chris zrobił zdziwioną minę.

– Otóż nie do końca... Ciasto francuskie robi się bez drożdży, a do ciasta na croissanty trzeba je dodać. Jest to tak zwane ciasto drożdżowe listkowane masłem. Nieco podobne, ale jednak inne – objaśnił cierpliwie Val. – Twój chłopak ma naleśnikarnię, tak? Myślę, że powinien to wiedzieć.

– On wie wszystko! – Twarz Chrisa od razu pojaśniała. – Dzięki niemu zakochałem się w Amsterdamie. I obiecałem sobie, że będę robił najlepsze *pannenkoeken* w tym mieście!

– Znam tę miłość bardzo dobrze – potaknął Val. – Urodziłem się na Jordaanie. Przed wojną to była jedna z najbiedniejszych dzielnic tego miasta. Teraz pięknie się rozwinęła. Mnóstwo tam klimatycznych ogrodów, romantycznych mostków i kanałów...

– Nie przypuszczałem, że dostrzegasz takie rzeczy. Wydajesz się do szpiku kości pragmatyczny – przyznał szczerze Chris.

– Jak wszyscy Holendrzy. Ale ja faktycznie jestem dziwną mieszanką: piekę ciastka, żegluję i w dodatku gram na skrzypcach! – Roześmiał się głośno, ale o dziwo jego oczy pozostały poważne.

– Didier, podaj swojego starego rotha! – zawołał niespodziewanie Romeo.

Val próbował protestować, ale brat uciszył go zdecydowanym ruchem dłoni.

– Zagraj nam coś, nie daj się prosić. Kto wie, kiedy znowu spotkamy się w tak miłym składzie.

Właściciel przybiegł po chwili z instrumentem. Jak każdy Francuz uwielbiał muzykę na żywo. Rozmowy przy sąsiednich stolikach umilkły. Ludzie patrzyli zaintrygowani na młodego mężczyznę z wijącymi się na skroniach włosami, który odstawił kieliszek i przejął we władanie kruchy i piękny instrument. Val spoglądał przez moment na skrzypce, czule przejechał palcami po zakurzonej nieco politurze i sprawnie napiął żyłki.

Potem uniósł smyczek i dotknął nim delikatnie strun. Spod jego palców popłynęła nagle muzyka. Umiejętnie sterował każdym swoim ruchem, choć doskonale zdawał sobie sprawę z tego, że gdyby więcej ćwiczył, dźwięk byłby czystszy, pełniejszy.

Kiedy skończył, nastało kilka sekund ciszy, a potem ludzie zaczęli klaskać. Już nie pamiętał, jak to jest grać dla dorosłych, ostatnio muzykował tylko w hospicjum de Winde. Tam nie miało znaczenia, co i jak zagrał, dla tych dzieciaków liczyła się wyłącznie muzyka. I czas, który im poświęcał. Ludzie wokół patrzyli teraz na niego z lekkim niedowierzaniem, a właściwie podziwem przemieszanym z zaskoczeniem. Nikt nie spodziewał się na de Brink, we francuskim bistro pod gołym niebem, jazzowych standardów na skrzypcach.

Przez kilka sekund Val prześlizgiwał się nieobecnym spojrzeniem po twarzach gości Didiera, aż w końcu jego wzrok zatrzymał się na twarzy Niny. Obserwowała go spod zmrużonych powiek, podpierając policzek dłonią, rozbrajająco jak mała dziewczynka, która zapatrzyła się na sklepową witrynę z wymarzoną sukienką. Na ułamek sekundy ich spojrzenia się skrzyżowały. Val poczuł, jakby cały świat zamarł, rozmył się jak na impresjonistycznym obrazie, gwar zamilkł i na całym świecie pozostali tylko oni, Nina z dłonią na policzku i on opierający go o skrzypce. A potem wszystko wróciło do normy i rzeczywistość ruszyła dalej zwykłym gwarnym trybem. I znowu poczuł przejmujący ból w sercu...

– Co to za melodia? Nigdy tego nie grałeś? – rzucił w jego kierunku Romeo.

Nie mógł wiedzieć, bo nie było go jeszcze wtedy na świecie. *Fly Me to the Moon*. Ojciec podarował mamie album Nat King Cole'a z tą piosenką, kiedy się poznali. A potem zagubili płytę gdzieś w chaosie kolejnych przeprowadzek. Sam Val nie miałby o tym pojęcia, gdyby mama nie powiedziała mu przypadkiem, kiedy spacerowali po jednym z pchlich targów w Utrechcie i ktoś nastawił stary adapter z jazzem.

– To niezwykłe, zupełnie zapomniałam o tej piosence – powiedziała wtedy i zmarszczyła śmiesznie czoło. – Muszę kupić ten album ojcu na pięćdziesiąte piąte urodziny. Tylko nic mu nie mów. Będzie się ze mnie śmiał, że na stare lata robię się sentymentalna.

– Lubi, gdy taka jesteś – powiedział wtedy. – Tylko udaje supermana, a to w gruncie rzeczy bardzo romantyczny facet.

– I ty go przejrzałeś, synu? To prawda, masz to po nim. Ja i Romeo łatwo się wzruszamy i mamy serce na dłoni. Wy obaj jesteście twardzielami, ale tylko pozornie. Tak naprawdę jesteście nawet bardziej wrażliwi niż my... Tylko nigdy, za żadne skarby świata, się do tego nie przyznacie...

– Było bardzo miło, ale na mnie pora! – Val zerwał się nagle, o mały włos nie strącając talerza z resztkami sałatki. – Muszę jeszcze zajrzeć na chwilę do croissanterii, wybaczcie. Własny biznes nie zna sztywnych godzin pracy. Romeo, idziesz ze mną? Musimy jeszcze pogadać sami, rozumiecie, braterskie knowania! – próbował zażartować.

Młodszy Jeurissen niechętnie wstał z krzesła.

– Jasne! – rzucił. – Tylko ureguluję rachunek.

– Byliście moimi gośćmi! – zaprotestował honorowo Chris. – Miałem wobec ciebie dług wdzięczności i w ten sposób choć częściowo i z wielkim opóźnieniem chcę go spłacić. Poza tym spędziłem z wami naprawdę cudowne popołudnie. Koniecznie musimy to powtórzyć!

Kiedy bracia zniknęli w tłumie spacerujących po placu turystów, Chris spojrzał uważnie na Ninę.

– Ktoś tu najwyraźniej kocha się w tobie bez pamięci! – powiedział dobitnie i otarł usta serwetką.

– Już to sobie wyjaśniliśmy, złośliwcze – rzuciła Nina i zmrużyła lekko oczy. – Romeo to świetny facet i naprawdę bardzo, ale to bardzo się lubimy, ale to wszystko. Z tej mąki nie będzie dobrych croissantów, mój drogi.

– Ale ja wcale nie mówię o Romeo – parsknął. – Od razu widać, że między wami nie ma chemii.

– A o kim? – Nina znieruchomiała.

– A jak myślisz, księżniczko? Rachunek jest prosty. Skoro z tej układanki odpadł nam jeden z braci, na polu bitwy zostaje tylko ten drugi. I uwierz mi, a mam do tego oko, już dawno nie widziałem, żeby ktoś patrzył na kobietę tak głodnym wzrokiem. Gdyby mógł, od razu chwyciłby cię za rękę i zabrał w miejsce, gdzie bylibyście tylko ty i on. Bez tych wszystkich ciekawskich ludzi wokół.

Nina spurpurowiała na twarzy.

– A ty…? Coś do niego czujesz? – zapytał cicho Chris i położył miękko dłoń na jej leżącej na stoliku ręce. – Wiesz, że życzę ci jak najlepiej. Jesteś wyjątkowa, Nino, i zasługujesz na szczęście.

Chwyciła kieliszek i wypiła duszkiem całe wino. Nie potrafiła odpowiedzieć na pytanie przyjaciela. Albo raczej nie chciała mówić tego głośno. Jeszcze nie teraz.

ROZDZIAŁ 14

Tajemnica medalionu siostry Lukrecji

Jarmuż to chwilowa moda.
A czekolada jest wieczna.

Weert, Holandia, 1984

Wieczorem, po spektakularnym wystąpieniu Josa Hermansa, kiedy Emilia usiadła w końcu na swojej pryczy, rozległo się cichutkie pukanie do drzwi celi. Po chwili do środka zajrzała siostra Teresa. Emilia uśmiechnęła się ciepło i wskazała dłonią miejsce obok siebie na wąskim łóżku.

– Joachima chciała przyjść tutaj ze mną, ale w ostatniej chwili zrejterowała… Nie miej jej za złe tej napaści dzisiaj w refektarzu. To w gruncie rzeczy poczciwa dusza, której, kto wie, czy nie najbardziej z nas zależy na tym miejscu.

Przebywa w zakonie od ponad trzydziestu lat i bardzo przywiązała się do tych murów.

– Nie chowam żadnej urazy – odpowiedziała zgodnie z prawdą Emilia. – Jestem wam wszystkim głęboko wdzięczna za okazane serce i gościnę. Pomogłyście mi wszystkie w momencie, kiedy zostałam opuszczona przez najbliższą rodzinę... – Emilia zawiesiła na sekundę głos. – Dlatego też chciałabym siostrze coś dać.

Dziewczyna sięgnęła pod leżącą na łóżku poduszkę. Wyciągnęła z niej mały, płaski pakunek i bez słowa podała zakonnicy. Ta pokręciła przecząco głową.

– Nie mogę przyjąć od ciebie niczego więcej, moje dziecko.

– Nalegam. To dla mnie bardzo cenna pamiątka, ale myślę, że osoba, która mi ją podarowała, nie miałaby nic przeciwko temu.

Zakonnica z wahaniem odchyliła zawiniątko.

– To przecież medalion Lukrecji! – krzyknęła. – A właściwie sekretnik. Czy otwierałaś już to puzderko, Emilio? W środku jest ukryte coś, o czym powinnaś wiedzieć.

Emilia przyjrzała się jej zaskoczona.

– Już kiedyś o to pytałam, ale skąd siostra tak dobrze zna Lukrecję? Spotkałyście się wcześniej?

– To stare dzieje. Przeszłyśmy razem nowicjat. Bardzo się wtedy zżyłyśmy. A potem ja trafiłam tu, a ona do Szwajcarii – powiedziała szybko. – A teraz otwórz medalik, Emilio... Spójrz tutaj, z boku znajdziesz niewielki zaczep.

Siostra Teresa miała rację. Jak Emilia mogła tego wcześniej nie zauważyć? Była przekonana, że to zwykły medalik szkaplerzny. Delikatnie podważyła zaczep paznokciem i miniaturowa klapka odskoczyła. W środku znajdował się przymocowany do złotej ścianki przezroczysty kamień. Emilia spojrzała pytająco na zakonnicę.

– To bardzo drogocenny klejnot. Brylant o najwyższej klasie szlifu. Obok niego znajdował się jeszcze jeden... możesz nawet zobaczyć delikatne wyżłobienie... a raczej poczuć je pod opuszką palca.

– Skąd siostra o tym wszystkim wie?

– Myślę, że Lukrecja chciałaby, żebyś poznała tę historię – zaczęła wolno Teresa, wpatrując się w dal, gdzieś ponad głową Emilii. – Kiedyś byłyśmy ze sobą blisko. Nie mogę nazwać naszej relacji przyjaźnią, bo wtedy w zakonie wszystkie młode nowicjuszki skoncentrowane były na Bogu, ale Lukrecja wyróżniała się spośród nas. Wstąpiła do zakonu, bo partyjniacy zamknęli cukiernię, którą prowadziła razem z przyjaciółką... Czekolada była jej pasją, wystarczyło trochę cukru, mleko i miód i kręciła tu dla nas karmelki. Wszystkie ukradkiem biegałyśmy do jej celi po coś pysznego. Siostra przełożona złościła się, mówiąc, że nie powinnyśmy jeść tyle słodyczy, ale ona śmiała się i twierdziła, że to żadne słodycze, tylko medykamenty. Miodowe pastylki na bronchit. Tak je nazywała...

– I co było dalej? – szepnęła Emilia.

– Po prawie dwóch latach nowicjatu Lukrecja wyjechała do Szwajcarii. Tamtejszy klasztor, podobnie jak i nasz, borykał się z problemami finansowymi i to wtedy Lukrecja wymyśliła manufakturę czekoladek, *Petites Sœurs,* Siostrzyczki.

– Nie miałam pojęcia, że to był jej pomysł. Nigdy o tym nie mówiła...

– Bo też nie była zbyt wygadana. – Teresa uśmiechnęła się ciepło. – A potem w jednej z zuryskich kawiarni, do której siostrzyczki dostarczały swoje pralinki, spotkała Alexandre'a Caillera. To była miłość od pierwszego wejrzenia. *Coup de foudre,* uderzenie pioruna, jak mawiają Francuzi.

Emilia krzyknęła cicho i zakryła dłońmi buzię.

– Gdyby nie jego ojciec, kto wie, jak by to się wszystko zakończyło – mówiła dalej Teresa. – Alexandre pochodził z bardzo wpływowej szwajcarskiej rodziny z tradycjami. To zrozumiałe, że sprzeciwiała się ona związkowi dziedzica fortuny z biedną dziewczyną z Polski, o ironio losu, zakonnicą przed ślubami wieczystymi. Stary Cailler zakazał synowi spotykania się z Lukrecją i w mig znalazł dla niego żonę, jedynaczkę z równie znanej familii. O ile mi wiadomo, to małżeństwo od początku było nieudane...

A Lukrecja i Alexandre... byli dla siebie stworzeni. W żyłach obojga płynęła czekoladowa krew. Spotykali się potajemnie w wiosce Gruyères, godzinami wędrując po ścieżkach wokół tamtejszego jeziora i obmyślając nowe receptury pralinek.

– Skąd siostra o tym wszystkim wie?

Teresa westchnęła i delikatnie pogładziła leżący na kocu medalion.

– Lukrecja pisała do mnie wtedy. Nie miała nikogo bliskiego, komu mogłaby się zwierzyć. Ona naprawdę wierzyła, że będą z Alexandre'em razem. Taką niewinną wiarą młodej, niedoświadczonej dziewczyny, która jest przekonana, że prawdziwa miłość zwycięży nawet największe życiowe zawieruchy.

– Rozstanie musiało być dla niej bardzo ciężkie... Nawet słowem nie wspomniała o Alexandrze...

– Na pożegnanie podarował jej ten medalion. Nie chciała przyjąć tak cennego prezentu, ale powiedział jej wtedy, że nie musi go zatrzymywać... Może go komuś podarować, ale po cichu miał nadzieję, że go zachowa. A szczególnie te dwa ukryte w jego wnętrzu drogocenne kamienie.

– Co się stało z jednym z nich?

– Sprzedała go jednemu z zuryskich jubilerów, a uzyskaną w ten sposób kwotę przekazała zakonowi. Potem wyjechała do Rzymu... a resztę tej historii już znasz...

– Myśli siostra, że spodziewała się, iż spotkam w Szwajcarii Alexandre'a?

Zakonnica uśmiechnęła się tajemniczo.

– Podejrzewam, że to właśnie ona zaaranżowała wasze spotkanie. Wspominałaś, że zobaczyłaś go po raz pierwszy w pociągu. Taki człowiek jak Alexandre raczej nimi nie jeździł. Miał kilka aut i swoich własnych szoferów. A może to tylko moje domysły? Ale cokolwiek się wtedy wydarzyło, dzięki temu to ty teraz możesz spełniać marzenia Lukrecji, Emilio.

Dziewczyna patrzyła na nią zamyślona. Na jej twarzy malował się ogrom emocji, od zaskoczenia, poprzez smutek i wzruszenie, aż po determinację. A potem nagle powiedziała:

– Niech siostra zatrzyma ten medalion. A najlepiej go sprzeda. Myślę, że potrzebujecie tych pieniędzy o wiele bardziej niż ja. I proszę nic nie mówić ani tym bardziej protestować. Moja decyzja jest nieodwołalna. I wiem, że Lukrecja postąpiłaby tak samo. Ten medalion ma czynić dobro.

Emilia z łatwością zasunęła zamek cienkiej skajowej walizki. Przejechała pół Europy, a jej cały dobytek mieścił się w małej torbie. Nie dorobiła się nawet porządnych butów, bo te, które miała na nogach, były mocno zniszczone, a kłapiące podeszwy domagały się już pilnej interwencji szewca. Rozejrzała się szybko po ascetycznie umeblowanej celi. Jej wzrok padł na koperty leżące na zasłanym starannie łóżku, oblepione kolorowymi znaczkami i obwiązane ciasno sznurkiem. Po chwili zastanowienia sięgnęła po pakunek i przejechała opuszką palca po wykaligrafowanych dziecinnym pismem równych literkach. Aurelia była już pełnoletnia, a cały czas pisała jak dzieciak. Jej sercem szarpnął nagły żal, ale nie mogła się roztkliwiać.

Może nie powinna jej winić…? Matka potrafiłaby zmanipulować nawet świętego, ale Aurelia również o tym wiedziała. A jednak dała się jej omotać na tyle, żeby zerwać ich siostrzaną sztamę i znaleźć się po drugiej stronie barykady. Przecież obiecały sobie, że cokolwiek by się działo, będą stały za sobą murem. Stop. Ta droga prowadziła donikąd, a ona nie mogła teraz babrać się w przeszłości. Musiała myśleć o tym, co dalej. Zbyt dużo jeszcze zostało do zrobienia.

Przez chwilę ważyła stos kopert w dłoniach, a potem bez wahania wrzuciła je do małego metalowego wiaderka stojącego pod łóżkiem. Siostra Joachima będzie miała dobry papier na podpałkę.

Na dole w refektarzu czekały na nią wszystkie zakonnice. Kiedy weszła do środka, jak na komendę wstały zza stołu. Emilia uśmiechnęła się lekko. Przypomniała sobie, kiedy na samym początku pobytu w zakonie wydawało się jej, że przebywające tu kobiety są czyste i nieskalane, niczym zastępy aniołów bez reszty oddanych służbie Bogu, a przecież tak naprawdę wszystkie one przypominały ją samą. I tak samo jak ona łaknęły akceptacji i miłości.

– Dziękujemy ci za wszystko, kochana – powiedziała wzruszona Teresa i chwyciła jej twarz w obie dłonie. – Nigdy nie zapomnimy, ile dla nas zrobiłaś. I pamiętaj, zawsze możesz do nas wrócić. To miejsce to twój dom.

Godzinę potem, kiedy Emilia wyszła na małe brukowane podwórko, ściskając swoją walizkę w dłoni, siostry stanęły w kuchennym oknie i, machając energicznie w jej kierunku, z trudem powstrzymywały łzy. Emilia podniosła rękę, poruszyła kilkakrotnie palcami i po raz ostatni spojrzała na ponure klasztorne mury. Na podjeździe stał już ciemnozielony samochód terenowy. Podeszła do niego szybkim krokiem i otworzyła drzwi.

– Przed nami długa droga, ale mam nadzieję, że dotrzemy do Amsterdamu przed południem. Będziesz miała sporo czasu, żeby poznać nowe miejsce. A teraz wsiadaj w końcu, dość już tego mazgajstwa! – powiedział Julian van Toorn i zapalił silnik.

ROZDZIAŁ 15

Róże i bomba

Sekret najlepszej czekolady jest jak tajemnica wiecznej miłości – nie należy jej zdradzać.

Aurelia jeszcze nigdy nie odwiedzała miejscowego cmentarza tak często, jak teraz. W ciągu ostatnich kilkunastu lat po śmierci matki była tutaj zaledwie kilka razy. Machinalnie zapalała znicz na grobie Michaliny, odgarniała liście z płyty, szorowała zabrudzenia, ale nie robiła tego z sercem. To była rutyna. Męcząca powinność. Poczucie przyzwoitości, które ciążyło jak kamień. Czasem zdarzało się jej spoglądać na stojących nieopodal ludzi, którzy odwiedzali swoich bliskich, ze łzami w oczach czule gładzili marmurowy krzyż, modlili się żarliwie albo mówili coś cichutko do tych, których już z nimi nie było. Ona nie tęskniła za matką. Gdyby w jakiś niewyobrażalny, kompletnie nieracjonalny sposób Michalina mogła wrócić na ziemię, nawet na kilka minut, i stanąć ze swoją córką twarzą w twarz, ta zapytałaby po prostu: "Dlaczego, mamo? Dlaczego nam to zrobiłaś?". A potem kazałaby jej wracać, skąd przyszła. Bo żadne wytłumaczenie nie mogło już niczego zmienić.

Aurelia przez te wszystkie lata po wyjeździe Emilii za granicę bez ustanku pisała do niej listy. Wierzyła, że skoro nie wracają do Polski, to prawdopodobnie trafiają do adresatki. Jeżeli je czytała, wiedziała, że Aurelia z całego serca za nią tęskni i kocha ją najbardziej na świecie. Brakowało jej starszej siostry, tego niepoprawnego Emilkowego optymizmu, poczucia humoru, życiowej mądrości i odrobiny szaleństwa, które nawet podczas nowicjatu w klasztorze zawsze w sobie miała. Aurelia opisywała siostrze dzień po dniu cierpliwie i drobiazgowo swoją codzienność. To, że z całego serca nienawidzi historyka, coraz częściej ma odwagę stawiać się matce i że w końcu po raz pierwszy tak naprawdę i na zawsze się zakochała.

Witold był inny niż jego koledzy w maturalnej klasie. Nie przesiadywał na prywatkach, nie wagarował i nie popalał papierosów za szkołą. Aurelię pociągało w nim kompletne ignorowanie opinii świata w kwestii, co inni ludzie o nim sądzą. Znał swoją wartość i dokładnie wiedział, czego chce. Po szkole zamierzał zdawać na politechnikę, skończyć studia z wyróżnieniem, zostać cenionym inżynierem, założyć rodzinę i zamieszkać w dużym domu. Najlepiej w najbardziej reprezentacyjnej części miasta, przy Parkowej, tam gdzie stały piękne przedwojenne wille ze skośnymi dachami, dużymi tarasami i starannie przystrzyżonymi trawnikami.

– Ta lista jest bardzo długa, ale podobają mi się twoje cele – mówiła Aurelia, siedząc nad kubkiem gorącego kakao w małej cukierni naprzeciw szkoły.

To tutaj spotykali się najczęściej, oczywiście w tajemnicy przed matką. Aurelia zazwyczaj kończyła lekcje wcześniej niż Witold, siadała przy najmniejszym stoliku pod oknem i czekała na niego, wertując zaległe lektury. Dzisiaj przyszedł trochę spóźniony, matematyk zatrzymał go na chwilę, proponując najzdolniejszemu ze swoich uczniów udział w olimpiadzie. Witek odmówił. Nie lubił udowadniać swojej wiedzy na igrzyskach pod hasłem „Najlepsi wśród najlepszych". Wolał konkurować z ludźmi, którzy umieli go zaskakiwać. Rozwiązywanie testów wymyślanych dla geniuszy zdecydowanie nie było w jego stylu.

Witold zdjął kurtkę, powiesił ją starannie na oparciu krzesła i objął lodowatymi dłońmi jej palce, trzymające mocno gorący kubek.

– Zmarzłem na kość! Zamówiłaś mi herbatę? – zapytał i uśmiechnął się, zabawnie unosząc kąciki ust.

– Czarną herbatę i ptysia! – Aurelia się roześmiała. – Przychodzimy tutaj od kilku miesięcy i zawsze, ale to zawsze zamawiasz to samo.

– Jestem nudziarzem, wiem! Następnym razem zjem pączka z budyniem, dobrze? Jak szaleć, to szaleć.

Dziewczyna zachichotała. Tylko Witold potrafił ją rozśmieszyć nawet wtedy, kiedy najchętniej rozpłakałaby się w głos.

– Co się stało? – zapytał, patrząc na nią uważnie. Pomimo tej pozornej radości w mig zauważył, że coś ją gryzło.

– O co ci chodzi? – Aurelia wzruszyła ramionami. – Siedzimy w kawiarni, wyjątkowo nie dostałam żadnej pały, dobrze się bawimy…

– Aurelia! – powiedział ostro. – Mnie nie musisz okłamywać… – dodał miękko.

Dziewczyna przez chwilę nie odpowiadała, a potem sięgnęła po leżący pod stołem plecak. Wyciągnęła z niego sporą paczkę. Zawierała dziesiątki obwiązanych sznurkiem podłużnych kopert z kolorowymi brzegami. Aurelia bez słowa położyła je na stole, pomiędzy herbatą Witolda a swoim kubkiem z kakao.

Witek zmarszczył brwi. Po chwili wyciągnął z pakunku kilka listów.

– Czyli jednak nie dotarły do twojej siostry? Skąd je masz? – zapytał.

– Ktoś je odesłał na adres szkoły. Sekretarka dała mi te koperty dzisiaj rano. Na stemplu widniały jakieś holenderskie litery. Chyba nazwa miejscowości Weert, nie mogłam dokładnie przeczytać, bo były rozmazane… Dlaczego ona tak mnie nienawidzi, Witoldzie? Przecież jestem jej siostrą! Mogłaby chociaż spróbować posłuchać, co mam jej do powiedzenia! Skreśliła mnie bezpowrotnie?
– Jest rozgoryczona, nie myśli logicznie. Daj jej trochę czasu, Aurelka… Zobaczysz, ta złość jej kiedyś minie.
– Aurelka? Nigdy tak do mnie nie mówiłeś.
– To od teraz będę. Chyba że wolisz, żebym nazywał cię inaczej.
– Emila nazywała mnie Relka.
– Relka? Ładnie. Pożyczę sobie od niej tę Relkę.
– Przynajmniej to będzie was łączyć.
– Łączy nas o wiele więcej, niż myślisz… Oboje cię kochamy.

Nie wiedziała, dlaczego właśnie teraz, nad grobem matki, przypomniał się jej ten moment, kiedy Witold po raz pierwszy wyznał jej miłość. Może dlatego, że dobre chwile powinny równoważyć te złe? Tylko taki balans gwarantował szczęście.

Wzrok Aurelii padł na marmurową płytę. Kilka zeschłych liści, stary znicz i… te kwiaty. Od tygodnia przychodziła tu codziennie i za każdym razem je widziała. Na płycie leżały dwie róże. Bolesny symbol, którego nie rozumiała. Aurelia schyliła się i delikatnie dotknęła ostrych kolców oblepiających gęsto łodygi.

– Uważaj, dziecko, kłują! Wczoraj to tak się poraniłam, że poplamiłam całą spódnicę! Wprawdzie była dziurawa, ale bardzo ją lubiłam. Na starość zbytnio przywiązuję się do rzeczy.

Aurelia uniosła głowę. Dwa metry dalej, przed gustownie ustrojonym kwiatami grobem, uśmiechając się ciepło, stała Maria Grodnicka. Miała na sobie zbyt obszerny prochowiec przewiązany ciasno skórzanym paskiem.

– Jak się cieszę, że panią widzę! – zawołała Kostrzewska. – Choć tak naprawdę jestem na panią okropnie zła. Dlaczego nie przyjechała pani do nas na herbatę? Już tyle razy zapraszałam. Tak się nie godzi, pani Mario. Tym razem nie wykręci się pani od wizyty. A może obiad, w niedzielę? Mój mąż przyrządza najlepsze na świecie zrazy. Takie faszerowane boczkiem i ogórkiem! Palce lizać!

Grodnicka uśmiechnęła się z trudem.

– Kochana, starość i niedołęstwo mnie pokonały. Już z trudem docieram na cmentarz do mojego męża, a co dopiero na drugi koniec miasta. Nogi już nie te i umysł szwankuje. Na pewno pomyliłabym autobusy i wylądowała w Łodzi. Albo nie daj Boże w Warszawie! Zrazy mnie kuszą, ale sama rozumiesz.

– Przyjedziemy po panią, pani Mario. To dla nas żaden kłopot, naprawdę. Pogawędzimy o starych dobrych czasach, opowiem pani, co u naszych dziewczynek w Holandii.

– A właśnie, jak sobie radzą? Ostatnio Marianna dzwoniła, ale już po dwóch minutach słuchawkę przejął Benio, twierdząc, że jest królem.

– Nic pani teraz nie powiem, dopiero podczas wizyty u nas! – Aurelia zabawnie pogroziła staruszce palcem. – To jak, niedziela? O czternastej?

– Wygrałaś, moje dziecko! Mahomet nie przyszedł do góry... czy jak to tam mówią... – Grodnicka przymrużyła lewe oko.

– Pani Mario, a wracając do róż i kolców... – Aurelia zawahała się przez moment. – Jest pani tu tak często, może widziała pani, kto kładzie te kwiaty na grobie mojej matki? Nie mamy tu żadnej bliskiej rodziny.

Grodnicka poprawiła opadającą na czoło grzywkę siwych jak skrzydło gołębia włosów.

– Parę razy mignął mi tutaj jakiś starszy mężczyzna... – Zamyśliła się. – Chyba przychodzi wcześnie rano, od razu po otwarciu cmentarnej bramy. Ale niestety nie mogę nic więcej powiedzieć, nigdy mu się uważniej nie przyglądałam. Mam swoje sprawy, inni ludzie mnie nie absorbują.

Aurelia potaknęła ze zrozumieniem głową. Jeżeli chciała rozwiązać tę zagadkę, musiała przyjść tutaj skoro świt. Może uda się jej przyłapać tajemniczego nieznajomego z różami.

Nazajutrz, ku ogromnemu zdziwieniu i zniecierpliwieniu Witolda, zerwała się z łóżka już przed piątą.

– Relka, o ile mi wiadomo, od kilkunastu lat nie pracujesz już w biurze, nie mamy małych dzieci, ba, psa też nie mamy, to w jakim celu, na litość boską, budzisz mnie o tak nieludzkiej porze?

– Przecież wcale cię nie budziłam! Jestem cichutko jak mysz pod miotłą…

– Ale ja mam bardzo wrażliwe ucho! Trudno, przepadło! Za karę musisz mi zrobić kawę i bez żadnych szachrajstw na modłę Eugenii powiedzieć, o co w tym wszystkim chodzi. Chyba że wspólnie coś knujecie?

– Ja sama jeszcze nie do końca rozumiem tę zagmatwaną sytuację, ale obiecuję, że gdy już będę wiedziała, natychmiast ci o tym powiem. I niczego nie knujemy z Gienią za twoimi plecami. – Czule pocałowała męża w czubek głowy i już jej nie było.

Kostrzewska zaparkowała samochód tuż przy wejściu na cmentarz. Jak okiem sięgnąć nie było widać żywego ducha. Aurelia naciągnęła na uszy czerwoną bawełnianą czapkę, zawiązała mocniej pod szyją jedwabną chustkę i wyskoczyła rześko z ciepłego auta. Prawie natychmiast oblepiło ją przeraźliwie wilgotne i mgliste powietrze.

Ruszyła dziarsko w głąb nekropolii. Tym razem wszystko wskazywało na to, że trafiła tutaj przed tajemniczym „człowiekiem od róż". Płyta na grobie Michaliny Dobrzyckiej była pusta. Aurelia postała przez chwilę przed grobem matki, potupała dla rozgrzewki, po czym odwróciła się w stronę ścieżki prowadzącej do głównej alejki.

I wtedy go zobaczyła. Stał zaledwie kilka metrów od niej, w szarym wełnianym płaszczu i eleganckim kapeluszu. W lewej dłoni trzymał czerwoną różę, a prawą opierał ciężko na grubej drewnianej lasce. Przez chwilę mierzyli się wzrokiem, a potem mężczyzna podszedł do niej wolno, z trudem stawiając kroki.

– Ty jesteś Aurelia, prawda? – Bardziej stwierdził, niż zapytał, i spojrzał na nią uważnie spod opadających powiek.

Kostrzewska poczuła się nieswojo. W tym momencie pożałowała, że nie wtajemniczyła w swoją misję Witolda. Drżącymi palcami namacała szybko w kieszeni płaszcza swój telefon.

– Kim pan jest?

– Nie bój się mnie. – Nieznajomy wyczuł jej zaniepokojenie. – Nie zrobię ci krzywdy. Nazywam się Kajetan Rydlewski. I jestem twoim ojcem.

ROZDZIAŁ 16

Szybki remont i niecne knowania

Nadmiar jest niemodny.
Chyba że w grę wchodzi czekolada.

– Sama nie wiem, Nina... Cieszę się, ale również trochę się boję! On jeszcze nigdy się tak nie zachowywał!
Marianna ze związanymi włosami i w zabawnej czapeczce z gazety leżała na boku na pozaklejanej papierami podłodze. Od kwadransa próbowała domyć niemiłosiernie zakurzony kaloryfer. Nina, siedząc obok niej, w zmodyfikowanej nieco pozycji lotosu, starannie przecierała pokryte pajęczyną krzesła i raz po raz rozglądała się z niedowierzaniem wokoło. Zaniedbany i niezamieszkany dotąd strych domu Evelien z każdym dniem wyglądał coraz lepiej. Jak za dotknięciem czarodziejskiej różdżki znikła rupieciarnia, a pojawiło się przestronne wnętrze. Maniana

razem z siostrzeńcem Evelien wywieźli dziś rano stare i niepotrzebne sprzęty do *kringloop*, komisu z używanymi meblami na obrzeżach miasta. Marianna zachowała piękną komodę i duży stół, który zamierzała przerobić na swój ukochany prowansalski styl. Dziewczyna pracowała w pocie czoła, żeby jej nowe holenderskie gniazdko wyglądało „po domowemu", przytulnie i swojsko, tak jak kochała najbardziej. Oczyściła już wszystkie ściany, pomalowała je na ciepły, beżowy kolor, umyła okna i wykleiła tapetą w wyścigówki pokoik Bernarda. Od Niny i dziewczyn z Bombonierki dostała piękną narzutę na łóżko, ekspres do kawy i kilka drobiazgów niezbędnych w kuchni. Sama zamierzała spać na początku na materacu – najważniejsze było wygodne łóżeczko dla synka – ale umówiła się z Romeem, że pomoże jej coś wybrać dziś wieczorem. Jeszcze nigdy nie była taka szczęśliwa. W końcu wolna, niezależna, powoli budowała swoje życie po swojemu i na własny rachunek.

Tym razem na tapecie był Iwo Łagiewski.

– Co masz na myśli, mówiąc, że nigdy się tak nie zachowywał? – zapytała Nina i spojrzała zdziwiona na przyjaciółkę. – O ile pamiętam, od zawsze był cwaniakiem, czyżby po waszym rozstaniu przeszedł metamorfozę? Z całym szacunkiem, ale nie wierzę w cuda!

– A jednak! Wyobraź sobie, że przelał na czas alimenty, pytał, jak sobie radzę, i nawet proponował, że chętnie mi pomoże finansowo, dopóki nie stanę na nogi w Holandii!

– To rzeczywiście brzmi podejrzanie! On coś knuje, Mańka. Niech sobie wsadzi swoje pieniądze, wiesz gdzie, choć prawdę mówiąc, to żadna łaska, w końcu zostawiłaś padalcowi po rozwodzie cały dom.

– Nie ufam mu za grosz. Nawet nie wiesz, jak się cieszę, że mieszkamy tak daleko od siebie. Gdybym została w naszym miasteczku, znając moje szczęście, nieustannie natykałabym się na niego na ulicy, a tutaj mam spokój. A co najważniejsze, Benio jest szczęśliwy.

– Nie tęskni za ojcem?

– Myślę, że na swój sposób tak. Ale ma w Holandii tylu nowych przyjaciół i mnóstwo wyzwań, że nie brakuje mu kontaktów z Iwem. Przynajmniej taką mam nadzieję. Wiesz sama, jaki jest Benio. To takie radosne, wiecznie zadowolone z życia dziecko. Jeżeli nawet coś go trapi, nigdy nie daje tego po sobie poznać. O Boże, Nina, już po czternastej! Muszę biec po małego do szkoły! Bardzo ci dziękuję za pomoc, zwłaszcza że masz co robić w Bombonierce!

– No właśnie ostatnio jest zastój w interesie… – Kostrzewska westchnęła i odłożyła trzymaną w dłoniach ścierkę.

– Jak to? Co się dzieje? Nie było mnie zaledwie kilka dni, a ty już się wpakowałaś w kolejne problemy? – próbowała żartować Mańka, ale mina Niny pozostała poważna.

– Miałam nadzieję, że wydumana afera z tortem i ta idiotyczna kontrola nie będą miały wpływu na zainteresowanie produktami w chocolatierce. A jednak, mówię to z ogromnym smutkiem, klientów jest coraz mniej. Kilkanaście tygodni temu czekoladki z piri-piri i pistacjowe pralinki sprzedawały się na kilogramy, a teraz mamy pełne gabloty i nic nie wskazuje na zmiany. Już dobrze, nie będę ci tutaj smęcić, na pewno wszystko się ułoży! Biegnij po małego, niedługo umówimy się na wino i wtedy wszystko obgadamy na spokojnie.

Nina nie chciała mącić szczęścia swojej najlepszej przyjaciółki, dlatego w drodze powrotnej do Malinowej Bombonierki wyrzucała sobie, że wygadała się z tym spadkiem sprzedaży. A może dobrze się stało, że Marianna już o tym wiedziała? Nie powinna mieć przed nią żadnych tajemnic, w końcu pracowały razem.

Kiedy dochodziła do kamienicy, dostrzegła stojące przed nią dwie kobiety. Już miała zaprosić je serdecznie do środka, gdy nagle usłyszała:

– Nie wiem, czy to dobry pomysł, Birgit. Kiedyś to miejsce miało doskonałą opinię, ale teraz... Ktoś mi mówił, że się zepsuło. Podobno sprzedają tu przeterminowaną czekoladę!

– Ciotka Janina twierdzi, że to bzdury! Reklamowała całej rodzinie pralinki z papryką...

– Z papryką? A fuj, co to za połączenie? Nigdy w życiu! Chodźmy lepiej do Jeurissenów, tam przynajmniej mają świeże rogale.

Nina stała oniemiała, nie mogąc wykrztusić słowa. W końcu zza szyby dojrzała ją krzątająca się w środku Marta i zaintrygowana wyjrzała na zewnątrz.

– A cóż ty tak zamarłaś jak żona Lota? Wskakuj do Bombonierki, pralinko! Mamy kilka pudełek do zapakowania! Sam dyrektor Jolink tutaj wpadł. Podobno do jego żony przyjeżdżają kuzynki i oczywiście zamówił dla nich ulubione czekoladki.

Nina weszła do chocolatierki. W gablotach pyszniły się krwistoczerwone praliny z wiśnią, oblane deserową czekoladą pistacjowe pomadki oraz mleczne pastylki z truflą.

– I jak dzisiaj? Sprzedałyście trochę więcej nowości? – zapytała ze ściągniętą twarzą.

W głębi lokalu siedziało przy stolikach zaledwie kilka osób. Normalnie o tej porze Bombonierka tętniła życiem.

– Gdyby nie to zamówienie Jolinka, byłoby marnie – przyznała szczerze Marta. – Ale nie martw się, to przejściowe kłopoty. No już, głowa do góry i pakujemy!

– Nie byłabym tego taka pewna – burknęła, ale posłusznie zabrała się do pracy.

Cały czas dźwięczały jej w głowie słowa nieznajomych kobiet, które przed chwilą podsłuchała. Żeby piekło pochłonęło tego Richarda! To na pewno on rozpowiadał te ohydne i kłamliwe plotki. Tylko jak go uciszyć?!

Richard van Toorn uważnie obserwował Malinową Bombonierkę. Nic nie mogło ujść jego uwagi, a w szczególności fakt, że ruch w chocolatierce był zdecydowanie mniejszy niż kilka tygodni temu. Doskonale to przewidział i przygotował się na ten scenariusz. Na szczęście pokłady jego kreatywności były niewyczerpane. Kiedy ten strachliwy doktorek Obarski z Polski wycofał się nagle z ich umowy, Richard przez chwilę zwątpił, czy uda mu się doprowadzić całą sprawę do szczęśliwego finału. Nie wiedział do końca co lub raczej kto zmusił starego do zmiany niekorzystnych zeznań na temat Emilii Dobrzyckiej. Miały przekonać sędziego do ponownego rozpatrzenia krzywdzącego dla Richarda testamentu, ale na próżno. Nic nie mógł z tym zrobić. Musiał jak najszybciej wymyślić sensowny plan B. Nigdy nie spoczywał na laurach, a tym bardziej jeżeli chodziło o jego pieniądze.

Pewnego wieczoru zupełnie przypadkiem natknął się w telewizji na program o marketingu szeptanym jako nowym źródle reklamy produktów na rynku. Badania dowodziły, że zyskiwał coraz więcej zwolenników. Fachowcy nazywali go bardziej swojskim zwrotem „poczta pantoflowa" i to właśnie określenie najbardziej przemawiało do Richarda. A gdyby tak rozpuszczać plotki, że czekoladki Niny straciły znacznie na renomie? Że właścicielka na fali spektakularnego i niespodziewanego sukcesu zaczęła oszczędzać na składnikach, obniżając ich jakość? Przecież tak naprawdę nie znała się na tej branży! Od początku poszła na łatwiznę! Jak wiadomo, czekolada zawsze się obroni, bo ludzie ją uwielbiają. Nina od razu chciała mieć wszystko! Tworzyła jakieś wydumane i wyszukane produkty, jak te nieszczęsne piri-piri, przyprawiając je na bogato, a on sam, Richard van Toorn, uważał, że siła dobrej czekolady tkwi w prostocie i w jak najmniej skomplikowanych połączeniach smakowych. Nina uciekała w tanią sensację, chciała nieustannie zaskakiwać, a on stawiał na klasyczne receptury i przywiązanie do tradycji. Szczególnie w tak konserwatywnym mieście jak Deventer.

Już następnego dnia Richard zaczął wcielać swój plan w życie. Wdawał się w przypadkowe rozmowy z wychodzącymi z chocolatierki klientami, pytał ich o ulubione pralinki, a potem jakby od niechcenia żalił się, że wiele z nich tylko ładnie wygląda, a tak naprawdę ich jakość pozostawia wiele do życzenia.

– Proszę mi uwierzyć, nie ma większego łasucha ode mnie – mówił, kładąc teatralnie rękę na sercu. – Ale niestety… ostatnio kilka razy dopadły mnie nieprzyjemne sensacje żołądkowe... Przypuszczam, że zamiast dobrej gatunkowo czekolady dodają tu do produktów słodkie kakaowe tłuszcze roślinne. To okropne, ale najtańsze ziarna mogą nam zaszkodzić!

Elegancko ubrany Richard, w nienagannie białej koszuli, świetnie skrojonej marynarce i drogich, markowych butach, wzbudzał zaufanie, szczególnie wśród żeńskiej publiki, którą oczywiście nagabywał najczęściej.

– Jakie piękne i błyszczące te pralinki, na pewno są pyszne, ale czy sprawdzaliście państwo ich skład? Nie? To duży błąd! Radziłbym skontrolować, czy nie zawierają jakichś szkodliwych zamienników...

– Nie wiem, czy słyszała pani o tej aferze? Nie? Ale chyba nie mogę mówić... Nalega pani... No dobrze... Podobno jedna z pralinek z kurkumą i cytryną została wycofana ze sklepu... Zawierała sproszkowany imbir zanieczyszczony tlenkiem etylenu! To ogromnie szkodliwa dla zdrowia substancja... Ale hola, hola, nie musi pani od razu wyrzucać tych czekoladek... Może te są dobre? Tak, tak, ma pani rację, lepiej nie ryzykować.

Richard próbował również nagabywać potencjalnych konkurentów Niny, ale zrezygnował po pierwszej rozmowie z gburowatym właścicielem croissanterii, który nie dał się wciągnąć w przygotowaną przez niego intrygę. Mało tego, w kilku ostrych słowach dosadnie powiedział, co myśli o takich sposobach nieuczciwej biznesowej rywalizacji. Richard wolał się trzymać od niego z daleka. Ale tak naprawdę wcale go nie potrzebował. Ukoronowaniem działań na rzecz zniesławienia dobrego imienia Niny stała się skarga do urzędu kontrolującego jakość żywności na nowy wypiek w Bombonierce – tort Sachera. Richard zacierał ręce, choć po prawdzie sam nawet nie wiedział, kto jest autorem donosu. Jego rozbudowana siatka intryg jak widać działała bez zarzutu. Mógł być z siebie dumny! A stale malejąca frekwencja w tej pożal się Boże chocolatierce dowodziła, że gra była warta świeczki. Dobra robota! Zaraz, zaraz, jak to zawsze powtarzał jego ojciec? „Z Richarda będą jeszcze ludzie! Ma głowę nie od parady i znajdzie wyjście nawet z najbardziej skomplikowanego labiryntu".

Amsterdam, 1985

– Mój syn ma głowę nie od parady! Kto by pomyślał, że w wieku dwunastu lat nie da sobie w kaszę dmuchać! Moja krew!

Julian van Toorn siedział przy małym drewnianym stole w aneksie kuchennym przylegającym do niewielkiego salonu mieszkania w północnej dzielnicy Amsterdamu. Miał na sobie wojskowy mundur, jak zwykle zapięty starannie pod samą szyję. Tuż obok niego przycupnęła ubrana w długą czerwoną sukienkę w białe grochy żona, którą przywiózł znienacka z jednego z wyjazdów w teren. Przed nimi stały parujące talerze wypełnione grochówką z kiełbasą, ulubionym daniem Juliana. Przystojny i władczy van Toorn zawsze lubił wikłać się w jakieś miłosne afery, których nikt, nawet on sam, nie traktował poważnie, ale tym razem wyglądało na to, że ta nowa flama zadomowi się w jego kawalerskim gospodarstwie z odzysku na dłużej. Potrzebował jej, żeby udawać pełną, kochającą się rodzinę. Tylko w ten sposób mógł odzyskać swojego jedynego syna, znajdującego się pod kuratelą chorowitej i wiecznie zrzędzącej matki.

Najgorsze było to, że ta przybłęda pochodziła z jakiegoś dziwacznego kraju. Nawet jej imię brzmiało niedorzecznie i obco. Emilia... Richard postanowił, że będzie nazywał ją Emmą.

– Wrzuciłem tego gnojka do piwnicy. Nazywamy ją kazamatami! Niech wie, że ze mną się nie zadziera – oznajmił dumnie i zerknął na ojca, jak zwykle szukając w jego oczach aprobaty dla swojego zachowania.

– Nie sądzę, żeby zamykanie kolegi w ciasnej i ciemnej szkolnej piwnicy było dobrym pomysłem, Julianie – powiedziała Emilia, odkładając na stół łyżkę. – Przecież ten chłopak mógł stracić przytomność albo, nie daj Boże, się udusić!

Richard zmierzył ją pogardliwym wzrokiem. Miała taki śmieszny, miękki akcent i dziecinnie zjadała końcówki wyrazów.

– Nikt cię nie pyta o zdanie! – odpysknął purpurowy ze złości chłopak. – Miałem dać się zastraszać i nic z tym nie robić? Jesteś głupia i niedzisiejsza.

– Nie powinieneś się tak do mnie zwracać, Richardzie – odpowiedziała spokojnie. – Jestem twoją…

– Nikim nie jesteś! – wrzasnął. – I nie masz prawa mi mówić, co mam robić, słyszysz?

– Dosyć tego! – Julian uderzył otwartą dłonią w stół. – Nie pyskuj, gówniarzu. A ty, Emmo, z łaski swojej nie wtrącaj się w wychowanie mojego syna. Nie chcę, żeby traktowano go jak słabeusza, zrozumiano?! Przez całe życie był chorowity i przytulony do spódnicy matki. Najwyższa pora, żeby w końcu stanął na własnych nogach! Poza tym cóż złego w piwnicy? Niech się gnojki hartują, bo wyrosną z nich mięczaki. *Watjes!*

Emma pochyliła nisko głowę. Z doświadczenia wiedziała, że lepiej nie wchodzić Julianowi w drogę. To mogło się źle skończyć.

ROZDZIAŁ 17

Czekoladowy wybuch i dramaty przeszłości

Przyjaciel to szczęście.
Ale przyjaciel z czekoladą to pełnia szczęścia.

Nina umoczyła usta w błękitnym kubku z gorącą czekoladą po kolumbijsku. Lubiła jej nie do końca roztarte ziarna, które osiadały na dnie. Mały Benio na pewno kręciłby nosem na taki udziwniony przysmak. Dla niego i innych dzieciaków Nina wymyśliła czekoladowe kule z piankami marshmallow. Wkładało się je do kubka, zalewało gorącym mlekiem, a pianki rozpuszczały się pod wpływem ciepła, eksplodując falą słodkich smaków. Benio nazywał je czekoladowym wybuchem i za każdym razem, kiedy odwiedzał ciocię Ninę w Bombonierce, musiała przyrządzać mu jego ukochany napój.

– To, że lubisz ziarna na języku, wcale nie jest takie dziwne – stwierdził Romeo, który od jakiegoś czasu coraz częściej w drodze do pracy wpadał do Bombonierki na poranne pogaduszki. – Słyszałem, że w jednej z włoskich manufaktur, bodajże Antica Dolceria Bonajuto, produkują gorzką czekoladę o ziarnistej konsystencji, jaką spożywano jeszcze dwieście lat temu!

– Żartujesz? To po co ten biedny Lindt wynalazł aksamitną technikę konszowania? – zdziwiła się Nina i łakomie sięgnęła po firmową torbę z logo croissanterii Jeurissenów. W środku znajdowało się przynajmniej pół tuzina szwajcarskich brioszek z kremem pâtissière i czekoladą Valhrona. – To jest przepyszne... – powiedziała z pełnymi ustami, zatapiając zęby w jeszcze ciepłym pieczywie. – Może powinnam rzucić te czekoladki i nająć się u was na pomocnika? Chyba jednak moja chęć podboju tej branży okazała się naiwną mrzonką.

– Nie mów bzdur, Nina – żachnął się Romeo. – Przecież świetnie sobie radzisz. To prawda, całkiem niedawno weszłaś do tego świata słodkości, ale przez to, że zrobiłaś to z marszu, nie znając wielu reguł i ograniczeń, jesteś taka kreatywna, wiele udało ci się lepiej niż niejednemu profesjonaliście.

– Mój ojciec twierdzi, że pomogła w tym moja skrupulatność! Oczywiście odziedziczona po nim! – Roześmiała się. – Ale prawda jest taka, że w rzeczywistości nie lubię trzymać się receptur, odważania gramatur, pilnowania temperatury... Idę na żywioł!

– To dlaczego jesteś taka markotna, Nina? Przecież wiesz, że mnie możesz powiedzieć wszystko. – Romeo patrzył na nią z troską.

– Chyba po prostu straciłam ten początkowy zapał. Coraz mniej mi się chce, Romeo. I bardzo mnie to martwi...

– O czym tak tu sobie szczebioczecie? – Zza pleców Niny wychynęła nagle Marta. – Mhm, jaki zapach! Mogę spróbować? – zapytała i, nie czekając na odpowiedź, sięgnęła do torby z brioszkami.

– Oczywiście, częstuj się! Mogłem przynieść trochę więcej, ale... – mitygował się Jeurissen.

– Val cię pilnuje i nie pozwala rozdawać bułek za darmo – rzuciła Marta i roześmiała się głośno.

Niestety tylko ona. Atmosfera nieco zgęstniała. Marta powinna czasem ugryźć się w język.

– Pójdę już, dziewczyny – powiedział w końcu Romeo. – Nie będę wam przeszkadzał, tym bardziej że i moi dostawcy pukają już do drzwi. Zapowiada się pracowity dzień.

– Nina, pozwól na chwilę, coś mi się nie zgadza w tej fakturze. – Z zaplecza rozległ się głos Evelien.

Kiedy Nina pobiegła do niej, Marta położyła delikatnie dłoń na ramieniu Romea.

– Kupiłam bilety na przedstawienie w Schouwburgu. Podobno jakaś kontrowersyjna sztuka... Wybierzesz się ze mną? – rzuciła pozornie lekko, ale jej oczy pozostały czujne i poważne.

– Może następnym razem – odpowiedział pogodnie Romeo. – Umówiłem się już z Marianną. Pomagam jej w przeprowadzce.

– Tak, oczywiście! Jak zwykle Marianna! Nasza biedna, uciśniona i sprytna rozwódka – dodała cicho po polsku.

– Mówiłaś coś? – Romeo nachylił się nad nią.

Poczuła słodki zapach karmelu, miodu i suszonych owoców, wymieszanych z jakąś ostrzejszą przyprawą. Zakręciło się jej lekko w głowie. Zacisnęła powieki na ułamek sekundy, a potem otworzyła je i uśmiechnęła się szeroko.

– Jasne, nie było pytania! Powodzenia!

Romeo wyszedł zamyślony na ulicę. Marta była jakaś dziwna. Na początku nawet ją lubił, gawędzili często, kiedy wpadała do croissanterii, ale ostatnio dziewczyna się zmieniła. Miał wrażenie, że ma do niego o coś żal, ale nie potrafił sprecyzować, o co jej tak dokładnie chodzi.

– Masz minę, jakbyś dźwigał na swoich barkach ciężar całego świata! – W drzwiach piekarni zderzył się z bratem. – To chyba ja powinienem tak wyglądać, a nie ty, beztroski, przystojny i bez zobowiązań!

– Sam żeś tego piwa nawarzył! – odgryzł się Romeo. – Ale jak cię znam, braciszku, zawsze spadasz na cztery łapy, więc pewnie tak będzie i tym razem.

– Tym razem to nie kac po weekendowej balandże. Ale masz rację, pora chwycić byka za rogi! – zapowiedział buńczucznie Val.

– To skoro jesteś w tak bojowym nastroju, to może pomożesz mi wymyślić, jak pomóc Ninie? Podobno mają coraz mniej klientów.

– Nie wierzę! Właśnie przed chwilą byłem świadkiem litanii pochwał pod adresem czarodziejskich właściwości bombonierek Niny, którą to wygłosiła w naszej piekarni mecenasowa Klundert. Gdybym nie polubił trochę tej pyskatej Czekoladki, byłbym zazdrosny, tym bardziej że klienci powinni wychwalać w tym miejscu nasz lokal, a nie, bądź co bądź, konkurencyjne przybytki działające w podobnej branży.

– Mecenasowa Klundert! – wykrzyknął nagle Romeo i złapał mocno brata za umięśnione ramiona. – Stary! Jesteś genialny!

Val patrzył na niego lekko przerażony.

– To rzecz oczywista, ale nie rozumiem, co ma do moich umysłowych przymiotów ta zacna, aczkolwiek nieco zrzędliwa jejmość – burknął.

– Wszystko ci wyjaśnię w odpowiednim czasie! – rzucił niecierpliwie Romeo. – Najważniejsze, że mam pomysł, jak odmienić złą passę Niny!

– Nigdy nie przypuszczałem, że będę się umawiał na… cmentarzu z własną córką! W dodatku przy grobie mojej byłej żony, a jej matki. – Kajetan Rydlewski przeczesał niecierpliwie dłonią gęstą szpakowatą grzywę.

Aurelia zerknęła na niego dyskretnie. Ojciec trzymał się świetnie. I te jego włosy…

Te wasze warkocze! Grube jak żeglarska lina! Po nim żeście to wzięły! Po tym ancymonie, niech go pochłonie piekło! Szamponu na was nie nastarczę, a to przecież kosztuje! Nawet złamanego grosza na was nie płacił! Wszystko z mojej krwawicy! A on poszedł sobie w siną dal! Zapamiętajcie jedno: nigdy nie ufajcie mężczyznom. Same widzicie, jak ja na tym wyszłam.

– Dlaczego nas zostawiłeś? – zapytała nagle Aurelia. – Dlaczego… tato?

To słowo zabrzmiało tak dziwnie, tak obco w jej ustach. Może dlatego, że już nie pamiętała, jak się je wypowiada tak po prostu, stojąc przed własnym ojcem.

Na miejskim cmentarzu zmierzchało. Tym razem umówili się tutaj późnym popołudniem. Rydlewski miał rano jakieś swoje sprawy, a Aurelia nie chciała zapraszać go na Parkową. Na to mieli jeszcze czas. O ile w ogóle takowy miał być im jeszcze dany.

Mężczyzna zamarł na chwilę. Kilkakrotnie otwierał usta, tak jakby szykując się na dłuższą przemowę, nabierał w płuca powietrza, a potem wypuszczał je wraz z milczeniem, które gęstniało pomiędzy nimi coraz bardziej, jak napływająca nad groby śmiałymi falami gęsta wieczorna mgła.

– Dlaczego?

– Uwierz mi, mimo że minęło już tyle lat, a ja kilkadziesiąt, co ja mówię, kilkaset razy układałem tę rozmowę pomiędzy nami w myślach, teraz czuję pustkę – odezwał się w końcu cicho Rydlewski.

Zrobił nieśmiały ruch dłonią, tak jakby chciał dotknąć ramienia Aurelii, ale w ostatniej chwili cofnął rękę i schował ją za plecami.

– Tu nie trzeba żadnych przygotowanych wcześniej scenariuszy. Zamierzasz się wybielać czy wytłumaczyć? Dla mnie liczy się tylko prawda. Niczego więcej od ciebie nie chcę.

– Czasem i prawda wymaga odpowiedniej oprawy. Ale masz rację, nie zamierzam jej upiększać czy przeinaczać. Kilka miesięcy po tym, jak się urodziłaś... poznałem kogoś. To na początku wyglądało na niewinną znajomość, a potem nagle przerodziło się w coś więcej. Nie chciałem okłamywać twojej matki, więc powiedziałem jej o wszystkim od razu. Czułem potworne wyrzuty sumienia, ale nie mogłem dłużej udawać.

– Czy ona... zawsze była taka? – szepnęła Aurelia, patrząc na wyłaniający się z mroku kontur nagrobka matki.

– Jaka?
– Taka zgorzkniała. Głęboko nieszczęśliwa. Zagubiona w nienawiści do całego świata i chyba do siebie samej. A przede wszystkim do nas, do Emilii i do mnie.
– Nie umiem ci odpowiedzieć na to pytanie, dziecko. Zawsze była bardzo krytyczna, nigdy nie okazywała serdeczności, nie potrafiła nawet odwzajemnić najprostszych czułych gestów. Kiedy gładziłem ją po głowie, fukała ze złością, że traktuję ją jak małe dziecko. Albo że zrujnuję jej świeżą trwałą…
– Dlatego odszedłeś do innej, tak?
– Tak. Łaknąłem ciepła jak niczego innego na świecie.
– Ale w tym chłodzie zostawiłeś nas, twoje dzieci. Jak mogłeś, tato?
– Nigdy nie chciałem was porzucać. Kiedy trochę podrosłaś, proponowałem Michalinie, żebyście zamieszkały ze mną. Moja nowa żona nie mogła mieć dzieci, wspierała mnie w walce o opiekę nad wami, ale Michalina nawet nie chciała o tym słyszeć. Nie pozwalała na kontakty. Mówiła, że jej dzieci powinny trzymać się z daleka od sodomy i gomory, które stworzyłem. Emilka tylko raz przyjechała do mnie w odwiedziny. Pamiętam, że poszliśmy razem na lody. Cały czas widzę jej umorusaną czekoladą buzię i te wielkie błękitne oczy… Kiedy wróciliśmy do domu, Michalina zrobiła karczemną awanturę, że truję dziecko cukrem. To był nasz pierwszy i ostatni raz. Potem to się

nigdy więcej nie powtórzyło. A co… u Emilki? – zapytał nagle Rydlewski. – Jak ona sobie radzi?

– Emilia nie żyje… – Aurelia opuściła głowę. – Mieszkała w Holandii, prowadziła tam swoją własną manufakturę czekolady. Teraz przejęła ją moja córka.

Rydlewski odwrócił twarz. Po kilku sekundach do uszu Aurelii doszło cichutkie łkanie. Nie umiała pocieszyć tego obcego mężczyzny, mimo że w jej żyłach płynęła jego krew. Zbyt dużo złego ich dzieliło, zbyt wiele niedopowiedzeń, nieobecności i trosk. Ale łączyło ich z pewnością jedno – on też żałował. Czasu, którego już nie dało się odzyskać.

– Szkoda, że ja nigdy nie pojechałam z tobą na lody – powiedziała.

Ojciec spojrzał na nią z wdzięcznością. I z nadzieją.

– Może niedługo się na nie wybierzemy?

Kiedy Aurelia wracała na parking, w alejce głównej, tuż pod jasną cmentarną latarnią, mignęła jej znajoma postać. Zmrużyła szybko oczy. Czyż to nie przyjaciel Eugenii od wspólnego grobowca, Wincenty Wierzychwała, kroczył dumnie środkiem chodnika? U jego boku truchtała ubrana w zabawny kapelusik i futro z norek postawna kobieta. Wincenty obejmował ją w pasie i szeptał coś do ucha. Wszystkie znaki na ziemi i niebie wskazywały na to, że zmierzają do kwatery, którą zakupił wraz z Eugenią z obietnicą miłości aż po grób.

ROZDZIAŁ 18

Porwanie króla Bernarda

W czekoladzie nie ma za dużo witamin,
dlatego musisz jej jeść więcej niż brokułów…

Amsterdam, 1985

Stolica Holandii była dla Emilii miłością od pierwszego wejrzenia. Miała w sobie nieodparty urok „Wenecji Północy", muzykę zaklętą w dzwonkach milionów rowerów, niepowtarzalny zapach mieszanki wilgoci, marihuany, kurzu i pośpiechu. To miasto uzależniało jak piękna kobieta odziana w seksowną sukienkę, która wyzywająco maluje usta krwistoczerwoną pomadką portowych zachodów słońca, ogrzewa płaszczem utkanym z tysięcy mostów, uwodzi niebotycznie wąskimi szpilkami wiekowych kamienic i oplata jedwabnym szalem łabędzią szyję niekończących się kanałów. Tam właśnie, gdzieś pomiędzy kanałami Herengracht, Keizersgracht i Prinsengracht, biło prawdziwe serce Amsterdamu.

Emilia mocno trzymała kierownicę swojego roweru i zgrabnie lawirowała pomiędzy wszędobylskimi cyklistami poruszającymi się po wąskich jednokierunkowych uliczkach w centrum. Mała służbowa klitka, w której zamieszkali razem z Julianem, znajdowała się w starej, odrapanej kamienicy przy placu Nieuwmarkt. Tuż obok mieściła się słynna dzielnica Chinatown oraz dystrykt czerwonych latarni, ale Emilii nie ciągnęło do centrum rozpusty i zgorszenia. Szukała w pobliżu klimatycznych kawiarni, pachnących świeżym ciastem kafejek, miniaturowych czekoladziarni z wystawami wypełnionymi tabliczkami van Houtena, maślanymi karmelkami *roomboterbabbelaars* i nasączonymi ciągnącym się karmelem wafelkami *stroopwafels*. Kiedy w mieście robiło się chłodniej, siadywała na ławeczce nad kanałem, chrupiąc ciemną czekoladę, mocno przyprawioną cynamonem i anyżem, albo piernikowe ciasteczka *pepernoten*.

Jak jeść czekoladę, nauczył ją Alexandre Cailler. Kiedy otwierała opakowanie, zawsze przystawiała tabliczkę do nosa, próbując wyczuć dominujące w niej nuty. Najbardziej lubiła te słodkie, waniliowe, lub te nasączone głębokim aromatem przypraw korzennych. Potem gładziła tabliczkę, czując pod opuszkami palców jedwabistą teksturę, jej kształt, ostrość krawędzi, syciła oczy kolorem mieniącym się szerokim spektrum odcieni brązu. Kiedy ją łamała, jej uszy nieruchomiały na chwilkę jak u czujnego zwierza nasłuchującego odgłosów z pobliskiej kniei. Gorzka czekolada wydawała krótki i wyrazisty dźwięk, który działał przyjemnie na jej zmysły.

– A teraz włóż mały kawałeczek do ust – mówił ciepły, niski głos Alexandre'a w jej głowie. – Potrzymaj go przez chwilę na języku, zamknij oczy i pozwól, by się rozpłynął. Wdychaj powietrze przez usta i wydychaj nosem, wtedy czekolada przeniknie przez wszystkie pory twojej skóry i łatwiej trafi do każdego zakamarka duszy. Czujesz to bogactwo i intensywność smaku? Dobry *maitre chocolatier* kocha jakość, potrafi wyczuć detale, docenić finezję smaku. Nigdy nie zadowala go byle jaka degustacja w pośpiechu. Bez znaczenia, czy to degustacja czekolady, czy codzienności… Słuchaj siebie, celebruj drobiazgi, dostrzegaj niuanse oraz znajduj piękno w rzeczywistości, w jej nieograniczonej palecie smaków i kolorów. Życie to chwile, niekiedy wypełnione słodyczą z miękkim kwiatowym posmakiem wanilii, a czasem chropowatą, ziemistą codziennością z suszonymi owocami i lukrecją zatopioną w ciemnym i ciężkim kakaowym wnętrzu.

Mój Boże, gdyby Alexandre zobaczył, jak mizernie wygląda teraz jej życie. Cóż by powiedział na to, że przeciekało jej przez palce, a ona nie robiła nic, żeby je zatrzymać ani przyspieszyć? Po prostu tkwiła w nim bezwolnie, czekając na cud. Powinna jak najszybciej znaleźć coś, co dałoby jej motywację do dalszego działania i rozwijania pasji, która chwilowo przysnęła pod ciężkimi powiekami codzienności i trudnego życia w obcym miejscu. Obok człowieka, z którym tak naprawdę nic jej nie łączyło.

Kiedy zaledwie po kilku spotkaniach z Julianem zadecydowała, żeby z nim zamieszkać, podskórnie czuła, że to zbyt pochopna decyzja, ale nie miała wyboru. Zrzucając habit, nie przemyślała wszystkich przyziemnych aspektów swojego pobytu w obcym kraju. Zawsze działała pod wpływem impulsu, nie oglądając się na konsekwencje. A te dopadły ją znienacka i chwyciły w swoje szpony ciasno i mocno, nie dając chwili na oddech. Już nie chronił jej zakon, była osobą świecką i musiała zatroszczyć się o swoją codzienność, o pozwolenie na pobyt i pracę. Gdyby nie Julian, musiałaby wyjechać do Polski, a tego już nie chciała. Zresztą i tak nie miała tam do czego wracać.

– Jakie są twoje plany? – zapytał Julian jeszcze w Weert, kiedy wszystko wydawało się proste. Opuści zakon, zamieszka w wynajętym mieszkaniu, gdzieś w większym mieście, znajdzie pracę i będzie się dalej uczyć. A potem otworzy swoją własną cukiernię, wykorzystując do tego środki przekazane jej przez Caillera, które cały czas bezpiecznie spoczywały w bankowym depozycie założonym na jej nazwisko.

– Coś znajdę – powiedziała wymijająco. – Jakieś małe lokum. Może tutaj niedaleko?

– Nie chcę cię martwić, Emilio, ale nikt ci niczego nie wynajmie. Jesteś tutaj nielegalnie – oznajmił twardo Julian. – Nie masz żadnych dokumentów uprawniających cię do przebywania w Holandii. Kościelny immunitet, czy jak to tam się nazywa, już cię nie obowiązuje.

– Co mam robić? Możesz mi pomóc? – Odważyła się zapytać. – Ja wiem, że prawie się nie znamy, ale co mi radzisz?

Van Toorn spoglądał na nią przez chwilę z wahaniem, a potem powiedział mocnym i zdecydowanym tonem:

– Zamieszkaj ze mną. Za tydzień przenoszą nasz batalion do Amsterdamu. Będę miał mieszkanie służbowe, wprawdzie to żadne luksusy, ale na początek wystarczy. Rzadko jestem w domu, praktycznie non stop mamy jakieś manewry wojskowe. Będziesz miała dach nad głową, wikt i opierunek.

– To wszystko brzmi bardzo obiecująco. A co ty będziesz z tego miał, Julianie? – zapytała otwarcie.

– Pełną rodzinę... – powiedział wolno. – Jeszcze ci tego nie mówiłem, ale mam dwunastoletniego syna z poprzedniego małżeństwa. Jego matka nie umie się nim zajmować, a ja nie mam do tego warunków. Chłopak jest rozbisurmaniony i rozedrgany, a w tym wieku potrzeba mu stabilizacji. Jeżeli pomożesz mu ją dać, będę ci bardzo wdzięczny.

– To mało romantyczna propozycja. Myślałam, że ludzie chcą ze sobą zamieszkać z miłości… – Zawahała się na moment. Jej własne słowa wypowiedziane na głos brzmiały tak płytko, tak banalnie.

– Miłość to wymysł mediów – prychnął Julian. – A związek to tak naprawdę kontrakt dwojga ludzi, którzy umawiają się na określone korzyści i są gotowi ponosić pewne straty. Ty pomożesz mi w wychowywaniu Richarda, a ja dam ci możliwość życia w tym kraju. I robienia tego, o czym tak bardzo marzysz. Tych twoich czekoladek. To jak, umowa stoi?

– To korzyści, a straty? – szepnęła, zaciskając mocno dłonie.

– O tym sama się wkrótce przekonasz. To zależy wyłącznie od ciebie.

Jeżeli czegoś bardzo pragniesz, musisz robić wszystko, żeby to osiągnąć, Emilio…

– Umowa stoi! Mam nadzieję, że żadne z nas nie będzie tego żałować.

– Ale jak to został już odebrany? Przez kogo? Jestem jedynym prawnym opiekunem mojego dziecka w Holandii! Proszę natychmiast wezwać tutaj pani przełożoną!

Marianna z trupio bladą twarzą stała w niewielkim, gwarnym korytarzu szkoły Bernarda. Jak zwykle przyszła punktualnie o czternastej odebrać synka z zajęć, ale korpulentna, ubrana w obcisłe dżinsy nauczycielka zakomunikowała jej beztrosko, że Benio już wyszedł.

– Co się tu dzieje, Roos? – Obok stojącej przy oknie Marianny jak spod ziemi pojawiła się siwowłosa matrona w granatowej marynarce. – Nazywam się Irene Stam i jestem kierowniczką tej placówki.

– Pani podwładna pozwoliła, żeby moje sześcioletnie dziecko samowolnie opuściło ten budynek! – wrzasnęła Marianna, a z jej oczu trysnęły łzy wściekłości. – To skandal! Ja tego tak nie zostawię…

– Proszę się uspokoić i na nas nie krzyczeć – odpowiedziała z zimną krwią kierowniczka. – Po pani dziecko zgłosił się jego ojciec.

– Ale ojciec Bernarda mieszka w Polsce! Nie mógł się tutaj ot tak zmaterializować! To niedorzeczne!

– Co się stało, Marion? – zapytała nagle zniecierpliwiona nieco *mevrouw* Stam. Zza drzwi prowadzących do świetlicy wychyliła się blond główka kilkuletniej dziewczynki. – Nie stój tak w progu i wracaj do klasy.

– To był tatuś Benia – powiedziała rezolutnie mała i postąpiła o krok. – Benio spakował plecak i powiedział mi, że idą na lody. Bardzo się cieszył, bo długo się nie widzieli.

– A widzi pani! Dziecko rozpoznało ojca, który, o ile mi wiadomo, nie ma ograniczonej władzy rodzicielskiej, chyba że zapomniała pani dostarczyć odpowiednie dokumenty. Nie możemy być odpowiedzialni za pani zaniedbania…

Marianna nie słuchała już dalszych wywodów nauczycielki. Wybiegła ze szkoły i, oddychając ciężko, przystanęła przy kamiennej podmurówce otaczającej wypielęgnowany trawnik z kwiatową rabatą. Chwyciła za torebkę i wyszarpnęła z niej wysłużony smartfon w czerwonej obudowie.

– Romeo? – chlipnęła do słuchawki. – Bardzo cię proszę, przyjedź do mnie na Wilhelminalaan… Tak, to szkoła Benia. Błagam cię… – Głos jej się załamał. Zaczęła rozpaczliwie płakać i usiadła na chodniku, chowając twarz w dłoniach.

Kilkanaście minut później na parking przed budynkiem zajechał mały sportowy samochód. Ze środka wyskoczył Romeo, rozejrzał się uważnie i, dostrzegając Mariannę przy wejściu, przyspieszył kroku.

– Co się stało? – zapytał z troską w głosie. – Gdzie jest Benio? Marianna, spójrz na mnie! Gdzie jest Bernard?

Marianna przylgnęła do niego całym ciałem, raz po raz wstrząsały nią paroksyzmy płaczu. Romeo delikatnie gładził dziewczynę po opadających na plecy długich pasmach miękkich włosów.

– Ktoś go porwał! W dodatku podając się za jego ojca!
– I mały z nim poszedł? Z obcym człowiekiem?

– On jest jeszcze tak ufny! Może obiecał mu czekoladki… nie wiem… klocki! Romeo, pomóż mi, proszę, bo jeżeli… – Twarz Marianny poszarzała.

– Nawet tak nie myśl! Dzwoń do swojego byłego męża, może on coś wie.

Marianna posłusznie chwyciła za telefon.

– Automatyczna sekretarka! Musimy zawiadomić policję!

– Poczekaj chwilkę, niech zbiorę myśli. Benio już niejednokrotnie się gubił, pamiętasz? Przychodził do mnie na croissanty…

– Ale to zupełnie inna sytuacja. Teraz wyszedł ze szkoły z obcym mężczyzną! Ta dziewczynka w szkole mówiła, że na… jakieś lody!

– *Ijsjes?* – ożywił się Romeo. – To na pewno do tej włoskiej lodziarni Talamini na de Brink! Chodź, musimy to sprawdzić! – Pociągnął dziewczynę mocno za rękę i razem pobiegli do samochodu.

– Zamówiłeś największą porcję, tatusiu – sapnął Benio i z lubością wyciągnął język.

Przed nim stał imponujący szklany pucharek lodów z owocową granitą, polany obficie czekoladą i przystrojony kleksem bitej śmietany. Mały wpakował łyżkę w sam środek lodowej góry, a potem włożył ją sobie do ust, przymykając na moment oczy.

– Dooobre… – mlasnął głośno. – Tylko żeby mamusia nie była zła, że jem lody przed obiadkiem!

– Nie będzie – zapewnił Iwo, patrząc z czułością na plamę bitej śmietany ozdabiającą perkaty nosek synka. – Jeżeli już to na mnie…

– Dlaczego? – zdziwił się Benio. – Przecież już się nie kłócicie. Mama mówiła, że dla mojego dobra doszliście do kon… konse… konsystencji!

Nieodrodny wychowanek Malinowej Bombonierki!

– Konsensusu! – roześmiał się Iwo. – Nie powiedziałem jej, że przyjeżdżam do was. Chciałem ci… wam zrobić niespodziankę. Na szczęście mama kiedyś wspomniała o twojej nowej szkole, dlatego wiedziałem, gdzie cię szukać.

– Nic jej nie mówiłeś, tatusiu? Na pewno będzie się martwić. Musisz do niej zadzwonić. – Benio z poważną miną odłożył oblepioną lodami łyżkę na szklany stolik.

Iwo odwrócił wzrok. Nie potrafił wyznać małemu, że stchórzył! Bał się powiedzieć Mariannie o planowanym przyjeździe do Holandii. Przecież na pewno stwierdziłaby, że to zły pomysł.

Łagiewski, od czasu, kiedy sędzia ostatecznie zakończyła jego trwające ponad dziesięć lat małżeństwo z Marianną, miał mnóstwo czasu na przemyślenia. Został sam jak palec w wielkim, pustym domu i choć początkowo czuł satysfakcję, że udało mu się wyjść z tej batalii z ponaddwustumetrową willą, luksusowym autem w garażu i pokaźnym kontem w banku (zasilonym przez Ninę), w końcu dopadła go samotność. Wracał z pracy coraz później, tylko po to, żeby odgrzać jakieś psie żarcie w mikrofali i zapić je zimnym browarem, a potem zlec na kanapie i oglądać durne seriale w telewizji. Kiedy biegał w parku, próbując podreperować coraz bardziej szwankującą kondycję, mijały go głównie młode pary z dziećmi na rowerkach, a on za każdym razem zastanawiał się, czy Benio nauczył się już jeździć na dwóch kołach. Gdy przechodził koło sklepu z zabawkami, machinalnie zerkał na wystawę, będąc pewien, że ogromne pudło klocków, które stało wyeksponowane na honorowym miejscu, na pewno spodobałoby się jego synkowi. Benio najbardziej lubił budować pirackie statki, ale Iwo już nie pamiętał, kiedy robili to razem. Teraz oddałby wszystko, żeby móc rozłożyć klocki na dywanie i obserwować synka, jak ten z wysuniętym lekko językiem stara się dopasować je do widniejącego na rysunku obrazka.

– Jesteś durniem, Iwo – mówił sam do siebie, patrząc na odbijającą się w oknie balkonowym rozmazaną twarz. – Spieprzyłeś to wszystko i bezpowrotnie zmarnowałeś szansę na pełną rodzinę. Teraz musisz zrobić wszystko, żeby nie stracić syna.

Na szczęście Iwo powoli zdołał podreperować szwankującą opinię o swojej pracowni architektonicznej. Zwolnił kilka osób, obniżył ceny za usługi i jakoś udało mu się utrzymać na powierzchni. Przynajmniej tego nie zepsuł do końca!

Decyzję o przyjeździe do Holandii podjął w ciągu minuty. Po prostu po pracy wsiadł do samochodu. Nie spakował nawet najpotrzebniejszych rzeczy, pojechał tak, jak stał. Na tylnym siedzeniu leżało wielkie pudło obwiązane czerwoną kokardą, a on gnał po autostradzie, jakby zależało od tego całe jego życie. I chyba tak właśnie czuł.

Kiedy Benio zobaczył ojca, wystrzelił w jego kierunku jak mała kulka wypełniona czystym szczęściem. Przypadł do jego kolan i objął go tak mocno w pasie, że Iwo o mało się nie przewrócił.

– Tatuś! Tatuś! W końcu do mnie przyjechałeś! Wszystko ci pokażę, chcesz? I naszą Bombonierkę, i szkołę, i rynek, i czekoladki!!! I mówię po holendersku! *Ik heet Bernard!* Pamiętaj, Bernard! Jestem już dorosły i nie możesz nazywać mnie Beniem. To imię dla dzieciuchów!

Iwo spojrzał z czułością na sapiącego nad pucharkiem lodów syna. Pogładził go delikatnie po głowie, a potem zmierzwił ujarzmioną żelem czuprynę.

Nagle do stolika, przy którym siedzieli, podbiegła Marianna. Miała ściągniętą twarz poznaczoną śladami łez. Szarpnęła Iwa brutalnie za ramię i zaczęła uderzać go na oślep torebką.

– Ty draniu! Jak mogłeś to zrobić?! – krzyczała. – Nie pozwalam ci zbliżać się do naszego dziecka, rozumiesz? Nigdy więcej!

– Marianno, uspokój się! – Jakiś ciemnowłosy wysoki mężczyzna złapał ją mocno za rękę i pociągnął w swoim kierunku. – Pogadajcie w cztery oczy. Ale nie tutaj! To nie miejsce na małżeńskie kłótnie. Idźcie już, ja ureguluję rachunek i zagadam małego.

– Mamusiu, nie wolno bić taty! To ja poprosiłem, żeby poszedł ze mną na lody. Na mnie możesz być zła.

Marianna, widząc zrozpaczoną minę synka, w jednej sekundzie oprzytomniała. Nagle poczuła się śmiertelnie zmęczona, jakby ktoś spuścił z niej całe powietrze.

– Chodź ze mną, Bernardzie! – Romeo przyklęknął przy małym i złapał go za umorusane czekoladą rączki. Broda chłopca drgała tak, jakby za moment miał się rozpłakać. – Pójdziemy na plac zabaw, a mama i tata porozmawiają sobie, dobrze? Damy im chwilę, zgoda?

Benio skinął zamaszyście główką.

– Nie można bić mojego taty. Nawet jeżeli był niedobry, to nie można go bić, prawda? – szepnął.

– Prawda, Bernardzie – odpowiedział poważnie Romeo. – A teraz już chodźmy.

ROZDZIAŁ 19

Ojciec marnotrawny

Zbilansowana dieta na dziś:
w jednej i drugiej dłoni kawałek czekolady.
Tylko muszą być tej samej wielkości.

Witold, odziany w granatowy płócienny fartuch z napisem *Best cook ever*, precyzyjnie przewracał skwierczące na patelni kotlety schabowe. Stojąca przy kredensie Aurelia przecierała w tym czasie porcelanowe talerze z serwisu, którego Kostrzewscy używali wyłącznie na specjalne okazje.

– Chcesz mi powiedzieć, że twój ojciec nagle przypomniał sobie o porzuconej rodzinie? – Witold odwrócił się w kierunku żony i uniósł silikonową szpatułkę niczym miecz.

– Na starość próbuje się naprawiać popełnione za młodu błędy, Witku – odpowiedziała spokojnie Aurelia. –

Po śmierci żony postanowił przeprowadzić się do Dębna, tutaj niedaleko, nad jeziorem Roszkowskim. Odżyły dawne wspomnienia i niezabliźnione rany. Dlatego przyszedł na grób mojej matki. Naprawdę nie spodziewał się, że tak szybko mnie tam spotka.

– I na tym grobie próbował znaleźć rozgrzeszenie? Dziwne to wszystko, Aurelio. Przez tyle lat zostawił was na pastwę losu…

– To wersja mojej matki. A jak pokazało życie, nie można jej ufać.

– Pomimo tego, moja droga, nie wierzę w takie cudowne powroty marnotrawnych ojców – prychnął Kostrzewski. – Na pewno czegoś od ciebie chce. Może żebyś zaopiekowała się nim na starość? Od razu mówię, że nie zgadzam się na kolejnego seniora w rodzinie. Mamy już pełne ręce roboty z Eugenią!

– Jesteś do bólu pragmatyczny, mój mężu. Jak typowy Holender.

– A ty do szpiku kości sentymentalna, jak na Polkę przystało! – odgryzł się Witold. – Zerknij lepiej, czy nie za bardzo przypaliłem kotlety. Ta panierka wydaje się za gruba.

– Jest idealna, Witoldzie. Mam nadzieję, że pani Maria i Gienia docenią twój kulinarny kunszt.

– Ja liczę tylko na to, że Eugenia nie zdominuje całej rozmowy swoim świątobliwym Wierzychwałą.

W rzeczy samej! Można rzec, że Witold wypowiedział na głos swoje obawy w złą godzinę. Trzydzieści minut później przy stole w salonie Kostrzewskich rozmowa toczyła się głównie wokół nowego przyjaciela seniorki rodu.

– Marysiu... – mówiła, nachylając się w stronę siedzącej po jej prawicy i ubranej w elegancką bluzkę z perłowymi guziczkami kruchej Grodnickiej. – Radzę ci się rozejrzeć za takim przedwojennym dżentelmenem. W naszym wieku samotność to najgorsza zaraza. Ani się spostrzeżesz, a już cię trzyma w swoich mackach. I zapewniam cię, że nigdy nie puści.

– Nie narzekam na samotność – odpowiedziała pogodnie Grodnicka. – Znalazłam kilka drogich memu sercu duszyczek, które troszczą się o to, żebym miała do kogo otworzyć usta.

– To taka doraźna pomoc! – Eugenia machnęła lekceważąco ręką i nadziała na widelec podlanego soczyście masłem kartofla. – Mnie chodzi o bardziej romansowe rewiry, jeżeli rozumiesz, o czym mówię.

– Pani Marysiu, moja siostra, jako specjalistka od łzawych harlequinowych historii, na pewno panią wyedukuje – odezwał się znad kotleta Witold.

– *À propos* romansów... Możesz jeszcze raz powtórzyć, jak się nazywa ten twój poznany na cmentarzu dżentelmen, Gieniu? – Maria spojrzała pytająco na Kostrzewską.

– Nie poznaliśmy się na żadnym cmentarzu! – zaprotestowała żywo Eugenia. – Znalazłam go na Tinderze dla seniorów! Jeżeli chcesz, nauczę cię, jak z niego korzystać. Mój wybranek to Wincenty Wierzychwała!
– Co do pana Wierzychwały... Wydawało mi się ostatnio, że widziałam go przy waszej kwaterze... – wtrąciła ostrożnie Aurelia.
– Oczywiście, to nic dziwnego, często tam chadza, doglądać, jak to się mówi, interesu!
– ...w towarzystwie jakiejś elegancko ubranej kobiety – dokończyła szybko szwagierka.
– Może to jego... kuzynka albo sąsiadka? – wymamrotała Eugenia i szybko otarła usta wykrochmaloną serwetką. – Chciał jej pokazać nasze... pozaziemskie włości. Jest bardzo towarzyski! Można rzec, lew salonowy! Wszystkie baby na niego lecą!
– Ostatnio czytałam w lokalnej gazecie o pewnym dżentelmenie, który naciąga starsze kobiety na wspólne kwatery na cmentarzu, ale od razu zaznaczam, że może to być tylko niefortunny zbieg okoliczności – odezwała się Grodnicka. – Podobno wpłacają mu spore sumy w ramach zaliczki na poczet wspólnej niebiańskiej przyszłości...
Eugenia rozkaszlała się gwałtownie.
– I masz babo placek! – Witold z impetem odsunął od siebie talerz z resztkami schabowego. – Moja niefrasobliwa siostra padła ofiarą łowcy posagów!

– Raczej kwater – uściśliła Aurelia i z troską poklepała charczącą cały czas Eugenię po plecach.

– Co wy macie z tymi cmentarzami, do cholery?! Jedna traci tam fortunę, druga odnajduje zaginionego przed laty ojca!

– Na szczęście żywego! – pisnęła Eugenia. – I proszę cię, nie kracz! To na pewno jakieś nieporozumienie. Zaraz po obiedzie jadę do Wincentego i wyjaśnię na pniu całą sprawę. Jeszcze będziecie go błagać o wybaczenie, cmentarni sceptycy!

Aurelia nie zdążyła już odpowiedzieć. W holu zadźwięczał telefon. Kostrzewska spojrzała przepraszająco na gości i wyszła z salonu.

– Racja, Gieniu. Nie ma co krakać na zapas. Na pewno wszystko się wyjaśni – zakomunikowała z przekonaniem Maria Grodnicka i sięgnęła po wiszącą na oparciu krzesła torebkę. – Pozwólcie, kochani, że pokażę wam zdjęcia Benia. Marianna przesłała mi je dwa dni temu. Nie uwierzycie, jak ten mój maluch wyrósł w Holandii.

Nagle w drzwiach stanęła biała jak kreda Aurelia.

– Co się stało?! – zawołał Witold i zerwał się na równe nogi.

– Mój ojciec miał zawał. Musimy natychmiast jechać do szpitala!

Otmuchów, 1964

– Nie waż się nigdy więcej tu przyjeżdżać. – Michalina Dobrzycka stała w progu kuchni ze skrzyżowanymi na piersiach rękoma. Miała wrogi, nieprzejednany wzrok. – Popełniłeś największy z możliwych grzechów, grzech cudzołóstwa. Nawet gdybyś prosił mnie o wybaczenie na kolanach, nie tknęłabym cię nawet jednym palcem.

– Nie przyszedłem prosić cię o wybaczenie, Michasiu – odpowiedział spokojnie Kajetan Rydlewski. – I tak go nie uzyskam. Nie zamierzam się tłumaczyć ani wybielać. Stało się. Biorę całą winę na siebie. Mieszkanie jest twoje, wszystkie nasze wspólne oszczędności w banku również. Ja chciałbym zabrać tylko kilka swoich osobistych rzeczy i adapter.

Kajetan starał się mówić cicho, popatrując z troską na pokój córek. Nie chciał, żeby Emilka słyszała ich kłótnię. Ostatnio moczyła się w nocy i często krzyczała przeraźliwie przez sen.

– Bierz wszystkie swoje łachy. Resztę wyrzucę na śmietnik. Nie chcę tutaj nawet skrawka twojej koszuli, zrozumiałeś? I wynoś się stąd jak najszybciej.

– Pozostaje jedna kwestia... Musimy porozmawiać o przyszłości dziewczynek. Bardzo chciałbym spotykać się z nimi regularnie. Będę po nie przyjeżdżał...
– Nie licz na to. Nie pozwolę ci widywać moich córek! – zagrzmiała Michalina. – Chyba nie sądzisz, że będą się przyglądać upadkowi swojego ojca? Jak zamierzasz im wytłumaczyć, że nagle będą miały nową... mamusię? Sodoma i gomora, jak mówi nasz ksiądz!
– Łucja nie będzie ich nową mamusią. – Skrzywił się. – I dobrze o tym wiesz. Po prostu powiem im prawdę. Czasem dwoje dorosłych ludzi się rozstaje. To nie ma żadnego wpływu na miłość do dzieci. Nadal je bardzo kocham.
– Pozwól, że od teraz ja będę decydować o przyszłości Emilii i Aurelii. Ty zrezygnowałeś z tego przywileju na własne życzenie. Nasze córki będą teraz nosić moje panieńskie nazwisko! Twoje jest skalane! Jeżeli nie chcesz, żeby cię znienawidziły, usuń się w cień, dobrze ci radzę, Kajetanie. Najchętniej powiedziałabym im, że umarłeś, ale kłamstwo to grzech. A ja się brzydzę grzechu.
– Proszę cię, Michasiu. Nie odmawiaj mi kontaktu z nimi... Są jeszcze takie małe, potrzebują ojca... Nie karz ich za moje winy. Wystarczająco dużo przeszły.
Michalina postąpiła krok naprzód. W jej oczach widniała czysta nienawiść.
– Pozwolę ci najwyżej na dwa spotkania, nie więcej. A potem powiem, że wyjechałeś za granicę. Popłaczą

chwilę, pomarudzą, jak to dzieci, ale szybko przyzwyczają się do tej myśli.

– Przecież to kłamstwo, a ty się go podobno tak brzydzisz!

– To nie kłamstwo, to czysta prawda. Jej granicą jest przyzwoitość. Przekroczyłeś ją już dawno. Ciebie tutaj nie ma, rozumiesz? Rozmawiam z duchem.

Kajetan patrzył na żonę z przerażeniem. Nie powinien z nią igrać, dla dobra dziewczynek. Miał nadzieję, że ich matka z czasem zmięknie, przyzwyczai się do nowej sytuacji i będą mogli wrócić do tej rozmowy. Teraz nie zamierzał dłużej naciskać. To mijało się z celem.

Nagle drzwi za ich plecami skrzypnęły. W progu stała Emilia w pogniecionej piżamce i sterczących na wszystkie strony jasnych włosach z rudawym połyskiem.

– Powiedz jej to teraz! – syknęła Michalina. – No już, na co czekasz?!

Kajetan, nie patrząc na Michalinę, podszedł do córki.

– Wróciłeś, tatusiu? – Dziewczynka tarła piąstkami zaspane oczka. – Już nie będziesz nigdzie wyjeżdżał, tak? Zostaniesz za mną i Relką? Ona tak strasznie ryczy, jak cię nie ma.

Rydlewski poczuł, że jego serce rozpada się na milion drobnych kawałków.

– Pójdziemy na lody, tatusiu? – Mała patrzyła na niego prosząco.

– Pójdziemy, córeczko. A potem tatuś będzie musiał na trochę wyjechać…
 – Dokąd? – Broda małej zaczęła się trząść. – Nie zostawiaj nas…
 – Daleko… – Rydlewski objął drobną figurkę Emilki ramionami. – Bardzo cię kocham. Będziesz o tym pamiętać? – szepnął w jej potargane włoski.
 – Tak, tatusiu. Nigdy o tym nie zapomnę.

ROZDZIAŁ 20

Czekoladowe wzgórza i nietypowa propozycja

Moją największą słabością jest czekolada.
I ty.

– Dziadek? Jaki dziadek? – Nina odłożyła na kolana trzymaną w rękach książkę. – To ja mam dziadka? Od kiedy? Doprawdy nawet na chwilę nie można was zostawić samych, bo od razu przewracacie cały świat do góry nogami. Jak dzieci! To teraz opowiadaj mi wszystko, ale po kolei i z najdrobniejszymi szczegółami… ZAWAŁ? O czym ty mówisz, tato?
– Nie panikuj, masz to po matce! – sarknął Witold. – Aurelia siedzi u niego w szpitalu, ale wszystko jest na dobrej drodze. Lata zaniedbań, zła dieta, stres… Zresztą co ja ci tu będę wyliczał, wiesz, jak to jest, kiedy człowiek żyje sam jak palec. Ale powiem ci jedno, córeczko… Cieszę się,

że matka znalazła go na tym cmentarzu... No jasne, że nie w grobie, żywego! Nigdy ci tego nie mówiłem, ale zawsze miałem wrażenie, że ona czuła się samotna, pozbawiona rodziny i swoich korzeni.

– Przecież ma nas, tatku. Myślisz, że to za mało? – Nina poczuła wyrzuty sumienia. Może powinna częściej mówić mamie, jak bardzo ją kocha?

– To inny rodzaj miłości, córeczko. Aurelii brakowało rodzicielskiej czułości i wsparcia. Teraz odżyła i opiekuje się tym swoim ojcem tak troskliwie, że gdybym nie był wyrozumiały i wielkoduszny, to nawet mógłbym czuć lekką zazdrość.

– Ha! I tak ją czujesz, tatku! Znam cię! A co tam u cioteczki Eugenii? Mam moralnego kaca, bo przez ten tubylczy sanepid i kontrolę bardzo ją zaniedbałam. *Mea culpa.*

– Jakby ci tu powiedzieć, żeby nie zabrzmiało melodramatycznie... – Witold zawiesił na kilka sekund głos. – Eugenia jest w otchłani rozpaczy! Padła ofiarą cmentarnego hochsztaplera. Oczywiście to wyłącznie jej wina...

– Tato!!!

– No już dobrze, nie krzycz na ojca. Potem ci wszystko wyłuszczę na spokojnie, bo to prawdziwa opera mydlana z wątkami paranormalnymi. A teraz opowiadaj lepiej, co u ciebie, córeczko. Jak tam sobie radzisz w tej holenderskiej dżungli?

A u Niny rzeczywiście sporo się działo... Panna Kostrzewska wracała właśnie z dwudniowego festiwalu czekolady w Brukseli. Dziewczyny po burzliwej naradzie wypchnęły szefową do Belgii prawie siłą, przekonując ją, że chwila wytchnienia i nowe inspiracje na pewno dobrze jej zrobią. Nina nie mogła popaść w marazm, zbyt wiele zależało od jej inwencji twórczej i kreatywnej weny. A Bombonierka potrzebowała tego jak nigdy wcześniej. Jej właścicielka nie mogła spocząć na laurach.

Najciekawszą atrakcją całego festiwalu okazał się pokaz mody. Długonogie modelki ubrane w czekoladowe sukienki paradowały po wybiegu, a w tym czasie cała publika drżała, żeby ich wymyślne kreacje z różnorodnych odmian czekolady, ozdobione finezyjnymi koronkami z marcepanu i orzechów, nie rozpuściły się w rozgrzanym emocjami powietrzu. Wszystkie dodatki, gorsety, wachlarze, kapelusze, spódniczki w artystyczne karmelowe esy-floresy, cukrowe płatki fiołków, waniliowych róż, jaśminu i bratków, obramowane otoczką z białej czekolady i szampańskich ganaszy, podsypanych jadalnym złotem, brokatem i zmielonymi pistacjami, wywoływały okrzyki zachwytu zgormadzonych w auli gości pokazu. Nina również krzyknęła kilka razy z emocji. Doskonale wiedziała, ile pracy cukierników kryło się za kulisami takiej imprezy.

– Bez obawy. Nie ma ryzyka, że te sukienki się rozpuszczą – szepnął siedzący obok niej barczysty blondyn z zabawną kitką na czubku głowy. – Były przechowywane przed pokazem w specjalnych lodówkach. Modelki musiałyby bardzo się postarać, żeby je, mówiąc kolokwialnie, unicestwić.

– Ale jak im się udało zachować tak wiarygodną i głęboką teksturę? – zapytała Nina.

– Podobno czekolada jest po prostu rozwałkowywana na odpowiednim materiale, przez co przejmuje jego oryginalną fakturę – wyjaśnił lekkim głosem nieznajomy. Zdawał się doskonale znać na rzeczy. – Następnie każde z ubrań zostało dokładnie złożone, płatek do płatka, frędzelek do frędzelka. Efekt końcowy robi wrażenie – naprawdę trudno stwierdzić, że widoczne ubrania są jedynie czekoladowymi kopiami oryginałów stworzonych przez topowych projektantów. Chciałoby się schrupać taki ciuszek, prawda? – Uśmiechnął się ciepło, ukazując równe, piękne zęby. – Przepraszam, nie przedstawiłem się. Nazywam się Stijn Willemsen. Jestem cukiernikiem z zamiłowania i wyboru. Prowadzę w Gent bardzo klimatyczną cukierenkę. Klienci mówią o niej zdrobniale *boîte de chocolats*.

– Nina Kostrzewska. Na pewno nie uwierzysz, słysząc tak egzotyczne nazwisko, ale mieszkam w Holandii. Uczę się czekolady podobnie jak holenderskiego, z mniejszymi i większymi sukcesami. Moja chocolatierka to próba spełnienia marzeń i wielka pasja. Nigdy wcześniej nie miałam do czynienia z pralinkami.

– Nie musisz być wyuczoną cukierniczką, żeby robić to dobrze. – Stijn spojrzał na nią z nagłym zainteresowaniem. – Nie wiem dlaczego, ale wyczuwam swoim czekoladowym nosem, że jesteś w tym świetna. – Roześmiał się głośno. – Ja sam jestem wyjątkiem i prawdziwym *freakiem*. Gdy miałem dziesięć lat, wiedziałem, że chcę być w przyszłości *pastry chefem*, cukiernikiem. Już wtedy zależało mi na rzemieślniczych wartościach. Na tym, żeby stworzyć studio cukiernicze, domowe, jak u babci, otulone maślanym smakiem, bez mieszanek, sztucznych miksów i ulepszaczy. Dwa lata później rodzice posłali mnie do szkoły zawodowej.

– Tak szybko? – zdziwiła się.

– W Belgii to możliwe na tak wczesnym etapie edukacji. Na szczęście, bo moja matka miała dość, że wtrącałem się jej w kuchni do każdego wypieku. Była przeszczęśliwa, że odtąd pomądrzę się na warsztatach.

Stijn zmrużył filuternie oko. Miał piękną męską twarz o regularnie wyrzeźbionych rysach, ale najwięcej uroku dodawały mu zatopione w drobniutkiej siateczce zmarszczek jasne figlarne oczy niepokornego łobuza.

– I już po szkole zacząłeś karierę? – zapytała zaintrygowana Nina.

– Dochodziłem do wprawy stopniowo. Przez sześć lat pracowałem w Brukseli jako *pastry chef*. W weekendy dorabiałem sobie w piekarni, będąc specjalistą od bagietek i bułek. Można powiedzieć, że przeszedłem długą drogę, ale nadal się uczę. A ty, Nino, opowiesz mi coś o sobie? Może przejdziemy się razem po całym festiwalowym kompleksie? – zaproponował nagle gładko. – Bywam tutaj co roku, pokażę ci kilka ciekawostek. Założę się, że nie widziałaś jeszcze najdroższej na świecie czekolady, od ekwadorskiej marki To'ak Chocolate?

– Masz rację, nie miałam pojęcia, że taka marka w ogóle istnieje! Zgaduję, że jest ozdobiona kawałkami złota?

– Pudło! Żadne złoto! Jest bardziej prozaicznie. Ziarno leżakuje w beczce po whisky single malt przez okrągłych pięć lat!

– Muszę ją zobaczyć! – Nina podskoczyła jak mała dziewczynka. Wydawało się jej, że tyle już wie, a okazało się, iż świat skrywał przed nią jeszcze tak dużo fascynujących niespodzianek.

– Tylko nie każ mi zakładać czekoladowego garnituru, bo spłynę marcepanem jak bożonarodzeniowy bałwan śniegiem po odwilży. To co, idziemy?

Nina zachichotała i z chęcią przystała na niespodziewaną propozycję sympatycznego Belga.

Szybko wtopili się w różnokolorowy tłum. Nina ze swadą, tak jakby znała Stijna już od lat, opowiadała o swoich początkach z ręcznym temperowaniem czekolady na granitowym blacie w Bombonierce, o domowych recepturach metodą prób i błędów, o poszukiwaniu nowych sposobów na wykorzystywanie nadzień o właściwych proporcjach i konsystencji. Słuchał uważnie, od czasu do czasu kiwając głową. Jak dobrze było poznać kogoś, kto tak doskonale rozumiał trudne niuanse czekoladowego biznesu.

Razem odwiedzili stoisko z wędzonymi truflami i śliwkami w czekoladzie, spróbowali landrynkowych pralinek, zatrzymali się na dłużej przy wystawie z ajurwedyjskimi czekoladami o smaku garam masala o właściwościach wirusobójczych i odkażających, a na koniec wypili czekoladowy kolumbijski napój *arriba cacao brew*.

– Zwróć uwagę na Criollo – powiedział Stijn, kiedy zatrzymali się przy stoisku z wykwintnymi produktami marek Porcelana Blanca, Nugu i Chuno.

– Co to takiego?

– Criollo to najdroższa i najbardziej ceniona odmiana kakaowca na świecie – objaśnił Stijn.

– Oczyma wyobraźni widzę te wyjątkowe ziarna na pięknych rozłożystych drzewach – rozmarzyła się Nina.

– Nic bardziej mylnego. Te, na których znajduje się criollo, są po prostu… brzydkie! Ich kora ma nierówną i porowatą powierzchnię, a ponadto nie są zbyt dorodne, przez co znajduje się na nich niewiele owoców. Spoglądając na takie drzewko, trudno uwierzyć, że to właśnie na nim rośnie ziarno o tak bogatym i wyjątkowym aromacie.

– To zupełnie tak jak z ludźmi. Czasem w tych z pozoru brzydkich kryje się najpiękniejsza dusza – powiedziała Nina.

Stijn przygryzł dolną wargę i zerknął na nią zagadkowo.

– Chyba na dzisiaj wystarczy! – rzucił nagle. – Przeszliśmy dobrych kilka kilometrów wzdłuż tych wszystkich smakowitych stoisk. I jak wrażenia? Nie wiem jak tobie, ale mnie najbardziej smakowały tabliczki z linii czekolad piwnych, niepowtarzalna mocno chmielowa i wytrawna lipa. Może dlatego, że jestem Belgiem i kocham jasny duvel – żartował Stijn. Praktycznie cały czas wybuchał śmiechem.

Nina od dawna nie czuła się tak beztrosko zrelaksowana.

– Chyba najbardziej przypadła mi do gustu czekolada o smaku coli, może dlatego, że jako dziecko nie mogłam pić jej do woli. – Mrugnęła. – Ale nie powiem, że nie poczułam się zaintrygowana algami i karmelem. Już nie wspominając o suszonych owocach baobabu czy sfermentowanego ryżu *sake kasu*!

Kiedy Stijn zaproponował, żeby spotkali się wieczorem w barze na drinku (tylko żadnych czekoladowych likierów), Nina nie wahała się ani chwili. Gdy przeglądała podręczną walizkę wypełnioną strojami sportowymi, zastanawiając się, co ma założyć, przed oczami stanęła jej Maniana.

– Zawsze powtarzałam ci, żebyś wrzucała do walizki jakąś seksowną kieckę z dekoltem i cekinami. Licho nie śpi!

– Raczej amor! – powiedziała półgłosem Nina, czując przyjemny trzepot motyli w brzuchu.

Stijn ogromnie ją intrygował. Miał dużą wiedzę, pasję, był zabawny, inteligentny i cholernie przystojny. Kiedy maszerowali razem od stoiska do stoiska, jego barczysta, prawie dwumetrowa sylwetka przyciągała co chwilę wzrok wielu spacerujących w pobliżu kobiet. Stijn zdawał się kompletnie ignorować to zainteresowanie płci przeciwnej, był skupiony tylko na niej. To było takie… słodkie i pochlebiające.

„Nina, uważaj, bo wrócisz do Holandii nie tylko z poszerzoną wiedzą na temat czekolady, ale ze złamanym sercem" – ostrzegała samą siebie, pudrując przed lustrem twarz i podkreślając usta delikatną brzoskwiniową pomadką. W końcu zdecydowała się na proste jasne dżinsy i białą koszulę. Tyle dobrego, że wzięła ze sobą perfumy!

Stijn czekał już na nią przy barze. W jego oczach odbijały się wdzięcznie migoczące zawieszone pod sufitem światełka.

– Przez ostatnie dwie godziny zastanawiałem się, o czym będziemy rozmawiać, kiedy spotkamy się na neutralnym gruncie – powiedział, przekrzywiając zabawnie głowę.

– Co masz na myśli? – zapytała Nina, sadowiąc się na srebrnym wysokim hokerze. Jej długie nogi z trudem mieściły się pod blatem baru.

– Oboje kochamy wypieki i czekoladę. Ale co poza tym? Chyba nie będziemy konferować o najnowszych temperówkach? *Notabene* znam świetną markę... – Stijn zniżył lekko głos.

Nina zaczęła się śmiać. Już dawno tak się nie śmiała. Z samego dna serca.

– Masz rację. Ale jest na to rada... Możemy porozmawiać o podróżach. Albo o nas. Żona, dzieci, dom, kredyt? – zapytała pozornie lekko i poniewczasie ugryzła się w język.

– Kredyt i owszem, i to spory, żona jak najbardziej, ale była i również do spłacenia. O dzieciach nic nie wiem, ale jak to w przypadku mężczyzn bywa, nigdy nie wiadomo. – Stijn wystawił łobuzersko koniuszek języka. – A ty? – rzucił szybko i sięgnął po stojące na blacie butelki ciemnego miejscowego piwa.

– Wolna, aczkolwiek uzależniona. Chyba nie muszę mówić od czego. To zakazane dzisiejszego wieczoru słowo na cz.

– Mogę się założyć, że i tak do niego wrócimy! – zażartował Stijn i wyraźnie się rozluźnił.

Chwilę potem z głośnika tuż nad ich głowami popłynęła muzyka. Otoczyły ich ciepłe jazzowe nuty, aksamitny, wibrujący przyjemnie w uszach głos nieznanej im wokalistki i nastrojowe światło, które malowało na ich twarzach zabawne esy-floresy.

– Zatańczymy? Nie wierzę, że to mówię, bo ostatni raz brylowałem na parkiecie lata temu, ale sam sobie obiecałem robić czasem coś szalonego.

Gdy stanęli tuż przy wielkich oknach z widokiem na roziskrzoną światłami Brukselę, Stijn przyciągnął ją do siebie i położył delikatnie dłoń na jej talii. Nina wykonała niepozorny ruch wprzód, mocniej przylegając ciałem do mężczyzny. Zaskoczony tym gestem, nabrał powietrza, a potem popłynęli jazzowym nurtem, ściągając na siebie kilka ciekawskich spojrzeń z głębi sali.

– Świetnie się dziś bawiłem – powiedział Stijn, kiedy barman, dyskretnie zerkając na wiszący nad głową zegar, energicznie przecierał ociekające wodą kufle. – Nie przypuszczałem, że to powiem, ale będę musiał złamać naszą umowę…

– Tę dotyczącą niewymawiania zakazanego słowa na cz? – Nina zabawnie położyła palec na ustach.

– Dokładnie! Mam wrażenie, że znam cię od zawsze, Nino. I dlatego od dzisiaj będę marzył, że kiedyś, być może w niedalekiej przyszłości, pojedziemy razem na Filipiny. To brzmi jak szaleństwo, ale chyba oboje jesteśmy trochę nieprzewidywalni. Jak czekolada...

– Dlaczego akurat na Filipiny? – Nina spojrzała na Stijna zaintrygowana.

– Ponieważ jest tam coś, czego jeszcze nigdy nie widziałem, ale po tym pełnym wrażeń dniu myślę, że jeżeli miałbym okazję to zrobić, to tylko z tobą. Nie wyobrażam sobie teraz, że mógłby to być ktoś inny.

– Opowiesz mi o tym? Inaczej nie puszczę cię do pokoju i będziemy siedzieć przy barze do rana. Muszę to wiedzieć już, tu i teraz!

Co prawda wizja spędzenia tutaj całej nocy z taką dziewczyną nie wydawała się Stijnowi żadną karą, wręcz przeciwnie, ale widząc zdesperowaną minę Niny, wolał nie ryzykować.

– Mimo ogólnego stwierdzenia, że cuda nie istnieją, zdarzają się czasem przypadki, w których trudno jednoznacznie to stwierdzić – zaczął tajemniczo. – Lubię je tropić, nie tylko w kuchni. I tak właśnie znalazłem czekoladowe wzgórza. Podobno powstały z inicjatywy olbrzymów...

– To jakiś żart? Wkręcasz mnie, prawda?

– W żadnym wypadku! One naprawdę istnieją, właśnie na Filipinach, na wyspie Bohol.

– Mów dalej, ogromnie mnie zaintrygowałeś. – Nina podparła brodę dłonią i wpatrywała się w niego. – Tylko nie śmiej się, gdy zapytam... Czy te wzgórza są jadalne? Proszę, powiedz, że tak. Jestem dorosła, ale kocham bajki.

– Absolutnie i zdecydowanie chciałbym, żeby ta bajka zakładała możliwość schrupania takiego wzgórza, ale nie mogę kręcić – powiedział bardzo poważnym głosem Stijn. – Porównanie do czekolady wzięło się z powodu koloru trawy na pagórkach, która w wyniku nasłonecznienia przybiera czekoladową barwę. Efekt ten można zobaczyć tylko w porze suchej, czyli pomiędzy grudniem a majem. Przez resztę roku, szczególnie przy obfitych deszczach, wzgórza są pokryte jasnozieloną trawą. Turyści nazywają je Chocolate Hills. Jest ich grubo ponad tysiąc. Wyglądają jak gigantyczne czekoladowe kopce kretów. Wyobrażasz to sobie? W porównaniu z nimi jesteśmy tak mali jak rodzynki w cieście.

– Malujesz słowami tak plastycznie, jakbyś już je kiedyś widział – pochwaliła go Nina. – Gdybym opowiedziała o tym dziewczynom w mojej Bombonierce, na pewno od razu przyrządziłyby jakiś czekoladowy przysmak na podstawie twoich opisów.

– Filipiny to ciągle sfera moich podróżniczych marzeń – przyznał. – Zawsze chciałem zobaczyć te wzgórza z kimś, kto tak jak ja nieprzytomnie kocha czekoladę. I właśnie kogoś takiego znalazłem... – Urwał nagle, jakby zawstydzony własną śmiałością. Tak naprawdę przecież dopiero się z Niną poznali. Ale kto powiedział, że nawet po jednym spotkaniu nie można nabrać apetytu na coś więcej?

– Najchętniej już teraz pojechałabym na lotnisko. – Nina się roześmiała. – Ale obawiam się, że wypiłam za dużo wina i mogliby mnie nie wpuścić na pokład samolotu. Jednak obiecuję ci, że pomyślę nad tą kuszącą propozycją, Stijn. – Nina delikatnie poprawiła swoje długie włosy. Miała uroczo zaróżowioną skórę na policzkach i błyszczące oczy.

Stijn z całych sił, z samego dna trzewi, chciał ją teraz pocałować. Ale jako mistrz czekolady, wytrenowany w cierpliwości dla osiągnięcia jak najlepszych rezultatów, doskonale wiedział, że w tym wypadku warto jeszcze poczekać.

ROZDZIAŁ 21

Miłość kryje się za rogiem

Sprawiam, że czekolada znika w ciągu kilku sekund. Jaka jest twoja supermoc?

Amsterdam, 1987

Emilia od dziecka uwielbiała wyobrażać sobie własny ślub. Marzyła, że pojedzie do kościoła bryczką, zaprzężoną w cztery konie, będzie mieć na sobie koronkową, spływającą do ziemi białą suknię, przywdzieje waniliowy obłok welonu i taka piękna, czysta i pełna nadziei stanie obok niego… Wymarzonego i wyśnionego człowieka, któremu przyrzecze miłość. Na dobre i na złe. W zdrowiu i w chorobie. Na dziś i na zawsze.

Tego dnia, kiedy razem z Julianem pojechali brudną taksówką do urzędu gminy, położonego tuż nad rzeką

Amstel, amsterdamskie niebo zasnuwała gruba warstwa sinych z zimna chmur. Emilia wysiadła, a na jej nos zaczęły kapać ostre krople siąpiącego leniwie deszczu. Obciągnęła na kolanach granatową sukienkę z cienkiej wełenki, na którą narzuciła jasny sztruksowy żakiet. Jeszcze nigdy nie czuła się tak sama. Nie samotna, bo samotna bywała przez te ostatnie lata na wygnaniu permanentnie, ale właśnie sama. Tak jakby na tym świecie nie było ani jednej przyjaznej duszy, która życzyłaby jej dobrze, a przynajmniej nie życzyła źle. Dziś cały świat zdawał się sprzysięgnąć przeciwko niej.

Kiedy dwa dni przed datą ślubu w porywie nagłej odwagi chwyciła za słuchawkę telefonu i wykręciła szwajcarski numer Alexandre'a Caillera, odpowiedziała jej automatyczna sekretarka. Tak było za każdym razem, kiedy próbowała się z nim skontaktować. Być może zmienił adres zamieszkania i nie miał jak jej o tym poinformować? A może po prostu stwierdził, że przygoda z młodą dziewczyną z Polski definitywnie dobiegła końca i nie mieli już sobie nic do powiedzenia? W końcu Cailler to artysta, a ci byli kapryśni i nieprzewidywalni. Pomógł jej już wystarczająco, teraz musiała radzić sobie sama. Zacisnąć mocno zęby, nie zważać na deszcz i na skrzywioną wiecznie twarz Juliana i dalej realizować swoje marzenia. Choć dzisiaj pod tym zasnutym chmurami niebem wydawało się jej, że słońce już nigdy więcej nie zaświeci. A przynajmniej nie dla niej.

Po ceremonii, na której świadkami byli koledzy Juliana z wojska oraz jego syn Richard, poszli do jednego z pubów w centrum. To była typowa holenderska *bruin cafe*, wyłożona ciemną boazerią, a w niej proste drewniane stoły poplamione piwem i dopalające się ogarki świec ustawionych na obtłuczonych talerzykach. Julian i jego kompani zamówili po kuflu piwa i krokiety. Emilia odwróciła z obrzydzeniem oczy. Nie cierpiała wypełniającego przysmak miejscowych mięsa zmielonego na jednolitą szarą papkę. Nikt nie pytał jej jednak o zdanie. Naprzeciwko niej siedział ze znudzoną miną Richard. On również był nieszczęśliwy. Nie rozumiał, jak ojciec mógł pojąć za żonę tę dziwaczną cudzoziemkę.

Kiedy wrócili do domu, chłopak jak zawsze zaszył się w swoim pokoju. Emilia ściągnęła żakiet i powiesiła go starannie w małej wąskiej szafie w przedpokoju.

– Chodź tutaj do mnie – mruknął Julian i szarpnął mocno za jej rękę.

– Uważaj, to boli – jęknęła cicho.

Ostatnio plecy nieustannie ją rwały, może dlatego, że siedziała po nocach nad pismami branżowymi, które kupowała w wielkiej księgarni na rogu Leidseplein. Nie rozumiała wprawdzie zbyt wiele z tekstu, ale wystarczało jej oglądanie kolorowych obrazków przedstawiających lśniące praliny z orzecha laskowego, z nadzieniem cytrusowo-karmelowym i ganaszem z owoców leśnych.

Próbowała robić takie w kuchni, ale Julian złościł się, że powinna raczej uczyć się przyrządzać dla swojego męża tradycyjne i pożywne holenderskie specjały.

– Nie bądź taka wrażliwa – syknął. – Od dzisiaj należysz do mnie! Pamiętasz naszą umowę? Ja daję ci obywatelstwo i możliwość legalnego mieszkania w tym kraju, a ty odpłacasz mi posłuszeństwem. A teraz podciągaj spódnicę, bo nie zamierzam dłużej czekać na odebranie należnego mężowi wiana! No dalej, co tak patrzysz? Kładź się! – Julian strzelił klamerką od skórzanego paska, poluzował go i opuścił spodnie do kolan.

Kiedy kilkanaście minut potem Emilia leżała pod cienkim kocem, próbując tamować łzy, po raz kolejny postanowiła sobie, że jak najszybciej musi uniezależnić się od męża. Zmarszczyła brwi, uniosła głowę, nasłuchując uważnie. Julian leżał obok na wznak z rozrzuconymi na poduszce rękoma i pochrapywał cicho. Emilia sięgnęła do szuflady i wyciągnęła stamtąd gruby miesięcznik w lakierowanej okładce, „Maître Chocolatier". Otworzyła go na zaznaczonej żółtą karteczką stronie i z wypiekami na twarzy sylabizowała każdy wyraz. Lokalna edycja mistrzostw cukierników w Amsterdamie miała się odbyć dokładnie za trzy tygodnie. Na imprezę zjeżdżali najbardziej uznani mistrzowie czekolady, cukiernicy i rzemieślnicy produkujący praliny. Miesięcznik dostała od Manon, właścicielki klimatycznej kawiarenki Cukrowe Bratki przy

Herengracht, która od razu wręczyła jej również formularz zgłoszeniowy.

– Musisz zaprezentować tam swoje wyroby, Emmo. Te ostatnie, z prażonym karmelem i orzechami, które zrobiłaś, rozeszły się w okamgnieniu. Ile razy mam cię jeszcze prosić, żebyś przyszła do nas pracować? Nie musisz na cały etat, wystarczą dwie godziny dziennie.

– Nie mogę, Manon. – Emilia pokręciła głową. – Julian chce, żebym teraz zajmowała się domem i Richardem.

– Nie jesteś jego niewolnicą! – zawołała Manon. – Masz rozwijać swoje pasje. Czy on zdaje sobie sprawę, kto cię uczył? Sam mistrz Cailler! Nie możesz, do diabła, teraz tego wszystkiego zaprzepaścić, żeby serwować mu mielone na obiad!

– W końcu będę mieć swoją własną chocolatierkę, Manon. Bez Juliana to się nie uda. Nie poradzę sobie z zawiłymi formalnościami i kruczkami prawnymi. Dokładnie to przemyślałam. Jak ta cukiernia będzie wyglądać, jak smakować, jak pachnieć… Ja to wszystko już wiem. Kiedyś Alexandre powiedział, że w kuchni prawdziwego mistrza czekolady dzieją się czary. W sposobie, w jaki dobiera składniki, miesza je, uciera i aromatyzuje, jest magia. Niczym w kotle prawdziwej czarownicy. Stare receptury wzbogacone nowymi pomysłami, egzotyczne przyprawy i zioła, aromatyzowane skórki owoców, kardamon, chilli i żurawina, a na końcu szczypta najważniejszego… miłości, pasji i serca. Moje pralinki będą zaklętą w chwili drobną przyjemnością, którą wielu doceni już na zawsze. I będzie chciało ją zatrzymać. W bombonierce sygnowanej moim nazwiskiem.

Emilia ocknęła się z zamyślenia i zerknęła szybko na Juliana. Skrzywił przez sen nos i sapnął tak mocno, że kartki branżowego pisma, które trzymała na poduszce, zafalowały złowieszczo. Emilia rozejrzała się po mieszkaniu. Nie miała tutaj praktycznie żadnych warunków do wytwarzania czekolady, ale nie takie trudności już pokonywała. Poza tym zawsze mogła się wymknąć na chwilę do swojej nowej przyjaciółki. Manon miała rację – ten konkurs to jej szansa na zaprezentowanie swoich umiejętności. Od zawsze drzemał w niej duch rywalizacji i chęć przezwyciężania własnych słabości. Emilia wiedziała, że czekolada to niełatwa miłość, kapryśna, wymagająca, nieprzewidywalna, ale czy kiedykolwiek jej wybory bywały łatwe? Bez wahania chwyciła długopis i starannym pismem zaczęła wypełniać formularz…

– Romeo… Zachowałam się dziś skandalicznie. Tak mi wstyd! Gdybym mogła cofnąć czas… Dobrze, że potem ochłonęłam na tyle, że mogliśmy porozmawiać z Iwem o tym, co się wydarzyło. Zanim wyjechał, ustaliliśmy nowe reguły dotyczące spotkań z Beniem. Iwo nie naciskał na nic, jak to zdarzało się w przeszłości. Było widać, że bardzo mu zależy na pokojowych relacjach ze mną i jak najczęstszych kontaktach z synem. Ja, niestety, niezbyt się popisałam.

– Nie bądź dla siebie taka surowa, Marianno. Zdążyłem cię już trochę poznać. Poza tym twój były mąż powinien uzgodnić z tobą wizytę u małego. Postąpiłaś jak lwica… jak prawdziwa matka. Ta waleczność bardzo mi się w tobie podoba. Moja mama też by tak zrobiła.

Marianna spłonęła rumieńcem jak nastolatka. Słowa Romea, którego nadzwyczaj ceniła, sprawiły jej niekłamaną przyjemność. Wygłupiła się koncertowo, ale skoro on uważał, że miała ku temu powody, palące wyrzuty sumienia nieco zelżały. Dziewczyna odprężyła się trochę i z podziwem rozejrzała po pięknie urządzonym wnętrzu mieszkania Jeurissena. Wszystko zdawało się mieć tutaj swoje miejsce. Romeo preferował barwne tkaniny o grubych wzorzystych strukturach, masywne ceramiczne doniczki w ostrych barwach, w których prężyła się juka karolińska, olbrzymi bambus i egzotyczny eukaliptus, oraz miękkie i przytulne kanapy, na których nawet rozrzucone pozornie poduszki idealnie komponowały się z otoczeniem.

– Opowiedz mi o swojej mamie. Jaka była? – poprosiła cicho.

Romeo przez chwilę nie odpowiadał, jakby zastanawiał się nad czymś głęboko.

– Bardzo nas kochała, ale wiesz... nie taką bezkrytyczną, małpią miłością, która potrafi czasem wyrządzić wiele złego. Byliśmy dla niej najważniejsi, ale umiała też celebrować intymne chwile z naszym ojcem. Zawsze powtarzała: „Pewnego dnia wy pójdziecie w swoją stronę, a ja zostanę sama z tym moim wesołym staruszkiem. Muszę pilnować, żeby mi zbyt szybko nie zardzewiał".

– To piękne, co mówisz...

– Wiesz, ona żyła trochę w jego cieniu. Był urodzonym gwiazdorem, fascynującym, błyskotliwym, zagadkowym, ale nie zawsze łatwym. Val odziedziczył to po nim. Byli bardzo podobni w tym swoim pozornie niefrasobliwym podejściu do wielu spraw. Kiedy ojciec oznajmił mamie, że chce porzucić ich spokojną, stabilną egzystencję i otworzyć piekarnię, nie zastanawiała się ani chwili. Ryzykowali wszystko, ale mieli siebie. Może będziesz się ze mnie śmiać... wiem, czasem jestem sentymentalny, a powinienem być twardy... ale im dłużej jej nie ma, tym bardziej ze mną jest. I nigdy nie przestanę za nią tęsknić.

Romeo urwał nagle. Marianna wyciągnęła do niego rękę. A potem przysunęła się na odległość oddechu. Spojrzał na nią tak miękko, tak czule jak nigdy dotąd i delikatnie dotknął skrawka nagiej skóry na jej plecach. Dziewczyna westchnęła przeciągle i oplotła go ciasno ramionami, po czym przylgnęła rozchylonymi wargami do jego ust. Całowali się długo, zachłannie, tak jakby świat miał się zaraz skończyć. W pewnej chwili Romeo podniósł ją, wziął na ręce i, chowając nos w jej pachnące rumiankiem włosy, wszedł po schodach do sypialni.

Marianna ocknęła się, kiedy na zewnątrz świtało. Najpierw potoczyła zdezorientowanym wzrokiem po obcym wnętrzu, a potem uśmiech rozjaśnił jej twarz. Romeo leżał odwrócony w jej kierunku, z ciemnymi pasmami delikatnie wijących się loków, które opadały zadziornie na jego czoło. Patrzył na nią tak, że czuła przepływające wzdłuż kręgosłupa rozkoszne ciarki. Dotknęła czułym gestem jego policzka, a potem pocałowała go mocno, przygryzając lekko jego dolną wargę. Przylgnął do niej zachłannie, tak jakby wciąż nie mógł uwierzyć, że jest cała jego. Poddała się jego pieszczocie z ufnością, jak czekolada czułym dłoniom najlepszego *maître chocolatier*.

– Dzień dobry, mój kochany – powiedziała cicho. – Mam nadzieję, że nie masz nic przeciwko, że spędziłam tutaj noc. Boję się tylko, jak Nina poradziła sobie z Beniem. On czasem potrafi nieźle pomarudzić, zanim położy się do łóżka.

– Nina ze wszystkim sobie poradzi. A jeżeli nie, Val na pewno jej pomoże. W końcu musi ostro trenować przed wielkim wybuchem. Przyda mu się trochę praktyki.

– Co masz na myśli? – Marianna spojrzała na niego zdziwiona.

– Wybacz, ale rozmowa o moim bracie nie wydaje mi się teraz dobrem pomysłem – odpowiedział wymijająco. – Może lepiej powtórzymy scenariusz z poprzedniego wieczoru, *lieverd*! – rzucił z miną urwisa i zanurkował pod jej ramię.

Marianna poczuła po chwili jego gorącą twarz na swoich piersiach. Pisnęła jak mała dziewczynka, a potem nakryła się kołdrą aż po czubek głowy. Romeo miał rację. Mogli wykorzystać ten czas o wiele bardziej produktywnie, niż rozprawiając o Ninie i Valu. Już nie pamiętała, kiedy była taka szczęśliwa.

ROZDZIAŁ 22

Arbuz i pomarańcza

Jeżeli w niebie nie ma czekolady,
to czy warto do niego iść?

Podczas gdy młodszy Jeurissen zatapiał się w ramionach namiętności, starszy z braci klął na czym świat stoi. Obiecał sobie solennie, że ponownie spotka się z Nicolette na neutralnym gruncie i przeprowadzi z dziewczyną tym razem rzeczową i poważną rozmowę, po czym wspólnie dojdą do satysfakcjonujących obie strony wniosków. A raczej jednego. Najważniejszego… Nie. Zamieszkamy. Razem. Teraz. I, cholera jasna. Nigdy.

Wspólne dziecko, które już wkrótce miało przyjść na świat, nie oznaczało bynajmniej, że nagle jakimś cudem jego rodzice zaczną się dogadywać. Val obawiał się, że będzie dokładnie na odwrót, czyli skala ich kłótni i niesnasek dramatycznie wzrośnie, albowiem Nicolette i on stanowili klasyczny przykład najbardziej niedopasowanej pary w całej Holandii. Ale jak mógł się domyślać, panna Harmsen nie ustawała w próbach scalenia dwóch kompletnie różnych połówek pomarańczy. Pardon, raczej pomarańczy i... arbuza.

– Czyli odmawiasz mi pomocy, tak? – Nicolette ciskała oczami pioruny. Wyglądała jak zwykle nienagannie, to trzeba jej przyznać. Starannie wyczesana grzywa blond loków, idealny manikiur i makijaż oraz opinające jej zgrabny, wyćwiczony na siłowni tyłeczek legginsy ze złotym lampasem. – Zostawiasz mnie na lodzie... jak jakiś śmieć!

– Po raz kolejny powtarzam, że nie odmawiam ci żadnej pomocy. Będę płacił na dziecko, ale nie zrobisz z nas kochającej się rodziny, Nickie! To się nie uda! – Val ze wszystkich sił starał się mówić spokojnym, stonowanym tonem, choć wszystko w nim wrzało. – Nie jesteśmy pierwszą i zapewniam cię, z pewnością nie ostatnią parą, która ma taki problem.

– Czyli dla ciebie to wyłącznie problem, tak? A ja, głupia i naiwna, myślałam, że stworzenie nowego życia to czyste szczęście!

– Nie przeinaczaj moich słów, do diabła! – krzyknął, tracąc resztkę cierpliwości, ale został w mig zmiażdżony wzrokiem pełnym nagany przez siedzące obok dwie nobliwe panie.

Nicoletta w mig podchwyciła karcące spojrzenie matron i, nachylając się konfidencjonalnie w kierunku ich stolika, szepnęła teatralnie, oczywiście dla wywołania większego efektu, kłamiąc jak z nut:

— Właśnie się dowiedział, że zostanie ojcem.

— To trochę dziwna reakcja, młodzieńcze, na tak radosną nowinę — odezwała się paniusia w fikuśnym kapelutku. — Kiedy ja powiedziałam mojemu Antonowi — świeć, Panie, nad jego duszą — że jestem w stanie błogosławionym, od razu z radości kupił całe stado baranów! Był farmerem — dodała gwoli ścisłości.

— A mogą być osły? — rzucił Val i przewrócił oczami. — Albo lepiej cielęta. Podobno robi się z nich torebki Louisa Vuittona!

— Jesteś żałosny! Jednak spotkamy się w sądzie! — Nicolette szurnęła krzesłem z taką wściekłością, że przewróciło się z łoskotem na kamienną posadzkę. — Żegnam oziębłe! — rzuciła i wymaszerowała z kawiarni, nie zaszczycając nikogo nawet jednym spojrzeniem.

— No to masz, młodzieńcze, zagwozdkę — podsumowała melancholijnie druga z matron. — Taki temperament, ho, i to dopiero na początku ciąży, wróży pełen iskier związek. Żebyś tylko w nim nie spłonął.

— Obawiam się, że to już się stało! Zostały po mnie tylko zgliszcza. — Val westchnął i duszkiem wypił ostygłą kawę.

– Słuchajcie, dziewczyny, nie tylko my mamy problemy z zastopowaniem produkcji! Słyszałyście o tej aferze z Barry Callebaut? Marta z podciągniętymi do łokci rękawami fartucha precyzyjnie nanosiła pipetą na orzechowe pralinki kandyzowane płatki fiołków i goździków. Dzięki ich fantazyjnym kształtom oraz ciekawej mięsistej fakturze czekoladki zamieniały się w prawdziwe dzieła sztuki. Kwiaty albo – jak sama to nazywała – kolorowa łąka była jej ukochaną subtelną dekoracją i zdecydowanie faworyzowanym składnikiem ganaszu.

– Callebaut? Ten belgijski kakaowy potentat? – zapytała Isa, podnosząc głowę znad temperówki. – Żartujesz?! Mają ogromną fabrykę w Wieze.

– I właśnie tam stwierdzono obecność salmonelli – objaśniła Marta. – Czyszczenie i odkażanie linii produkcyjnych trwało wiele tygodni, a wszystkie produkty wycofano natychmiast ze sklepowych półek.

– Jeżeli to ma mnie pocieszyć, Marta, to bardzo dziękuję, ale nadal widzę nasze raporty sprzedaży z kilku ostatnich dni i niestety nie napawają mnie optymizmem. – Nina westchnęła i przetarła dłońmi zmęczone oczy. – Callebauta stać na duże straty, my będziemy odpracowywać je miesiącami. Jeżeli nie dłużej.

– O czym tak konferujecie, dziewczynki?! – Na zaplecze zajrzała rozpromieniona Marianna. Bił od niej taki blask, jakby przed chwilą zanurzyła się cała w płynnym złocie.

– A ty masz, jak widać, odmienne od wszystkich godziny pracy? – dogryzła jej błyskawicznie Marta. Na widok dziewczyny jej wzrok od razu spochmurniał. – Przychodzisz tutaj, kiedy ci pasuje, a my musimy trzymać się grafiku.

– Marta, odpuść! – Nina się skrzywiła. – Posłałam Manianę na targ. Zapomniałam kupić wczoraj suszonych moreli i śliwek, a przydadzą się nam do śmietanowego ciasta. Chodź, pokaż, co tam przyniosłaś. – Mocno złapała przyjaciółkę za ramię i pociągnęła w kierunku schodów.

– Dzięki, że mnie uratowałaś od tej wiecznie niezadowolonej sekutnicy – szepnęła Maniana. – Co bym nie zrobiła, zawsze źle.

– Musicie ze sobą pogadać, bo nie zamierzam nieustannie pomiędzy wami mediować. W końcu pewnego dnia zabraknie mi argumentów i rozpęta się tutaj prawdziwa burza – oświadczyła Nina.

– Obawiam się, że to będzie trudne. Jeżeli nie niemożliwe – pisnęła Marianna i zacisnęła mocno powieki.

– Nie wydajesz się zbytnio zmartwiona tym faktem. Co się stało? Promieniejesz tak, jakbyś najadła się radu!

Marianna nabrała w płuca powietrza, a potem nagle wypaliła:
– Ninka, nie uwierzysz... Romeo... i ja...
– Poszliście do łóżka? Mańka! I dopiero teraz mi o tym mówisz?! I jak było?! – Nina aż poczerwieniała na twarzy z emocji.
– Jestem najszczęśliwsza na świecie! To nie do wiary, że los trzymał dla mnie taką niespodziankę w zanadrzu. A ja myślałam, że nic dobrego mnie już nie spotka! A tu najpierw praca u ciebie, potem własne mieszkanko, a teraz ta miłość. Cały czas szczypię się w ramiona, bo nie mogę uwierzyć, że taki facet w ogóle na mnie spojrzał.
– A cóż to za bzdury, na litość boską, Mańka?! Czy ty w ogóle słyszysz, co gadasz? – oburzyła się Nina. – Jesteś przepiękną, wartościową dziewczyną. To Romeo jest szczęściarzem. No dobra, oboje jesteście – przyznała uczciwie Kostrzewska. – Ty nawet nie zdajesz sobie sprawy, wariatko, jak się cieszę, że w końcu znaleźliście do siebie drogę! Trochę wam to zajęło, przyznaję... – Roześmiała się nieco kąśliwie.

Mańka pacnęła ją po przedramieniu.
– Umówiliśmy się na popołudnie. Odbierzemy razem Benia ze szkoły i pojedziemy na lunch, a potem nad rzekę. Rano był taki czuły, taki kochany. Zrobił mi śniadanie do łóżka i powiedział...
– Co powiedział, Maniana?

– Że cieszy się, że mnie znalazł, po prostu.

Nina już nie odpowiedziała, tylko przygarnęła do siebie przyjaciółkę i objęła ją mocno, najmocniej jak umiała. Łzy wzruszenia dławiły ją w gardle, ale przecież nie mogła się rozpłakać. Tego tylko brakowało, żeby mazały się na schodach jak nastolatki.

– Wracacie do pracy czy będziecie tam szeptać bezproduktywnie do wieczora? – Zza kotary wychynęła nagle głowa Marty. – Potrzebuję pomocy przy wkładaniu pralinek do pudełek! Na *cito*!

Nina i Marianna spojrzały na siebie spłoszone, a potem nieoczekiwanie zaczęły się śmiać. Marta popukała się palcem w czoło.

– Już idziemy, szefowo! – krzyknęła Nina.

Marta fuknęła jak kotka i zniknęła.

– Jędza! Ciągle mnie pilnuje! A raczej śledzi! – Marianna przewróciła oczami i pokazała jej język.

Wieczorem, kiedy Nina po wyjściu spod gorącego prysznica właśnie szykowała się do zalegnięcia na kanapie z pamiętnikami Emilii, nagle zadźwięczała jej komórka.

– Dobry wieczór, nie przeszkadzam? – Usłyszała po drugiej stronie telefonu.

Stijn Willemsen!

Miał taki ciepły, urzekający tembr głosu. Nina miała wrażenie, że wypełnił nim mały salon kamieniczki przy Walstraat, jakby siedział tuż obok. Na wyciągnięcie ręki. Z przyjemnością poprawiła się na kanapie. Przytrzymując uchem słuchawkę smartfona, zawiązała mocniej pasek szlafroka.

– Ostatnio obiecaliśmy sobie, że nie będziemy gadać o czekoladzie, ale muszę się z tobą podzielić moim nowym pomysłem, Nino. A właściwie targającymi mną wątpliwościami – powiedział Stijn. – Potrafisz spojrzeć w taki świeży, intrygujący sposób na nasz biznes.

– To taki żart o tym zakazie wymieniania słowa na cz – rzuciła pogodnie panna Kostrzewska. – Ja cały czas o niej gadam. I chyba wiem, co planujesz mi powiedzieć. Czyżbyś zdecydował się jednak na te wegańskie czekoladki?

– Masz doskonałą pamięć! – Stijn się roześmiał. – Rzeczywiście chciałem to przegadać. To wszystko nie jest takie proste. Wiesz, skończyłem kilka kursów dla *pastry chefów*, ale właściwie żaden z profesjonalnych cukierników nie potrafił mi pomóc przy wegańskich recepturach. Ty wiesz, że ludzie traktują taki wyrób jak nie do końca prawdziwy, przekombinowany?

– Wielbiciele cukru cię za to nie polubią – zażartowała Kostrzewska.

– W punkt – przyznał Stijn. – Do nadzienia z palonych migdałów albo ganaszu z syropem daktylowym w ogóle go nie dodaję. Preferuję naturalną słodkość w myśl zasady: najważniejsza jest prawda smaku i prostota składu. Żadnych wypełniaczy i ulepszaczy. Pracuję teraz nad recepturami wegańskiego karmelu z mleka kokosowego z cukrem trzcinowym i białej czekolady, używanej głównie w nadzieniach.

– I w ten sposób masz świetną bazę do twórczego działania – wtrąciła Nina. – Do tego wanilia, kardamon, rum czy likier amaretto i możesz tworzyć rozmaite kompozycje smakowe. Jak wirtuoz!

– Wirtuoz ganaszy! Albo książę chilli i cynamonu! – Roześmiał się. – Tylko z czego będzie zrobiona moja księżniczka? Może z piernika?

Nina zerknęła na wiszący na ścianie portret ciotki Emilii. Stijn Willemsen na pewno by się jej spodobał.

Nazajutrz Stijn zadzwonił znowu. I dwa dni później również. Rozmawiali praktycznie codziennie. Nina opowiadała mu o swoich pierwszych wpadkach z czekoladą, a właściwie z miazgą kakaową. Nie przypuszczała, że miazga w swej fakturze jest chropowata, a w smaku niezwykle kwaśna, przez co kompletnie nie przypomina dobrze znanego smakołyku. Stijn przekonywał ją, że na świecie nie brakuje miłośników jej tradycyjnej odmiany.

– W tym wypadku prym wiodą Kolumbijczycy, którzy pochłaniają ogromne ilości czekolady – mówił z pasją, jak zawsze. – Ich tradycyjnym przysmakiem jest santafereño, czyli spożywana zazwyczaj na śniadanie czekolada na gorąco z kozim serem. Do wykonania napoju wykorzystuje się właśnie stuprocentową, nierafinowaną, kwaśną czekoladę.

– Dobrze wiedzieć, ale nie zmuszaj mnie, żebym jej spróbowała. Nawet ty mnie do tego nie przekonasz, Stijn! A teraz dobranoc! Znowu gadaliśmy ponad dwie godziny.

– Ale sama przyznasz, że trochę lubisz te nasze czekoladowe dysputy?

Zdecydowanie lubiła je za bardzo…

ROZDZIAŁ 23

Tajna akcja Bractwa Czekoladowych Spiskowców

Puk, puk.
– Kto tam?
– Czekolada!
– Zapraszamy! A z kim jesteś?
– Z orzechami.

Nina zaparkowała swój ukochany rower Veloretti tuż przed wejściem do hospicjum de Winde. W wiklinowym koszyku przyczepionym do kierownicy miała pudełko wyładowane łakociami z Bombonierki. Na zewnątrz świeciło popołudniowe słońce, które przyjemnie łaskotało ją po twarzy. Kiedy wniosła słodycze do gabinetu pani dyrektor Loretty Simons i postawiła ciężką paczkę na jej zarzuconym papierami biurku, ta aż pokraśniała z zadowolenia.

– Czegóż my tu nie mamy! – wykrzyknęła, zaglądając pod cieniutkie bibułki. – Moje ulubione trufle! I te czekoladki! Marcepanowe, karmelowe, anyżowe! Rozpieszczasz nas, Ninaatje. Zaraz zrobię ci kawę. Wyobraź sobie, że w końcu pijemy taką z prawdziwego zdarzenia. „Żegnaj luro, wstyd cię było podawać gościom", tak powiedziałam, oddając do utylizacji ten rupieć, który od miesięcy nadawał się do wyrzucenia. Zobacz tylko na to! – Loretta z dumą wskazała na stojące na szafce lśniące chromem cudo. – Włoskie bugatti! Podobno to prawdziwy rolls-royce wśród ekspresów. Tak przynajmniej powiedział nasz kochany darczyńca.

– Chyba nawet się domyślam, kto to. Czyżby klaun Bassie? – Nina przymrużyła zabawnie jedno oko. Tylko Valentijn Jeurissen mógł porównać zwykły ekspres do luksusowego samochodu. – Loretto, czy mogłabym na chwilę wpaść do Elise? Chciałam zapytać, jak się czuje.

Nina zaprzyjaźniła się z dziewczynką podczas eksperymentu z kubeczkami i płynną czekoladą. Mała cały czas dolewała swoim kolegom ulubionego napoju, twierdząc, że ich uradowane miny i czekoladowe wąsy nad ustami dają jej o wiele więcej radości niż moment, kiedy sama czuje lepką słodycz na języku.

Dyrektorka zrobiła zatroskaną minę.
– Ostatnio bardzo mało je. Twierdzi, że nie ma apetytu. Może ty ją trochę rozweselisz, kochana.
– Zrobię, co będę mogła – obiecała Nina.

Elise siedziała przed salą zabaw na szerokim drewnianym parapecie i z nostalgią wpatrywała się w rozsłoneczniony zielony ogród.

– Dzień dobry, królewno. – Nina podeszła do małej i chwyciła ją za szczupłe, prawie przezroczyste rączki. – Słyszałam, że ostatnio nie lubisz jeść obiadków, a ja przywiozłam wam tyle słodyczy... – Zawiesiła znacząco głos. – Tylko że Loretta na pewno nie zgodzi się, żebyś wcinała czekoladki zamiast pożywnej zupy. Może zjemy ją razem? Co ty na to?

Dziewczynka potrząsnęła przecząco głową.

– Źle cię czujesz, Elise? Bardzo mnie martwi twój brak apetytu.

– Nie lubię jeść, kiedy wszystkie dzieci krzyczą – powiedziała wolno. – Nie słyszę wtedy, jak smakuje zupa.

Nina spojrzała na nią uważnie.

– Umiesz słyszeć smaki? To bardzo ciekawe. Opowiesz mi o tym?

– Inni się ze mnie trochę śmieją. Mówią, że to niemożliwe. A ja naprawdę potrafię. Potrawy mają swoje własne dźwięki. Ser jest spokojny, taki trochę nudny. Jak ja, kiedy próbuję grać na gitarze. Chipsy wibrują wesoło jak pralka, kiedy mamusia pierze moje ubranka. A twoja czekolada szepcze. Tak cichutko jak kołysanka, kiedy tatuś chce, żebym spokojnie zasnęła, i gładzi mnie po głowie. Bardzo to lubię.

– A owoce? Banany, jabłka, pomarańcze? – Uśmiechnęła się lekko.

– Tak jak Val, kiedy gra na skrzypcach. Wczoraj był u mnie, wiesz? – Elise się ożywiła. – I powiedział, że dzisiaj też przyjdzie. On cię bardzo lubi.

– Kto, kochanie?

– Val. On tylko tak udaje, że jest klaunem. Bassim. Śmieje się i dzwoni dzwoneczkami na czapce, maluje buzię kolorami, a kiedy nikt nie patrzy, jego oczy są smutne. One płaczą.

Nina szybko odwróciła głowę do okna. A potem pogładziła dziewczynkę po policzku.

– Ja też go lubię. Bardzo – powiedziała. – Tylko nic mu nie mów, dobrze?

– Dlaczego nie? Ludzie powinni mówić sobie dobre rzeczy. Zawsze, nie tylko wtedy, kiedy im pasuje. Albo kiedy ktoś tego od nich oczekuje.

– Masz rację, Elise. Jesteś bardzo mądra. I cieszę się, że cię znam. A teraz chodź, spróbujemy posłuchać razem, jak smakuje pieczarkowa. Bo pachnie obłędnie. Loretta mówiła, że ugotowano ją ze świeżutkich, dorodnych pieczarek z farmy tuż obok.

Romeo uwijał się za kontuarem z taką werwą, że dwie nowe praktykantki, układające w wiklinowych koszach świeżutkie croissanty, popatrywały na niego co chwilę z lekkim popłochem w oczach. Robota paliła mu się w rękach. Doglądał piekącego się chleba, sprawdzał sprężystość wyrabianego w dzieżach ciasta i próbował, czy stojące w szklanych pojemniczkach na zapleczu przyprawy nie straciły świeżego i ostrego aromatu. Ostatnio wymyślił, żeby do wypieków dodawać więcej kminku i ziół prowansalskich. Croissanteria miała teraz w ofercie bułeczki pełnoziarniste, grahamki, paluchy z czarnuszką i precle z solą morską. Romeo chciał powoli wprowadzać do sprzedaży chleby z płatkami najróżniejszych zbóż, ziarnami oleistymi, a nawet nieznaną dotychczas w okolicy kaszą jaglaną. Największym powodzeniem wśród klientów, oprócz flagowych croissantów, cieszyły się teraz bagietki rustykalne z ziołami, do których wystarczało zwykłe masło lub oliwa, ale Romeo lubił przyzwyczajać deventerczyków do nowych smaków.

– Jaco, chodź, przypilnujesz rogali, ja muszę na chwilę wyjść! – Romeo krzyknął do pogwizdującego na zapleczu piekarza. Na razie tylko on potrafił obsługiwać najnowszy nabytek braci Jeurissenów, piec hybrydowy, który

Val okrzyknął jednogłośnie turbopiecykiem. Pracownicy mogli bez problemu przygotowywać w nim jednocześnie zupełnie inne w smaku wypieki.

Romeo zdjął fartuch, odwiesił go starannie na wieszak i przygładził dłońmi wijące się na skroniach włosy. Zerknął szybko na zegarek. Mógł wyskoczyć na piętnaście minut, croissanteria działała jak dobrze naoliwiona maszyna, a on musiał, po prostu musiał, choć na moment przytulić Mariannę.

Nadal nie dowierzał, że to nagłe uczucie i namiętność spotkały właśnie jego, ale po wspólnie spędzonej nocy kompletnie oszalał na jej punkcie. Była taka czuła, troskliwa, kochająca i ciepła. Kiedy wyszła rankiem z jego apartamentu, znalazł na lustrze przyklejoną karteczkę ze śladem jej uszminkowanych ust i dopiskiem: *Już za tobą tęsknię*.

Spotykali się codziennie, nawet po kilka razy. Czasem tylko na kilka minut, w przelocie w przerwach w pracy, gdzieś w wąskiej przestrzeni pomiędzy chocolatierką a croissanterią. Te wyrwane z codziennego kieratu momenty wystarczyły, żeby powiedzieć sobie kilka ciepłych słów, złapać za rękę, pocałować ukradkiem w cieniu kamienicy, pod rozłożystą pnącą różą, wśród ludzi sunących niespiesznie brukowaną i urokliwą Walstraat. Gdyby mógł, stanąłby na środku ulicy i krzyknął, ile sił w płucach: IK BEN VERLIEFD![9]

---

[9] hol. Jestem zakochany.

Rozanielony Romeo przepuścił w drzwiach wchodzące starsze małżeństwo i wyszedł na zewnątrz. Przed wystawą piekarni stała Marta. Trzymała ręce w kieszeniach obcisłych białych dżinsów. Wiatr szarpał za jej długie jasne włosy związane niedbale na karku. Kiedy napotkała jego spojrzenie, drgnęła bezwiednie. A potem jej oczy pojaśniały.

– Dzień dobry – powiedział, uśmiechając się życzliwie. – Właśnie się do was wybieram.

– Do nas czy do Marianny? – rzuciła zaczepnie. – Już na ciebie czeka! Stoi w oknie i wypatruje swojego księcia! Nie potrafi się na niczym skoncentrować, fajtłapa.

– Dlaczego tak mówisz? – zapytał spokojnie Romeo. – Marianna bardzo się stara i pracuje tak samo ciężko jak Nina, Isa czy Kristen. Nie ma takiego doświadczenia jak ty, nie potrafi jeszcze idealnie temperować czekolady i wymyślać finezyjnych ganaszy, ale musisz dać jej szansę. Nauczy się tego, jest bardzo pojętna.

– Niczego nie muszę! – warknęła Marta, a potem nagle zmieniła ton. – Kompletnie nie rozumiem, dlaczego tak się wszyscy nad nią użalacie! Ona to perfidnie wykorzystuje! Może wychodzić wcześniej, bo odbiera Benia, przychodzić później, bo zaprowadza go do szkoły, cały czas dostaje jakieś fory! To nie fair!

– Jeżeli uważasz, że to nie w porządku, musisz porozmawiać o tym z Niną. To ona jest waszą szefową. Nie za bardzo rozumiem, jak mógłbym ci pomóc w tej kwestii. A teraz przepraszam, naprawdę muszę już iść.

– Czyli definitywnie wybrałeś ją, tak? – Marta była zdesperowana. – Nie mam u ciebie żadnych szans? A myślałam, że mnie lubisz.

– Bo tak jest, Marto – przyznał Romeo. – Ogromnie cię cenię, jesteś niezwykle kreatywna i dobra w tym, co robisz, masz ogromną wiedzę i pasję. Ale, jak sama wiesz, żeby stworzyć doskonałe nadzienie do czekoladek, potrzebne są wszystkie niezbędne składniki w idealnych proporcjach. U nas ich brak. Ganasz by się zwarzył, uwierz mi.

– Dlaczego tak myślisz?

– Bo zabrakłoby w nim tego jednego, najważniejszego składnika... Miłości.

– W takim razie życzę powodzenia! – sarknęła Marta i odwróciła się na pięcie.

Zrezygnowany Romeo przez chwilę patrzył w ślad za nią, a potem ruszył w kierunku chocolatierki. Dziewczyna przeszła szybko na drugą stronę ulicy i stanęła przy antykwariacie Antoinette. Spoglądając na swoją odbijającą się w wystawie zaciętą twarz, wyszarpnęła z kieszeni dżinsów srebrny smartfon. Wybrała na klawiaturze jakiś numer, po czym przyłożyła aparat do ucha.

– Chciał pan ze mną porozmawiać? Jestem gotowa. Kiedy panu pasuje, może nawet dzisiaj – rzuciła do telefonu i pomaszerowała dziarsko w głąb ulicy.

A tymczasem w Bombonierce nawet nie zauważono jej nieobecności. Kristen, Isa i Nora tłoczyły się tuż przy gablocie wypełnionej pralinkami. Za kontuarem oparta o lodówkę przycupnęła Marianna, a obok niej Romeo. Brakowało tylko Evelien, ale zapowiedziała, że się trochę spóźni. Razem z Beniem poszli do kina na popołudniowy seans dla dzieci.

– Nina na pewno nie wpadnie tutaj niespodziewanie? Dostanie zawału, widząc tajne zebranie tego naszego Bractwa Czekoladowych Spiskowców! – Kristen się zaśmiała.

– Jest uziemiona przynajmniej na półtorej godziny u fryzjera. Kazałam jej odświeżyć kolor i przyciąć końcówki. Nie sądzę, żeby odważyła się zwiać z fotela z aluminiową folią na głowie tylko po to, żeby sprawdzić, co tu knujemy – zapewniła Marianna.

– Wszystko na jutro przygotowane, moje drogie? – zapytał Romeo i wyciągnął z kieszeni spodni niemiłosiernie pogniecioną, zapisaną drobnym maczkiem kartkę.

– Tak jest, szefie! – odpowiedziały chórem dziewczyny, a Nora zasalutowała zwyczajowo silikonową szpatułką, jak na wojskowej musztrze.

– Teraz odczytam poszczególne punkty planu, a wy potwierdzacie ich wykonanie – zarządził Romeo, podnosząc lewą dłoń. – Najważniejsza i kluczowa kwestia… Czy nasi cisi wspólnicy otrzymali już niezbędne akcesoria do przeprowadzenia akcji?

– Wszyscy! – pisnęła Isa. – Najtrudniej było zlokalizować mecenasową Klundert, ale w końcu się udało. Ma zabrać ze sobą trzy koleżanki.

– Na szczegółowe podsumowanie wyników przyjdzie czas potem, ale już teraz wam powiem, że robienie z wami interesów to prawdziwa przyjemność – oznajmił uroczyście Romeo i odruchowo przytulił stojącą obok Mariannę. Dziewczyna objęła go mocno w pasie i pocałowała czule prosto w usta. Dziewczyny najpierw zamarły, a potem zaczęły piszczeć jak nastolatki.

– Czyżby w naszej Bombonierce narodziła się nowa miłość?! – zakrzyknęła z radością Nora. – W takim razie koniecznie musimy to oblać. Mam w lodówce szampana. Wprawdzie miał być do ganaszu, ale myślę, że nie ma czego żałować. Taka okazja wymaga odpowiedniej oprawy.

ROZDZIAŁ 24

Bezlitosny wyrok

Bez obawy.
Na każdy problem jest inny smak czekolady.

Amsterdam, 1985

Po wysłaniu zgłoszenia na konkurs Emilia odzyskała utraconą gdzieś w drodze z Limburgii do Amsterdamu chęć działania. Kiedy bladym świtem za Julianem zamykały się drzwi, wyskakiwała z łóżka i pędziła do ich miniaturowej kuchni. Wyciągała ukryte w dolnej szafce, pod naręczem ściereczek i ręczników, aluminiowe miski i mieszadła. Manon pożyczyła jej nawet termometr do kontrolowania temperatury czekolady.

– Pamiętaj, *schat*[10], że musisz dużo ćwiczyć – mówiła nowa przyjaciółka. – Na mistrzostwach będą konkurować ze sobą cukiernicy, którzy pracują z czekoladą całe lata. To nie czyni ich lepszymi, tylko bardziej doświadczonymi, a to kluczowa kwestia. Pewność siebie i swoja wizja. Pralina wymaga precyzji, zwłaszcza jeżeli czekolada do korpusu jest temperowana ręcznie. Cailler nauczył cię robić to na kamieniu, a to niełatwa sztuka.

– Nawet nie wiesz, jak się boję – wyznała Emilia.

– Niepotrzebnie. Posiadasz ogromne zdolności artystyczne i wyczucie smaku. I nie przejmuj się brakiem całego arsenału najlepszych sprzętów. Magia dzieje się w twojej głowie. Musisz ją zakląć w cienkim i równomiernym korpusie, który utrzyma w sobie kilkuwarstwowe nadzienie. Nie możesz zapominać o dodatku, który przełamie ciężką konsystencję ganaszu. A także wydobędzie smak i zapach czekolady, z której zrobiłaś pralinę…

– Myślałam o marakui i malinie. – Emilia ożywiła się jak zawsze, kiedy mówiła o swojej pasji.

– Podążaj za głosem serca – powiedziała cicho Manon i położyła ręce na jej ramionach. – Ono wie, czego tak naprawdę pragniesz. A teraz zabieraj się do roboty! Trzymamy za ciebie kciuki! Wszyscy w cukierni już wiedzą o twoim starcie w tym konkursie. Pamiętaj, nawet jeżeli

---

[10] hol. kochanie, skarbie

go nie wygrasz, najważniejsze, że spróbowałaś. Czekolada jest jak życie. Wymaga pokory i cierpliwości. A tego ci nie brakuje.

Codziennie w kuchni Emilia nastawiała cicho radio z muzyką klasyczną, a potem zatapiała się bez pamięci w swojej pracy. Kiedy złamała kolejną tabliczkę, jej wyrazisty głęboki trzask spowodował, że jej przedramiona pokryła gęsia skórka. Poczuła gęstą słodycz palonego karmelu i ciepło rozpływające się kojącą smugą na języku, korzenne, imbirowe, gęste jak melasa. Gdzieś tam na końcu smakowych doznań jak malutka szpileczka wbita w ogrom aksamitnej słodyczy pojawiała się kwaskowość wiśni i cytryny. Emilia zamknęła oczy. Nagle znalazła się w atelier Alexandre'a w Zurychu. Jak mogła zapomnieć, że czekolada potrafiła przenosić w czasie i przestrzeni? Gdyby roztarła teraz w dłoniach surowe ziarna, znalazłaby się na Madagaskarze albo w Peru czy Ghanie. Jej kuchnia mogła być dowolnym miejscem na świecie, takim, o którym marzyła. Nic już jej nie ograniczało. Była tylko ona i jej wyobraźnia.

Powoli łamała tabliczkę na coraz mniejsze kawałeczki i wrzucała je do miski. Mieszała czekoladę w kąpieli wodnej, a potem zmniejszała gaz, dolewała śmietanę i delikatnie łączyła składniki, aż do uzyskania jednolitej konsystencji. Zatopiona w zapachach i dźwiękach, straciła poczucie czasu. Wydawało jej się, że stoi w kuchni dopiero od godziny. Nagle trzaśnięcie wejściowych drzwi wyrwało ją brutalnie z ciepłego, aromatycznego marazmu.

– Co tu robisz? – W progu stał ubrany w granatowy mundurek Richard. Obrzucił złym wzrokiem stojące na blacie kuchennym miski wypełnione gęstą, płynną masą. – Co to za burdel?

– Myślałam, że nocujesz dzisiaj u mamy – odpowiedziała lekko zdenerwowana Emilia. Gdyby tylko wiedziała, że syn Juliana wpadnie z niezapowiedzianą wizytą, nigdy nie odważyłaby się przygotowywać czekoladek w domu.

– Matka źle się czuła i kazała mi iść do ojca. Znowu bierze te swoje prochy! – parsknął, postąpił kilka kroków i umoczył palec w aksamitnej, gorącej mazi. – To jest ohydne! – Wypluł z obrzydzeniem resztki czekolady na kuchenny blat. – Powiem ojcu, że marnujesz jego pieniądze na jakieś bzdury. Myślałem, że umiesz robić praliny.

– Te tutaj są jeszcze niegotowe – odpowiedziała spokojnie Emilia. – Muszę dodać do ganaszu cukru.

– Lepiej zrób mi obiad. Jestem okropnie głodny. Matka faszeruje mnie krokietami z pudełka, bo jest tłustą, leniwą świnią, której nie chce się gotować.

– Nie powinieneś tak o niej mówić. Twoja mama jest chora.

– Będę mówił, co mi się podoba, nie pouczaj mnie! I nie licz na to, że nie powiem ojcu, co tu dzisiaj wyprawiałaś. Mogę cię zapewnić, że będzie bardzo zły.

– To nie jest twoja sprawa, Richardzie. Nie powinieneś się wtrącać w sprawy dorosłych – oznajmiła ostro Emila i drżącymi dłońmi zaczęła uprzątać rozstawione na blacie naczynia. Drugi raz nie popełni tego błędu. Od dzisiaj będzie ćwiczyć w cukierni Manon. Przyjaciółka od razu jej to zaproponowała, ale ona, głupia, nie chciała robić kłopotu. To się właśnie doigrała. – Może usmażyć ci jajecznicę? Albo omlet? – zapytała pojednawczo.

– Wolę mięso. – Skrzywił się. – A teraz idę do pokoju oglądać telewizję. Zawołaj mnie, jak coś już tam upichcisz. I pamiętaj, że lubię befsztyk średnio wysmażony.

Emilia jęknęła, bo niedopilnowane w garnku mleko zaczęło kipieć. Cały ganasz do wyrzucenia! Ale tak to już było: czekolada wymagała wyłącznej uwagi i absolutnej atencji. Miała nadzieję, że jutro nadrobi dzisiejsze straty, oby w bardziej sprzyjających warunkach. Poza tym w tej kuchni i tak było za gorąco. Czekolada najbardziej lubiła temperaturę około dwudziestu stopni, więc nawet gdyby miała najlepsze surowce i sprzęt, to i tak nie mogłoby się udać.

Julian wrócił do domu bardzo późno. Był podchmielony, ale i w doskonałym humorze. Richard zaszył się w swoim pokoju i, szczerze mówiąc, Emilia miała nadzieję, że zapomni donieść ojcu o jej dzisiejszej „niesubordynacji".

– W końcu mam dla nas świetne wiadomości, moja droga żonko – wymamrotał prosto do jej ucha.

Śmierdział tanim piwem i papierosami. Emilia odepchnęła go z obrzydzeniem. Mieszanka tytoniu i alkoholu powodowała, że zbierało się jej na wymioty.
– A cóż to, nasza polska hrabina kręci nosem? – warknął i złapał ją mocno za włosy. – Zapominałaś już, że wszystko mi zawdzięczasz? *Kutwijf*![11]
– Niczego ci nie zawdzięczam! – syknęła Emilia, ale Julian zakrył dłonią jej usta.
– A teraz pora na kolejną ratę twojego długu wobec mnie! No jazda, ściągaj kieckę! Nie zamierzam prosić się o swoje! Pamiętaj, beze mnie odeślą cię do tej twojej Polski w ciągu doby! A tam, o ile mi wiadomo, królują komuniści i cukier na talony! Nie zrobisz u nich nawet pół czekolady.

Rano Emilia z trudem próbowała zamaskować tanim pudrem ciemne kręgi pod oczami. Julian wydawał się wyspany i wypoczęty. Siedzieli obaj z Richardem nad parującą patelnią z jajecznicą, którą naprędce przygotowała. Julian zerkał na nią raz po raz drwiąco, aż w końcu wytarł chlebem usta, upił z wyszczerbionego nieco kubka łyk czarnej jak smoła kawy i rzucił od niechcenia:
– Pakuj się! Za dwa dni wyjeżdżamy!

---

[11] hol. dziwka

Richard spojrzał na ojca ożywiony.

– Dokąd, *pap*? Mam nadzieję, że jak najdalej stąd. Nienawidzę mieszkać z matką. Cały czas faszeruje się jakimiś lekami. Mam dość tego szpitala w domu!

Zdezorientowana Emilia zamrugała szybko.

– Jak to wyjeżdżamy? Dlaczego teraz?

– Dostałem awans – warknął służbiście Julian. – Chyba zapomniałaś, moja droga, że wyszłaś za mąż za wojskowego. Przeprowadzamy się na wschód kraju, do Deventer. Nigdy ci o tym nie mówiłem, ale właśnie tam się urodziłem. Mieścina dosyć nudna, wypełniona zabytkami i konserwatystami, ale na pewno sobie tam poradzisz. Mało w tobie nowoczesności, a ja, naiwny, na początku myślałem, że jest inaczej.

– Ale ja… nie mogę wyjechać. Nie teraz… – wyszeptała zmartwiałymi ustami Emilia.

Julian spojrzał na nią zdegustowany.

– Nikt cię nie pyta o zdanie. Taki los żołnierza. A ty niby co masz tutaj do roboty? Obijasz się całymi dniami i łazisz z kąta w kąt!

– Ona majstruje te swoje czekoladki – wtrącił mściwie Richard. – Sam widziałem, jak zaświniła wczoraj całą kuchnię.

– Chciałam wziąć udział w konkursie… – Emilia podniosła śmiało głowę. – Pamiętasz, obiecywałeś, że nie będziesz stał na drodze do rozwijania moich pasji.

– Pod jednym warunkiem! Że będą przynosić wymierne korzyści finansowe! A jak na razie to ja łożę na twoje utrzymanie.

– Mam własne pieniądze, doskonale o tym wiesz.

– Oczywiście, że wiem, ale nie zapominaj, że możesz korzystać z nich tylko wtedy, kiedy otworzysz własną cukiernię – wycedził z sarkazmem Julian. – Może uda się coś kupić w tej dziurze na wschodzie. W Amsterdamie ceny znacznie przewyższają twoją darowiznę. Ten Szwajcar nie zostawił ci aż takiej fortuny, na jaką liczyłaś. Poza tym obwarował ten zapis przeróżnymi warunkami. Pewno bał się, że przepuścisz tę jego kasę na kiecki!

„Albo że zwiążę się z kimś, kto będzie chciał mnie okraść" – pomyślała z goryczą.

– Nigdzie nie jadę! – krzyknęła Emilia i zerwała się zza stołu. Jej ramiona drżały w niemym szlochu.

– Jeżeli zostaniesz tutaj sama, możesz od razu pakować manatki! Ta kwatera ma być opróżniona do końca tygodnia. Wprowadza się tutaj jakiś sierżancina z dwójką bachorów – burknął Julian. – No nie patrz tak na mnie! Doskonale wiedziałaś, że Amsterdam to tylko przystanek w mojej karierze. Nie kombinuj, Emmo, dobrze ci radzę. Beze mnie nic nie znaczysz w tym kraju! I wybij sobie z głowy jakieś niedorzeczne konkursy! Chyba że na najgorszą panią domu. Wygraną miałabyś w kieszeni.

Deventer przywitało Emilię ścianą ulewnego deszczu. Kiedy zbliżali się do miasta, zauważyła górującą nad budynkami strzelistą wieżę imponującej katedry. Od razu po odebraniu kluczy do nowego mieszkania Julian pojechał do znajdujących się niedaleko koszar. Emilia została sama, siedząc pośród porozstawianych po obcym wnętrzu walizek. Jeszcze nigdy nie czuła się taka bezradna. Związek z Julianem okazał się błędem. Sprzedała swoje marzenia i teraz ponosiła za to srogą karę. Miłość do czekolady wymagała od niej coraz to nowszych i cięższych ofiar. Tylko od niej zależało, czy podoła kolejnej próbie.

Kiedy Manon usłyszała, że jej pracowita i uzdolniona przyjaciółka o smutnych oczach musi zrezygnować ze swojej wielkiej szansy, którą był udział w mistrzostwach, od razu zaproponowała, że Emilia może zamieszkać razem z nią i jej mężem w mieszkanku nad piekarnią przy kanale.

– Pomożemy ci. Bardzo cię polubiłam, Emmo, i życzę ci jak najlepiej.

Emilia z rezygnacją potrzasnęła głową.

– Dziękuję ci, Manon, nawet nie wiesz, ile znaczy dla mnie twoje wsparcie. Ale to nie rozwiąże moich problemów, a tylko je spotęguje. Muszę zacisnąć zęby i próbować dalej. Kto wie, co mnie czeka w tym nowym miejscu. Jedno mogę ci obiecać: nawet tam, na tym dalekim wschodzie, będę temperować czekoladę i wierzyć, że w końcu uda mi się otworzyć swoją własną cukiernię.

Właśnie teraz przyszła pora na kolejną walkę. Emma westchnęła i zapięła ciaśniej guziki starego swetra. Dosyć tego mazgajstwa. Zbyt długie użalanie się nad sobą nie leżało w jej naturze, dlatego wstała w końcu z twardego krzesła i rozglądnęła się po ascetycznie umeblowanym mieszkaniu. Jakby to powiedziała siostra Lukrecja? Ona zawsze umiała ją pocieszyć: *Nie takie trudności się pokonywało, moje dziecko. Największym problemem tego świata jest złej jakości czekolada. Z całą resztą można sobie poradzić!*

ROZDZIAŁ 25

Fabryka czekolady Willy'ego Wonki

Płaski brzuch jest świetny.
Ale czekoladowe muffiny jeszcze lepsze.

Tym razem wszystko wskazywało na to, że Eugenia rzeczywiście pogrążyła się w prawdziwej otchłani rozpaczy. Najbliższa rodzina, w osobie złośliwego i niewdzięcznego brata, zamiast wesprzeć w niedoli, tylko pogłębiała jej szarpiące wnętrzności wyrzuty sumienia.

– Wlazłam ja ci z tym Wierzychwałą jak Andzia w maliny! – jęczała Eugenia, próbując rwać włosy z głowy, ale po namyśle doszła do wniosku, że tak po prawdzie nie ma czym szastać.

– Gieniu, już sobie tego tak nie wyrzucaj. Każdemu mogło się zdarzyć… – pocieszała ją jedyna życzliwa dusza, czyli bratowa Aurelia.

– O przepraszam was, moje panie. MNIE to by się nigdy nie przytrafiło – rzucił buńczucznie zza rozłożonej płachty gazety Witold.

– Może dlatego, że nie szukasz męża! – zripostowała błyskawicznie Aurelia.

Eugenia rzuciła jej pełne wdzięczności spojrzenie i pociągnęła nosem.

– W rzeczy samej – przyznał Kostrzewski. – A nawet gdybym szukał, to na pewno nie na tym waszym Tinderze! Co to w ogóle za diabelski wynalazek?

– A gdzie twoim zdaniem można znaleźć teraz sensownych kandydatów wchodzących z godnością w jesień życia, hę? – rzuciła Eugenia.

– Na przykład w parku, przy tężniach – odparował Witold. – Siedzą tam na ławeczkach…

– Sami tetrycy z laskami! Ja chcę jeszcze coś mieć z tego życia, a nie niańczyć dziadka z podagrą!

– Moi drodzy, to wy tu sobie prowadźcie dalej te radosne rodzinne konwersacje, a ja tymczasem biegnę do szpitala. Ojciec wychodzi dziś do domu, obiecałam mu pomóc z przewiezieniem kilku rzeczy. – Aurelia szybkim krokiem udała się do holu i wzuła stojące pod wieszakiem pantofle. Nie mogła się już doczekać spotkania z Kajetanem.

Na początku traktowała opiekę nad nim jako przysługę starszemu, samotnemu panu, który znalazł się w tarapatach. Nie chciała i nie potrafiła dostrzec w nim ojca, bo tak naprawdę nigdy go nie miała i nie wiedziała, jak to jest. Rydlewski nie wymagał od niej nawet, żeby zwracała się do niego per tato. Od razu zaproponował, żeby przeszli na ty. Nie zareagowała na tę prośbę. Nie wiedziała jeszcze, czego chce.

– Kiedy wyprowadziłaś się z domu, Aurelio? – zapytał pewnego dnia, gdy wpadła po południu do szpitala, przynosząc w kolorowej torbie świeże pomarańcze.

– Od razu po maturze – odpowiedziała, sadowiąc się przy jego łóżku, na wąskim metalowym taborecie. – Tuż po otrzymaniu świadectwa dojrzałości spakowałam walizkę i przeniosłam się do akademika, do Witka.

– Michalina… mama… nie protestowała? – zapytał cicho.

– Od razu pobiegła do kościoła, żeby naradzić się z księdzem. A potem powiedziała, że jeżeli teraz opuszczę jej dom, to mogę już nigdy nie wracać.

– I nie wróciłaś?

– Wróciłam. Na jej pogrzeb. Zresztą nie tylko ja. Emilia też przyjechała. Zobaczyłam ją wówczas po raz pierwszy po latach. Moja córeczka Ninka miała wtedy trzy latka. Włożyłam jej koronkową sukienkę, którą Emilia przysłała z Holandii na wieść o jej narodzinach. Jak widać, czytała już moje późniejsze, polecone listy. Te pierwsze konsekwentnie wracały z adnotacją „adresat odmówił odbioru". Pamiętam, że Emilka podeszła do małej, przyklękła tuż przy jej krzesełku i powiedziała: „Jesteś do mnie taka podobna...".

– Nie pogodziłyście się wtedy? Dlaczego? Przecież minęło już tyle czasu...

– Nie wiem... – Aurelia wzruszyła ramionami. Jej oczy zaszkliły się nagle. – Wymieniłyśmy tylko kilka nic nieznaczących słów, zabrała z domu matki parę książek i wróciła do siebie. Ona nigdy nie dała mi drugiej szansy... Nigdy, rozumiesz? Czy naprawdę na nią nie zasłużyłam?

Ojciec milczał. A potem nagle nieoczekiwanie położył swoją pokrytą bliznami dłoń na ręce córki. Nie cofnęła jej. Pozwoliła mu na ten pierwszy od dziesiątek lat dotyk. Okruch rodzicielskiej czułości, której tak długo jej brakowało.

– A czy ty, Aurelio, ofiarujesz mi tę drugą szansę? Czy mogę mieć przynajmniej cień nadziei, że tak się stanie? – zapytał, próbując zajrzeć jej w oczy.

– Nie wiem, Kajetanie. Naprawdę teraz jeszcze tego nie wiem. Cały czas zastanawiam się, co by było ze mną, gdybyś nie odszedł do innej kobiety. Kto wie, czy wtedy Emilia nie siedziałaby tu razem z nami. Obie musiałyśmy uciekać z własnego domu. Mam wrażenie, że mama przeniosła całą swoją gorycz i nienawiść do świata na nas, na mnie i na Emilię... Ale czy tak naprawdę mogę cię za to winić? Tak jak każdy szukałeś swojego szczęścia. Może tylko żałuję, że nie potrafiłeś o nas walczyć... tak jak ojciec o swoje dzieci. Po prostu nas sobie odpuściłeś... tato. – Powiedziała to odruchowo, jakby to krótkie słowo zawierające w sobie morze goryczy i żalu, samo wyrwało się z jej ust.

Rydlewski drgnął.

– To jest największy błąd mojego życia i do śmierci będę za niego pokutował. Niczego już nie mogę zmienić. Ale teraz... mam nadzieję, że w końcu pozwolisz mi się po prostu kochać... córeczko. Jeżeli nie jest jeszcze na to za późno...

Przegadali prawie całe przedpołudnie. A potem kolejne dwa, aż do wypisu Kajetana ze szpitala. Aurelia przyjechała po niego taksówką i odwiozła na piękne nowe osiedle pod miastem. Obszerny apartament ojca znajdował się na pierwszym piętrze. Kajetan miał świetny wnętrzarski gust. W środku było bardzo dużo książek. Na drewnianej komodzie, tuż obok sporej biblioteczki, zauważyła małe czarno-białe zdjęcie w srebrnej ramce. Kilkuletnia dziewczynka w ogromnej aksamitnej kokardzie na głowie trzymała sztywno w ramionach ubranego w śpiochy bobasa i z napięciem wpatrywała się w obiektyw aparatu.

– To przecież ja i Emilia! – Roześmiała się i przybliżyła fotografię do oczu. – Wygląda tutaj na mocno rozsierdzoną. Nigdy nie widziałam tego zdjęcia.

– To prawda! Emilka była bardzo o ciebie zazdrosna – przyznał Kajetan. – Kiedy przyjechaliśmy z Michaliną do domu z tobołkiem w objęciach, zakomunikowała, że sami mamy sobie niańczyć tego bachora. A potem nie mogła bez ciebie żyć.

– Ja bez niej też. Nina przypomina mi o Emilii każdego dnia. Nasi znajomi twierdzą żartobliwie, że wygląda, jakby to właśnie ona była jej córką.

– Mówiłaś, że przejęła jej biznes w Holandii? – Kajetan patrzył na Aurelię zaciekawiony. Chciał wiedzieć wszystko, nadrobić te lata, kiedy go z nimi nie było.

– To prawda! I świetnie sobie radzi! A teraz powiedz mi, czego ci trzeba. Widziałam, że na dole jest sklep spożywczy. Zrobię niezbędne zakupy, a gdybym o czymś zapomniała, zawsze możesz zadzwonić, pamiętaj.

Wieczorem Aurelia usiadła na kanapie obok Witolda i mocno wtuliła się w jego ramiona.

– Tęsknię za Ninką – szepnęła. – Chciałabym ją w końcu odwiedzić. Jestem tak ciekawa tej Malinowej Bombonierki. Nadal nie wierzę, że udało się jej utrzymać czekoladowe królestwo Emmy.

– Jest zawzięta, po tobie! – Witold się roześmiał. – Ja już dawno zwijałbym manatki. Nawet tę kontrolę sanepidu przetrwała! Nic jej nie złamie.

– Bo wie, że zawsze, cokolwiek by się nie działo, może na nas liczyć. To najważniejsze, co możesz dać swojemu dziecku, Witku. Wsparcie i poczucie bezpieczeństwa. A teraz, proszę cię, kochany, zrób swojej starej żonie mocną herbatę z cytryną. Zmarzłam na kość na tym wygwizdowie pod miastem.

– Tak wcześnie? Lars, coś się stało? – Zaniepokojona Nina, ubrana jeszcze w puszysty szlafrok, dopijała filiżankę kawy w kuchni.

Zegar wskazywał za piętnaście siódmą. Po szybkim śniadaniu miała w planach zejście do Bombonierki i przejrzenie leżących na biurku rachunków, ale notariusz ciotki Emmy nieoczekiwanie wywrócił jej harmonogram działania do góry nogami.

– Po prostu musimy pogadać – wykręcił się van Haasteren. – Czekam na ciebie w moim biurze o ósmej.

– Jeżeli Richard znowu coś wymyślił… – zaczęła Nina, ale stary prawnik przerwał jej w pół słowa.

– Chantal przygotuję nam dobrą kawę! – rzucił. – I powtarzam, niczym się nie martw. To kurtuazyjne spotkanie. Chyba możemy od czasu do czasu pogadać na niezobowiązujące tematy, jak druh z druhem?

Nina podejrzewała, że ta kawa to tylko jakiś podstęp, żeby zwabić ją do kancelarii, ale nie miała wyjścia. Ziewnęła rozdzierająco i poczłapała do stojącej w korytarzu szafy. Eleganckie biuro Larsa wymagało odpowiedniej wizualnej oprawy.

Godzinę później wystrojona w błękitną sukienkę zajrzała do Bombonierki. Dziewczyny w milczeniu uwijały się przy blacie. W pomieszczeniu panowała podejrzana cisza.

– Marty nie ma? – zapytała Nina mieszającą orzechowy ganasz Isę. Wszędzie roznosił się zniewalający zapach cytrusów i czekolady.

– Wzięła dziś wolne – odburknęła Isa, nawet nie podnosząc głowy znad garnka.

– Marianna, pamiętasz, żeby zapakować wiśniowe czekoladki do tych różowych pudełek pod ladą? – zwróciła się do przecierającej kamienny blat przyjaciółki.

– Tak, tak, wiem o tym! – potwierdziła niecierpliwie Maniana i dyskretnie, w swoim mniemaniu, zerknęła na zegarek na przegubie lewej dłoni. – Idź już, bo się spóźnisz!

„Co je dzisiaj wszystkie ugryzło?" – pomyślała zrezygnowana Nina, wyszła na zewnątrz i ruszyła w kierunku placu de Brink. Poranny wietrzyk przyjemnie rozwiewał jej jasne włosy. Stukała po bruku obcasami nowych pantofli, co chwilę machając przyjaźnie do właścicieli mijanych sklepików. Peter z antykwariatu Pod Białym Jeleniem, podśpiewując pod nosem ulubione holenderskie szlagiery, ustawiał w równym rządku staroświeckie zabawki i rzucał zachwycone spojrzenie w kierunku głębokiego i ponętnego dekoltu Jolene, właścicielki malutkiej pracowni jubilerskiej

Błękitny Kamień, w której sprzedawała przepiękne ręcznie wykonane naszyjniki z lapis-lazuli. Nina zakochała się w Walstraat od pierwszego wejrzenia. Niezmiennie utrzymywała, że ta wąska, otoczona staroświeckimi kamienicami uliczka jest najbardziej urokliwym miejscem na ziemi.

Lars już na nią czekał w kancelarii. Kiedy zobaczył wchodzącą do środka siostrzenicę swojej ukochanej Emmy, jak zwykle wstał zza biurka i uścisnął dziewczynę serdecznie. Nigdy nie ukrywał, że ma do niej słabość.

– Ach, Lars, jeżeli nie powiesz mi natychmiast, o co chodzi, przysięgam, że cię uduszę! – krzyknęła Nina.

Notariusz zaczął chichotać jak zadziorny urwis.

– Jesteś podejrzliwa jak twoja ciotka! Ale to wbrew pozorom bardzo sympatyczna wada. A teraz usiądź w fotelu, bo rzeczywiście mam ci coś ważnego do powiedzenia.

Nina zasiadła na przetartym nieco na poręczach skórzanym chesterfieldzie i spojrzała niecierpliwie na przyjaciela.

– Wczoraj zadzwonił do mnie Jan Brenner z kancelarii prawnej Brenner Advocaten… – zaczął Lars.

– Ten prawnik od Richarda! – rzuciła krótko Nina. – I czego chciał?

– Niestety, Jan, choć niechętnie, musiał się przyznać do porażki – zakomunikował nie bez satysfakcji van Haasteren. – Przyszło mu to z ogromnym trudem, bo to niezwykle skuteczny zawodnik. Sąd definitywnie oddalił roszczenia jego klienta w sprawie ponownego rozpatrzenia zasadności testamentu Emilii. Oznacza to, że Bombonierka pozostaje w twoich rękach. Jestem taki szczęśliwy, Nino, bo teraz mogę ci już oficjalnie powiedzieć, że ta sprawa spędzała mi sen z powiek.

Nina pisnęła jak mała dziewczynka i zakryła obiema dłońmi oczy. Po chwili odsłoniła zaczerwienione powieki. Jej twarz ozdabiał uśmiech tak szeroki jak wstęga rzeki IJssel opasującej miasteczko.

– To wszystko dzięki tobie, Lars. Dziękuję, jesteś moim najlepszym przyjacielem, najwierniejszym i najbardziej zaufanym. Gdyby nie ty, już by mnie tu nie było...

– Nie przesadzajmy. – Notariusz machnął ręką, ale i on był wzruszony. – To, że nadal mieszkasz w Deventer i z tak wielkim sercem i swadą zarządzasz chocolatierką Emi, to wyłącznie twoja zasługa. Nigdy się nie poddajesz, tak jak ona. Między innymi właśnie dlatego tak bardzo ją kochałem... Od samego początku, kiedy zobaczyłem starego znajomego, Juliana, ze swoją żoną w restauracji Pod Arsenałem, tuż obok kościoła Świętego Lebuina, wiedziałem, że przepadłem na jej punkcie na wieki... A teraz dosyć tego roztkliwiania się nad przeszłością! Chantal zamiast kawy poda nam za chwilę najdroższego szampana, jakiego udało mi się znaleźć w składzie win tuż za rogiem. A potem zapraszam cię na lunch. Chyba możesz poświęcić swojemu staremu prawnikowi trochę czasu?

– Dla ciebie wszystko, mój drogi. Dziewczyny na pewno koncertowo ogarną całą produkcję.

Lars wydawał się bardzo zadowolony.

– Poczekaj, tylko wyślę jeszcze wiadomość do pewnego… pewnej… ech, nieważne. O której myślisz wrócić do Bombonierki?

– A czemu pytasz? – zdumiała się Nina.

– Po prostu, tak z ciekawości! Bez żadnych podtekstów. – Stary przyjaciel tłumaczył się zbyt gorliwie jak na niego.

Kostrzewska miała prawie stuprocentową pewność, że Lars coś kręcił, ale nie miało to dzisiaj żadnego znaczenia. To był wielki dzień!

Po prawie czterech godzinach Nina wracała do Bombonierki jak na skrzydłach. Już nie mogła się doczekać, żeby opowiedzieć dziewczynom o cudownej wieści, którą przekazał jej Lars. „Teraz już ze wszystkim sobie poradzę!" – wierzyła w to jak nigdy wcześniej. Minęła oblężoną rozkrzyczanymi gołębiami fontannę na placu de Brink, skręciła w prawo i… stanęła jak wryta. Tuż pod umocowanym pomiędzy kamieniczkami metalowym napisem składającym się z fikuśnych literek układających się w słowo Walstraat ktoś zawiesił kolorowy transparent z hasłem: *Najbardziej czekoladowa ulica w mieście! Sprawdź to!* Nina postąpiła parę kroków naprzód i przetarła oczy ze zdumienia.

Walstraat w czarodziejski sposób zamieniła się w gigantyczną kopię fabryki Willy'ego Wonki z filmu *Charlie i fabryka czekolady*. Wejścia do domów ozdabiały przepięknie rozrysowane makiety czekoladowej doliny i pralinkowego wodospadu. Wzdłuż kamienic stały miniaturowe stragany wypełnione malinowymi pudłami z karmelkami, figurkami i owocowymi szaszłykami oblanymi czekoladą. Wśród kramików kręcili się Umpa-Lumpasi, bajkowi pracownicy Wonki, poprzebierani w neonowe zielone peruki oraz zakolanówki w paski i brązowe kubraki.

– Najlepsze czekoladki w Deventer! – wołał z całych sił w płucach pękaty Umpa-Lumpas, w którym Nina z łatwością rozpoznała mecenasową Klundert.

Tuż obok uwijała się dyrektorowa Gies w białych ogrodniczkach i czekoladowej czapce. Zawijała w kolorowe papierki pralinki z papryczką piri-piri i donośnym głosem zachwalała:

– Kto rozgrzania potrzebuje, niechaj tutaj maszeruje! Piri-piri wykuruje nawet bardzo zwiędłe zbóje!

Na wąskiej uliczce było gęsto od deventerczyków. Ludzie śmiali się, podawali sobie czekoladki, a dzieciaki z umorusanymi buziami biegały dookoła, chowając się za ustawione przy drzwiach dekoracje.

Najbardziej zaskakujące sceny zadziały się przed chocolatierką. Cuda-wianki z pralinkowej pianki! Kamienica mieszcząca Malinową Bombonierkę przeistoczyła się nieoczekiwanie w czekoladowy pałac. Zrobione z gipsu pomalowanego na ciemny smakowity brąz solidne słupy, ozdobne łuki i czekoladowe figurki dzielnie broniły dostępu do wnętrza smakowitego zamczyska. Na środku stał udekorowany czekoladowym pledem tron. Kiedy zachwycona Nina stanęła tuż przed nim, z grupki stojących po przeciwnej stronie ludzi wybiegły Isa, Marianna i Evelien.

– W końcu jesteś! Lars przetrzymał cię dłużej, niż zaplanowaliśmy. I jak ci się widzi nasza czekoladowa bajka? – Dziewczyny śmiały się, patrząc na zdumioną i oniemiałą Ninę. – Podoba ci się twój pałac? Prawda, że piękny? Umpa-Lumpasi Romeo i Valentijn bardzo się napracowały. Chłopcy, chodźcie tutaj na chwilę!

Ze środka Bombonierki wyskoczył ubrany w białe spodnie na szelkach i brązową koszulę z paskami na mankietach Valentijn. Uśmiechał się łobuzersko, unosząc lewy kącik ust.

– Jeżeli natychmiast nie powiesz, że jesteś zachwycona, Czekoladko, to czeka cię strajk wszystkich Umpa-Lumpasów! – rzucił rozbawiony. – No jak, jesteś szczęśliwa? – Zajrzał jej w oczy. – Ten happening wymyśliliśmy specjalnie dla ciebie, żeby podkręcić trochę sprzedaż. Po raz pierwszy od niepamiętnych czasów zamknęliśmy wcześniej croissanterię, ale czego się nie robi dla przyjaciół – dodał znacząco. – Podejrzewam, że całe Deventer bawi się teraz na naszym czekoladowym festynie. Jeszcze nigdy nie widziałem tu tylu ludzi! Ej, nie płacz! – dodał miękko. – Coś ty?! Masz natychmiast przestać płakać, to... rozkaz Willy'ego Wonki, zrozumiano?

Nina w końcu odzyskała zdolność mówienia.

– Kocham was wszystkich! – krzyknęła i z impetem siadła na czekoladowym tronie.

– Czy w takim razie, moi mili państwo, mogę już zdjąć tę zieloną perukę? Te plastikowe włosy strasznie gryzą mnie w skórę! – poskarżył się dramatycznym głosem Romeo, a grupa przyjaciół Malinowej Bombonierki zgromadzonych wokół kamienicy gromko się roześmiała.

I jak tu nie wierzyć w bajki?

ROZDZIAŁ 26

Nowe znajomości i stare problemy

Czekolada jest językiem miłości.

Deventer, 1988

Emilia za każdym razem, kiedy wracała z targu, lubiła gubić się w okalających rynek miniaturowych uliczkach odchodzących promieniście od największego w mieście placu. Z przewieszoną przez ramię torbą wypełnioną warzywami stawała przed kolorowymi drzwiami krzywych kamienic, dyskretnie zerkała w przysłonięte staroświecko zazdrostkami (nowocześni Holendrzy nie uznawali zasłon) okienka z solidnymi drewnianymi okiennicami i głaskała wylegujące się na ławeczkach leniwe koty. Mruczały pod jej dotykiem i prężyły grzbiety, unosząc z zadowoleniem puszyste ogony.

Tego dnia Emilia nie musiała się spieszyć do domu. Julian wyjechał na dwa tygodnie na jakąś tajną misję, miała więc chwilę oddechu, gdyż nikt na nią nie czekał. Richard przyjeżdżał co drugi weekend na trzy dni, ale przesiadywał głównie w swoim pokoju, grając na komputerze w jakieś głośne gry. Cały czas miał za złe ojcu, że nadal nie pozwolił mu tutaj zamieszkać. Jak zawsze obwiniał o to macochę, choć ta nie miała w tej kwestii nic do powiedzenia. Próbowała zaprzyjaźnić się z chłopakiem, a przynajmniej rozmawiać z nim w normalny sposób, ale młody odrzucał wszelkie próby zbliżenia i kontaktu. Kiedyś nawet wykrzyczał jej w złości, że to przez nią jego rodzice się rozstali, choć tak naprawdę Julian rozwiódł się ze swoją żoną rok przed poznaniem Dobrzyckiej. Emilia nie miała Richardowi za złe tej wrogości, dzieciak był jeszcze młody i głupi i jak wszystkie nastolatki w jego wieku nieustannie się buntował. Wierzyła, że kiedyś ich relacja się zmieni i przynajmniej będą udawać, że choć trochę się lubią.

Emilia zerknęła na mijany właśnie budynek i przystanęła nagle zaintrygowana. Kamienica miała niezwykły odcień czerwieni. Wyglądała jak malinowy cukierek. Dom ozdabiał zaokrąglony zabawnie, dzwonowaty szczyt z miniaturowym okienkiem, pociętym szprosami i obramowanym białym gzymsem. Emilia poczuła motyle w brzuchu. Podeszła powoli do witryny sklepu, który znajdował się na parterze kamienicy. Był zamknięty na trzy spusty. Zajrzała ostrożnie przez szybę. Na półkach leżały akcesoria do szycia, szerokie wstążki, szpulki z nićmi i skrawki materiałów o różnych fakturach.

– Pasmanteria jest zamknięta. Lucia Wolters przeszła na emeryturę, a jej dzieci nie są zainteresowane przejęciem interesu – odezwał się nagle ciepły, sympatyczny głos za jej plecami.

Emilia odwróciła się zaintrygowana. Na brukowanej ulicy stała śliczna szczupła blondynka o regularnych rysach i przepięknie wyrzeźbionych kościach policzkowych. Trzymała na rękach ciemnowłosego chłopca, który obejmował ją mocno za szyję i patrzył na Emmę uważnie dużymi zielonymi oczami.

– Kto to jest ta pani? – zapytał i potrząsnął opadającymi na czoło lokami. – Mamusiu, ja się jej trochę boję.

– Niepotrzebnie! Nie musisz się mnie bać – zagaiła przyjaźnie. – Mam na imię Emma, a ty?

– Valentijn! – Chłopiec pokiwał rezolutnie głową. – A to moja mamusia, Vera Jerissen.

– Jeurissen! – Kobieta ze śmiechem poprawiła synka i wyciągnęła w kierunku Emilii dłoń.

– Bardzo mi miło cię poznać, Emmo. Zapraszam do nas na kawę i croissanty. Niedawno otworzyliśmy z mężem piekarnię tuż obok i nie mamy jeszcze zbyt wielu klientów. Mark spełnił swoje marzenie, a dla mnie to czyste szczęście widzieć jego radość. Valentijn uwielbia wypiekać rogaliki, prawda? Jest moim kochanym, najlepszym na świecie pomocnikiem.

– Tak. Najbardziej lubię te krusanty z czekoladą, ale mama nie pozwala mi ich za dużo jeść. Pani na pewno pozwoli, bo jest pani duża… – Chłopczyk zmrużył oczy.

Emma z przyjemnością podążyła za Verą do sąsiedniej kamienicy. Biły od niej ciepło i niewymuszona życzliwość. Nie mogła się na nią napatrzeć. Jeszcze nigdy nie widziała tak pięknej i proporcjonalnie zbudowanej kobiety. Po chwili weszły do przepełnionego aromatami świeżego ciasta i chleba wnętrza. Za kontuarem stał barczysty ciemnowłosy mężczyzna z zadziornym uśmiechem na twarzy. Był przepasany granatowym fartuchem zawiązanym fantazyjnie w kokardę na lewym biodrze. Spojrzał pytająco na żonę i starannie otrzepał przyprószone mąką dłonie.

– Spotkałam Emmę przed pasmanterią Lucii i postanowiłam, że zaproszę ją na kawę – wyjaśniła Vera. – Może wiesz, kiedy w końcu otworzą ten sklepik? To wielka szkoda, że tyle towaru się marnuje.

– Obawiam się, że już go nie otworzą – powiedział Mark. – Słyszałem, że młody Wolters chce jak najszybciej sprzedać kamienicę. Mam tylko nadzieję, że ten dom kupi ktoś miły i nie przemaluje go na inny, bardziej stonowany kolor.

Emilia zastrzygła uszami. Czyżby w końcu po tylu latach los się do niej uśmiechnął?

– Musiałem przebrać się za Umpa-Lumpasa, żebyś mnie w końcu odwiedziła! Gdybym miał choć cień nadziei, że przyjmiesz moje zaproszenie, trochę bym tu ogarnął, Czekoladko…

– Daj spokój, Val. Przy blasku świec nie widać porozkładanych na sofie koszul. Poza tym nie chciałbyś wiedzieć, jak prezentuje się obecnie moje mieszkanko. Jakby to powiedziała ciotka Eugenia, siostra mojego taty, jak stajnia Augiasza!

Nina i Valentijn siedzieli na kanapie w apartamencie starszego Jeurissena. Podekscytowana Nina po uściskaniu i wycałowaniu wszystkich holenderskich pomocników z fabryki Willy'ego Wonki, którzy wzięli udział w akcji promocyjnej swojej ulubionej chocolatierki, by pozyskała nowych klientów, zgodziła się wpaść do Vala na kieliszek wina. Po prawdzie zaprosił wszystkich wolontariuszy, ale jakimś dziwnym trafem jednogłośnie odmówili, wymawiając się bliżej nieokreślonymi wieczornymi obowiązkami. Wydawało się to mocno podejrzane, ale Nina obiecała sobie, że nie będzie się już niczemu dziwić. Po tak pięknym i pełnym wrażeń dniu po prostu miała ochotę na dobry trunek w miłym towarzystwie.

– Cały czas się zastanawiam, jak wam się udało przekonać do przebrania się w rajtuzy i kiecką mecenasową Klundert i jej niezrównaną przyjaciółkę.

– Tę starą zrzędę Mies Smit? Błagam cię! – Val przewrócił oczami. – Romeo ze swoim urokiem przedwojennego amanta je zwerbował. A ja musiałem cały czas powtarzać, że wyglądają uroczo w tych swoich outfitach! Powinnaś mi za to dostarczać co tydzień nową bombonierę z tymi ich ulubionymi papryczkami piri-piri! Albo te drugie, z *lavas* i pistacjami. Ten lubczyk rzeczywiście tak działa?

– Chcesz się przekonać? – zapytała Nina.

I nie do wiary... ten nieczuły drań, Valentijn Jeurissen, się zaczerwienił! Nina sprytnie udała, że tego nie widzi.

– Jesteście niemożliwi... Kristen mówiła, że wyprzedał się cały zapas pralinek. Inaczej musiałybyśmy je rozdać, żeby się nie zmarnowały.

– *At your service, ma'am*! Udało się, bo wszyscy cię kochają, Nino... Zależało im bardzo na tym, żeby Bombonierka przetrwała. Zasłużyłaś na to. Nigdy nie przypuszczałem, że to powiem, ale najwyraźniej i ja się starzeję. Dałaś czadu, mała! Naprawdę, dałaś czadu!

W tle nagle zabrzmiał rytmiczny dźwięk jakiejś nieznanej Ninie melodii.

– Co to za piosenka? Nieprawdopodobna fuzja stylistyki, instrumentów i emocji! – powiedziała z podziwem.

Chropowata i miękka struktura dźwięków przywodziła na myśl gładki korpus pralinki, która kryje w sobie zaskakujący, lekko ziarnisty i pikantny ganasz.

– Ta melodia ma w sobie sporo intrygujących niespodzianek... też ją lubię – przyznał Valentijn. – To brytyjski muzyk Labrinth. Tworzy muzykę z elementów, które na początku wydają się kompletnie do siebie nie przystawać. I nie uwierzysz: do napisania tego kawałka zainspirował go film *Charlie i fabryka czekolady*! Naprawdę tego nie zaplanowałem... samo tak wyszło!

– Teraz koniecznie muszę ponownie zobaczyć ten film! – Nina mrugnęła. – Tylko mnie nie zdradź przed naszymi przyjaciółmi, ale już nie pamiętam zbyt dobrze fabuły.

Val nachylił się delikatnie w jej stronę.

– Możemy obejrzeć go razem. Chyba nawet mam go na starej płycie DVD.

Nagle delikatnie pogładził dziewczynę po gładkim policzku. Nina zamknęła oczy. Siedzieli przez moment w kompletnym bezruchu. Pośród nich wirowały dźwięki melodii, które raz po raz wznosiły się i opadały, zupełnie tak samo jak ich oddechy.

– Nina... Nina... muszę ci coś powiedzieć. – Usłyszała nagle.

Dziewczyna otworzyła oczy. Miała wrażenie, że jej skóra płonie od wina i nadmiaru emocji. Val wyglądał na mocno spiętego.

– Jeżeli nie zrobię tego teraz, nie wiem, czy kiedykolwiek się odważę...

Pomiędzy nimi nastała cisza. Val splótł dłonie i podniósł je do ust, i... w tym momencie w torbie Niny zadźwięczał telefon. Nie zareagowała, wpatrując się intensywnie w Valentijna. Po kilku sekundach przerwy komórka rozdzwoniła się znowu.

– Odbierz, może to coś ważnego – mruknął i dopił resztę wina z kieliszka.

Nina niechętnie sięgnęła do torebki.

– Słucham! – rzuciła nieuważnie i prawie natychmiast zerwała się z kanapy. – To niemożliwe! Kiedy?!

– Co się stało? – zaniepokoił się Jeurissen. – Wszystko w porządku?

– Ktoś włamał się do mojego mieszkania! Muszę natychmiast wracać do Bombonierki!

– Naprawdę nic nie zginęło? – Aurelia zatrzymała się na środku supermarketu. Właśnie robiła drobne zakupy dla ojca. Telefon od córki ogromnie ją zmartwił. Tak jakby ostatnio nie miała wystarczająco dużo problemów.

– Na pierwszy rzut oka niczego nie brakuje, mamuś. – Nina mówiła zrezygnowanym głosem. – Zresztą tak po prawdzie to nie wiem, na co złodzieje mogliby się połasić.

Nie posiadam żadnych cennych rzeczy, oprócz laptopa, ale nie tknęli go. Gdyby nie porozrzucane na dywanie poduszki i książki, nawet nie zorientowałabym się, że ktoś myszkował po mieszkaniu. O wiele cenniejsze przedmioty znajdują się na dole, w Bombonierce, choćby laserowe termometry do czekolady, bo nie sądzę, żeby złodziejaszków zainteresowała kuwertura Valhrona z osiemdziesięciopięcioprocentową zawartością miazgi. *Notabene* bardzo kosztowna!

– A kasetka z pieniędzmi?

– Na szczęście była pusta. Od razu po zamknięciu chocolatierki Isa zanosi cały utarg do banku. W szufladzie zostaje kilkadziesiąt euro, głównie w bilonie, ale nie brakuje nawet jednego centa.

– To naprawdę bardzo dziwne. A gdzie byłaś, gdy to się stało? – zapytała Aurelia.

– U... znajomego na kawie – odpowiedziała szybko Nina. – Włamanie odkryła Maniana. Wpadła do mieszkanka po jakieś swoje rzeczy i zaniepokoiły ją otwarte na oścież drzwi. Złodziej musiał się przemknąć na górę przez zaplecze, w czasie gdy dziewczyny sprzątały lokal. Tylko jak wszedł do chocolatierki? Nie było żadnych śladów forsowania zamka.

– A co mówi policja? – Aurelia, rozmawiając z córką, rozglądała się po sklepowych półkach. Ciekawe, czy Kajetan lubi czekoladę?

– Właściwie to nic – odparła Nina. – Również nie rozumieją, co tak właściwie się stało. Po pobieżnych oględzinach spisali protokół, ale chyba nie nadadzą tej sprawie żadnego priorytetu. W końcu nic nie zginęło. Valentijn mówi, że w takich przypadkach trafia się na sam koniec listy...
– Valentijn...? Hm... brzmi intrygująco – szepnęła do słuchawki rozbawiona Aurelia.
– Opowiadałam ci o nim. To właściciel sąsiadującej z nami croissanterii. – Nina udawała, że nie słyszy żartobliwego tonu matki.
Ta jednak nie zamierzała łatwo składać broni.
– To ten gagatek, z którym jeszcze tak niedawno darłaś koty? Nie wiedziałam, że się przyjaźnicie. A może... jest coś więcej? Mój matczyny nos trochę mnie swędzi!
– Absolutnie nic więcej! I nie dopowiadaj sobie do tej historii żadnych romansowych teorii, mamo! – Nina zaprotestowała trochę zbyt gwałtownie. – Nie jestem ciotką Eugenią! *À propos*, udało się coś ustalić z tym jej cmentarnym adoratorem?
– Niestety, wszystko wskazuje na to, że Eugenia znowu dała się nabrać. Wincenty Wierzychwała okazał się pospolitym naciągaczem. Gienia jest śmiertelnie oburzona na płeć brzydką i definitywnie zapowiada, że już nigdy w życiu nie zaufa żadnemu mężczyźnie.
– Do następnego... Wincentego! – Nina zachichotała i zatęskniła nagle za niepoprawną cioteczką.

ROZDZIAŁ 27

Wielkie marzenia zamknięte w małej bombonierce

Gorąca czekolada
jest jak ciepły uścisk przyjaciela w mroźny dzień.

Deventer, 1992

– Będę częściej do ciebie przychodził, Emmo. Ale musisz mi obiecać, że zrobisz czekoladowe gradobicie!
– A co to takiego, Vaaltje? – zapytała Emma, nawet nie podnosząc głowy znad granitowego blatu, na którym rozsmarowywała płynną czekoladę.
To była najbardziej klasyczna technika jej temperowania. Emilia bez ustanku przemieszczała gęstą masę za pomocą szpatułki i skrobki, albowiem temperowana czekolada musiała być w ciągłym ruchu. Słuchała przy

tym uważnie swojego małego towarzysza. Podzielność uwagi zawsze była jej mocną stroną.

– Nie znasz *hagelslag*? – zdziwił się chłopiec. – Myślałem, że wiesz wszystko o czekoladzie. To taka posypka na chleb w granulkach albo płatkach. Mama często robi mi do szkoły kanapki z *hagelslag*. Ale najbardziej lubię jeść go w domu. Wtedy robię sobie stemplowanie.

Emma patrzyła na Vala zaintrygowana.

– Stemplowanie? Papieru?

– Chleba! Smarujesz kanapkę masłem i panierujesz w posypce. Dlatego mówię na to „czekoladowe gradobicie", bo w kilka sekund płatki pokrywają chleb grubą kołderką, jak grad ziemię po porządnych opadach.

Mały Val Jeurissen usadowił się wygodnie na swoim ulubionym krzesełku, tuż za kontuarem chocolatierki Emmy. Miał stąd doskonały widok na gablotę pełną przysmaków. Czego tam nie było?! Pistacjowe pralinki w mlecznej czekoladzie, marcepan z porzeczką, czekoladki z limonką oraz truskawka z amaretto i prażynką. Emma przygotowywała wszystkie pralinki sama. Już od bladego świtu krzątała się na zapleczu kamienicy, podśpiewując cichutko pod nosem jakieś skoczne melodie.

– Sama produkujesz te ziarna? – pytał Val, wskazując na stojące pod ścianą worki.

Przychodził do swojej czekoladowej przyjaciółki, jak nazywał Emilię, od razu po szkole. Jeurissenowie nie bronili synowi tych wizyt, tym bardziej że Vera miała pełne ręce roboty z maleńkim braciszkiem Valentijna, który urodził się kilka miesięcy temu. „Z naszego starszego urwisa nie będzie piekarza, już to widzę" – mówił Mark. Jego żona, śmiejąc się, odpowiadała: „Ale kto wie, może młodszy się załapie na twoje nauki? Więcej wiary w swoje pociechy, mój drogi".

– Nie, nie produkuję ich sama. Mówię na nie „moje małe cuda". Bo dzięki nim mogę tworzyć te wszystkie magiczne pralinki – odpowiadała cierpliwie Emma i z aprobatą spoglądała na chłopca.

Val Jeurissen był takim ciekawym świata dzieciakiem. Lubiła z nim rozmawiać, tym bardziej że jej czekoladowa pasja nie cieszyła się w domu specjalnym zainteresowaniem. Julian był w ciągłych rozjazdach, a Richard nigdy nie chciał słuchać o Bombonierce. Pomimo wielu starań nadal nie mogła się z nim dogadać. Był rozpuszczonym i straszliwie roszczeniowym młodym człowiekiem.

– Te cuda pochodzą z Ghany, Ekwadoru i Dominikany – objaśniała Emma. – Owoce kakaowca rosną na drzewach. Kiedy dojrzeją, wydobywany jest z nich miąższ wraz z nasionami, które muszą potem zostać wysuszone. I właśnie takie suche ziarna trafiają do mnie, do Bombonierki.

Val kiwał z przejęciem bródką i prawie natychmiast zasypywał ją kolejnymi pytaniami. A Emma rozglądała się po ukochanym wnętrzu, urządzonym z miłością i starannością i dziękowała Bogu, że w końcu udało się jej spełnić największe marzenie. I pomyśleć, że gdyby nie łut szczęścia (albo raczej siostra Lukrecja z nieba, która zesłała jej Larsa van Haasterena), nigdy by nie doszło do tej transakcji.

Julian na wieść, że Emma znalazła nieruchomość na sprzedaż przy ulicy Walstraat, prawie natychmiast zaczął kręcić nosem.

– Oszalałaś? Nie stać cię na ten dom! To najdroższa lokalizacja w mieście – burknął znad butelki z piwem. Ostatnio coraz częściej nadużywał alkoholu.

– Dowiedzmy się najpierw, jaka jest cena – odpowiedziała łagodnie Emilia. – Syn właścicielki wydaje się bardzo zainteresowany sprzedażą kamienicy. Zależy mu na czasie. Może poprosić o pomoc tego twojego znajomego prawnika...?

– Van Haasterena? Stary nudziarz! – prychnął drwiąco Julian. – Że też akurat na niego musieliśmy się natknąć w restauracji. Na pewno świetnie mu się powodzi, takim cwaniakom manna z nieba spada na zawołanie, a inni muszą całe życie udowadniać, że są coś warci.

– To bez znaczenia, Julianie. Ten człowiek wydaje się rzetelny i kompetentny. Poza tym, jak doskonale wiesz, mam pieniądze.

– Przestań non stop powtarzać o tych pieniądzach! Znalazła się pani dziedziczka! – Van Toorn się skrzywił. – Ale niech już ci będzie, umów nas z Larsem. Im szybciej, tym lepiej, bo pojutrze wyjeżdżam na manewry do Belgii. Tylko od razu ostrzegam, że nie dołożę do tej budy ani grosza. Masz wynegocjować taką cenę, na jaką cię stać.

Emilia jak zwykle nie powiedziała już nic więcej. Dyskusja z Julianem nie miała sensu, lepiej było położyć uszy po sobie i po prostu robić swoje.

Kiedy zobaczyła notariusza van Haasterena po raz pierwszy, instynktownie poczuła, że można mu zaufać. Był wysokim, bardzo szczupłym i prosto trzymającym się mężczyzną o dobrych, wesołych oczach. Doskonale pamiętała ten moment, gdy Julian ją przedstawił. Po jego jasnej, gładko ogolonej twarzy przebiegł jakiś cień. Tak jakby nie dowierzał, że jego dawny kolega ponownie znalazł sobie żonę. W pewnym momencie Emilia próbowała żartobliwie wypytać go o szkolne lata z Julianem, ale sprytnie wykręcał się od odpowiedzi.

– Nie mieliśmy ze sobą zbyt wiele kontaktu – powiedział. – Julian spotykał się ze swoimi znajomymi, ja trzymałem się z boku.

– Raczej zakuwałeś! Nazywaliśmy go „dziobak"! – prychnął drwiąco jej mąż. – Podczas gdy my piliśmy browarka, Haasteren zgłębiał cholernie nudne prawnicze księgi. Jak widać, opłacało się. Gdzie masz swoją

kancelarię? Na pewno wybrałeś jakąś prestiżową i cholernie drogą lokalizację w centrum? – Oczy Juliana nagle rozbłysły jak zawsze, kiedy mówił o pieniądzach.
– Kamienica przy Singel. Do odrestaurowania – odpowiedział lekko Lars. – Nie ma czego zazdrościć, właśnie skuwają nam tynki i wiecznie siedzimy w pyle.
– Niczego ci nie zazdroszczę, Haasteren. To raczej ty powinieneś zazdrościć mnie – rzucił Julian. – Zobacz, jaką piękną, egzotyczną żonę znalazłem sobie na południowym zadupiu, w Weert! – Julian jowialnym gestem poklepał Emilię po ramieniu. – Gotować nie potrafi, ale za to umie produkować czekoladę. Żeby były jeszcze z tego jakieś konkretne guldeny...

Emilia zaczerwieniła się lekko, zażenowana protekcjonalnym tonem Juliana. Lars zdawał się nie słyszeć tej ironii w głosie dawnego kolegi. Jego spojrzenie mówiło: „Nie przejmuj się, on zawsze taki był".

Po tej rozmowie Emilia widziała Larsa kilka razy w parku, który znajdował się nieopodal jego biura. Biegł do kancelarii, z elegancką skórzaną teczką w dłoni, zazwyczaj głęboko skoncentrowany na swoich myślach. Emilia lubiła spacerować szerokimi wybrukowanymi ścieżkami wzdłuż stawu, na którym pływały majestatyczne łabędzie. Czasem miała ochotę zamienić z kimś kilka słów, ale nie chciała przeszkadzać zapracowanemu prawnikowi. W końcu mało się znali. Pozdrawiał ją krótkim, życzliwym uniesieniem dłoni lub uśmiechem. Niekiedy miała wrażenie, że celowo jej unikał, dlatego jakież było jej zdziwienie, kiedy po rozmowie z Julianem zadzwoniła do kancelarii, a on od razu znalazł dla niej czas. Obiecał też, że zawczasu dowie się wszystkich szczegółów dotyczących sprzedaży malinowej kamienicy. Emilia poczuła taką ulgę i wdzięczność, że o mały włos nie rozpłakała się do słuchawki. Miała przeczucie, że z Larsem uda jej się doprowadzić tę sprawę do końca.

– Dzisiaj nie mogę. – Julian się skrzywił, kiedy zapowiedziała mu przez telefon, że ma punktualnie o czternastej stawić się w kancelarii. – Dasz sobie radę sama? – dodał niechętnie po chwili. – Ja wpadnę tam, kiedy już wszystko będzie sfinalizowane, żeby podpisać odpowiednie papiery. Szkoda mi czasu na grzecznościowe gadki. Pamiętaj, że kupujemy kamienicę wspólnie.

– Ale to są moje pieniądze… – próbowała protestować Emilia. – Wolałabym…

– Lars nie ma prawa wiedzieć, że masz jakieś swoje guldeny, zrozumiałaś? – syknął van Toorn. – Inaczej nici z tej transakcji! Majątek męża i żony po ślubie jest wspólny. Takie jest prawo.

– Nie dałeś mi żadnej szansy, żeby zapoznać się z jego niuansami. Dlatego być może ten notariusz będzie mógł mi powiedzieć coś więcej…

– O nic nie będziesz go pytać! Zgodzę się na te twoje czekoladowe eksperymenty, ale nieruchomość będzie zapisana również na moje nazwisko. Do tej pory jakoś nie dokładałaś się do wspólnego gospodarstwa. Pora więc uregulować długi.

Tak kończyły się zwyczajowo ich dyskusje. Julian na każdym kroku podkreślał, ile mu zawdzięcza.

Po odłożeniu słuchawki Emilia wyciągnęła z szafy swoją jedyną wyjściową sukienkę. Była czerwona w białe grochy, zapinana pod samą szyję na małe perłowe guziczki. Julian śmiał się, że wygląda w niej jak klaun, ale on nie miał dobrego gustu. Lubił wyzywające, obcisłe kiecki z głębokimi dekoltami.

– Przynajmniej widać w nich, co kobieta ma do zaoferowania światu – mawiał, a ona wtedy ze wstrętem odwracała głowę. W takich momentach traciła nadzieję, że cokolwiek lub ktokolwiek może zmienić tego przeżartego cynizmem człowieka.

Kiedy weszła po raz pierwszy do kancelarii Larsa, poczuła onieśmielenie. Część pomieszczeń była w remoncie, ale gabinet już ukończono. Pokój lśnił świeżością i bielą pomalowanych starannie ścian. Nina wychwyciła zapach farby i drewna przemieszany z dochodzącą zza otwartego okna wonią kwitnących lilaków. Na wprost wejścia, nad biurkiem notariusza, widniał portret miłościwie panującej królowej Niderlandów, Beatrycze.

Lars, nie tracąc czasu, od razu przeszedł do rzeczy.
– Skontaktowałem się z prawnikami właścicielki kamienicy. Bardzo zależy im na czasie. Chcą jak najszybciej sprzedać budynek, gdyż przeprowadzają się na północ kraju. Do tej pory ta nieruchomość nie cieszyła się zbytnim zainteresowaniem. Mieszkanko nad sklepem jest bardzo małe i wymaga pilnej renowacji. Podobnie jak lokal użytkowy...
– Jaka jest cena? – przerwała mu niecierpliwie Emilia.
Lars spojrzał na nią lekko zdezorientowany. – Bardzo mi zależy na tej kamienicy... Nie chciałam być niegrzeczna. Przepraszam, po prostu boję się... że nie będzie mnie na nią stać. Znaczy nas. Mnie i Juliana – dodała niepotrzebnie.
– Cena wyjściowa jest dosyć zaporowa, ale możemy złożyć *bod*[12]... Ależ ty się cała trzęsiesz, Emilio. Będzie dobrze, pomogę ci. Zrobię wszystko, co w mojej mocy, żeby ta kamienica była twoja. Przepraszam, wasza.
– Dlaczego chcesz to zrobić, Lars? – zapytała nagle.
– Co masz na myśli? To moja praca. – Uniósł zdziwiony głowę znad zarzuconego teczkami biurka.
– Dobrze wiesz, o czym mówię – odważyła się powiedzieć Emilia. – Nie gniewaj się na mnie, ale przypadkowo słyszałam, jak twoja sekretarka odwołała dwa spotkania.

---

[12] hol. oferta

Poświęciłeś swoich klientów po to, żeby mi pomóc, Lars. Dlaczego? – powtórzyła.

Prawnik spojrzał na nią uważnie.

– Bo doskonale znam Juliana, Emmo. To nie jest dobry człowiek. I domyślam się, że ta sprawa kryje w sobie jeszcze wiele wstydliwych sekretów.

ROZDZIAŁ 28

Grom z jasnego nieba

Jeżeli chodzi o czekoladę,
opór jest daremny.

Za miniaturowym oknem sypialni Niny padało. Niebo zasnuwały stalowoszare, wiszące nisko, jakby tuż nad głowami przechodniów, chmury. Dziewczyna zerknęła przez szybę na zalaną deszczem Walstraat, jęknęła rozdzierająco i naciągnęła pod brodę ciepłą puchową kołdrę. Dzisiaj najchętniej by spod niej nie wychodziła, ale świat nie dawał o sobie zapomnieć. Właśnie oznajmiał dobitnie swoje istnienie donośnym dźwiękiem leżącego na stoliku przy łóżku smartfona. Urząd gminy! No tak, zupełnie zapomniała o odebraniu pozwolenia na ustawienie kramu z czekoladkami podczas nadchodzącego jesiennego jarmarku na de Brink. Nie było rady, należało to załatwić jak najszybciej.

– Maniana, nie widziałaś może pamiętnika Emmy? – zapytała pół godziny później przyjaciółkę stojącą przy granitowym blacie. Marianna starannie dekorowała oblane ciemną czekoladą pralinki skrystalizowanymi błękitnofioletowymi gwiazdkami kwiatów ogórecznika.

– Ostatnio na kanapie, pod poduszkami. Zawsze go tam chowasz – odpowiedziała i z lubością spałaszowała jeden z kwiatów. Miał świeży ogórkowy posmak i przyjemnie chrupał w ustach.

– Przetrząsnęłam każdą poduchę i nic. Myślałam, że może zabrałaś go przez nieuwagę razem z Beniowymi książeczkami – odparła zmartwiona Nina.

Szukała brulionu już od trzech dni i – jak to mawiała ciotka Eugenia – diabeł nakrył ogonem. Nina uwielbiała wracać do zapisków Emmy, niektóre z nich czytała po kilka razy i zawsze znajdowała jakieś nowe spostrzeżenie, które dawało jej do myślenia. Tak jakby ciotka próbowała jej coś ważnego powiedzieć z zaświatów.

– Sprawdzę w domu. A ty się nie martw, na pewno niedługo się znajdzie! – pocieszyła ją Marianna. – A najlepiej poszukajmy go razem. Wpadnij do mnie jak najszybciej, musisz koniecznie zobaczyć, jak pięknie Romeo odrestaurował moje stare szafki. Mam teraz prawdziwą Prowansję w kuchni. Nawet przyrządziłam już pierwszą tapenadę z czarnych oliwek, czosnku, anchois i kaparów. Zajadamy się nią od dwóch dni.

Nina mruknęła coś nieuważnie w odpowiedzi i chwyciła wiszącą na wieszaku przeciwdeszczową kapotę. Drobny deszcz nadal zacinał zniechęcająco o szyby, ale dziewczyna dzielnie wybiegła na zewnątrz. Brukowany trotuar pokrywała cienka warstwa błota. Nina z niepokojem zerknęła na swoje białe trampki. Nie chciało się jej wracać, żeby włożyć inne buty, ruszyła więc dzielnie w stronę placu de Brink. Wiatr szarpał poły jej kurtki tak mocno, że zacisnęła na moment powieki i z rozpędem zderzyła się z ubranym w żółty sztormiak przechodniem. Ten złapał ją mocno w swoje ramiona i ani myślał puszczać.

– Jaka miła niespodzianka. Moja Czekoladka w deszczu! Zaraz mi się tu roztopisz… – Val uśmiechnął się szelmowsko i przybliżył mokry, zimny nos do jej zaróżowionego policzka. – Pachniesz… ogórkami?

– Czekolada nie rozpływa się w zimnej wodzie! – Nina spojrzała prosto w jego zielone jak u kota oczy. – I nie ogórkami, a kwiatami ogórecznika. Dodajemy je do ganaszu.

– Wolę go na kanapce. *À propos* kanapek… Może wpadniesz na kolację? Ostatnio udało nam się zjeść zaledwie kilka chipsów, a zapewniam cię, że umiem przyrządzić coś więcej niż fast foody. Poza tym… – Zawahał się na kilka sekund. – Chciałbym ci o czymś powiedzieć.

To ważne. – Zazwyczaj łobuzerska mina starszego Jeurissena spoważniała.

– Nie bądź taki zasadniczy, to do ciebie nie pasuje, Croissancie! Poza tym dlaczego nie możesz tego zrobić teraz?

Nie chciało jej się ruszać z miejsca. W silnych ramionach Vala czuła się zadziwiająco dobrze i... bezpiecznie. Miała ochotę zanurzyć dłonie w jego bujnej czuprynie albo... Nie, nie mogła tak myśleć. W końcu Valentijn to wyłącznie dobry znajomy. I nikt więcej. Jeszcze niedawno nieustannie darli ze sobą koty. To prawdziwy cud, że teraz potrafili ze sobą rozmawiać normalnie.

Jeurissen spochmurniał jeszcze bardziej i odsunął ją nagle od siebie. Tylko on sam wiedział, ile go to kosztowało.

– Wiesz, że ciotka Emma opisywała cię w swoim pamiętniku? – powiedziała nagle Nina. – Nie mogę uwierzyć, że mały urwis, który wyjadał jej czekoladową masę z konszownicy, stoi właśnie przede mną, w dodatku przewyższa mnie o głowę.

– To prawda! – Val roześmiał się, jakby z trudem. – Biegałem do Bombonierki zaraz po szkole. Emma zawsze znajdowała dla mnie czas. Mama zajmowała się wtedy Romeem, a ja, jak każdy dzieciak w tym wieku, potrzebowałem uwagi. I dostawałem ją od twojej ciotki. Broiłem na potęgę, ale ona nigdy mnie nie wyganiała. Mówiła, że te wieczne afery są tylko po to, żeby nikt nie zauważył, jaki jestem...

– Wrażliwy? Ładnie ci z tą wrażliwością. Nie ukrywaj jej... tak często.

Val drgnął. Ktoś już mu to kiedyś powiedział... Ktoś tak bardzo podobny do Niny.

– *Vaaltje, to już kolejny kot, którego przynosisz do Bombonierki. Naprawdę, chłopcze, nie możemy zaopiekować się nimi wszystkimi.*

– *Ależ Emmo, przecież nie zostawimy go na pastwę losu na ulicy. Jest jeszcze taki malutki...*

– *Już dobrze, nie patrz tak na mnie, coś wymyślimy. Masz dobre serce, mój drogi. Ukrywasz je doskonale pod tą swoją pozorną szorstkością. Kotka zaniesiemy do mojego przyjaciela Larsa. Ale nie będziesz wdawał się w kolejne bójki w szkole. Możesz mi to obiecać?*

– *Ludzie nie lubią mięczaków, Emmo. Mój tata mówi, że muszę być twardy. Przynajmniej ja, bo Romeo to beksa i sobie nie poradzi beze mnie. Ja mam się nim opiekować!*

– *Romeo ma rodziców, nie jesteś za niego odpowiedzialny. I nie ukrywaj tego serca, pamiętaj. Ładnie ci z tą miękkością, Valentijnie Jeurissenie.*

– Zamyśliłeś się, Val. Wracaj do mnie... – Nina uśmiechała się ciepło.

– Już dobra, starczy tych wspomnień. – Ocknął się w ułamku sekundy. – Dziś o dziewiętnastej – powiedział szybko. – Będę na ciebie czekał – dodał, a potem niespodziewanie czułym gestem założył na jej głowę kaptur. – Nie możesz moknąć na deszczu, Bombonierko. – Wyszczerzył się tak po swojemu, unosząc lewy kącik ust. – A teraz wybacz, lecę do moich croissantów. *Tot vanavond!*[13]

Nina stała jeszcze przez kilka sekund, a potem ruszyła przed siebie. Zza chmur nagle wychynęło słońce i deszcz ustał jak na zawołanie. Dziewczyna z przyjemnością rozpięła mokrą kurtkę. Na de Brink dwa razy w tygodniu odbywał się targ miejski. Deventerczycy uwielbiali robić zakupy na małych stoiskach na targowisku. W piątki królowała tutaj zdrowa żywność i produkty eko, a we wtorki było wszystkiego po trochu, od starej porcelany, przez odzież, książki, artykuły gospodarstwa domowego, aż po świeże kwiaty. Nina zboczyła nieco z drogi do *gemeentehuis*, skuszona smakowitymi zapachami płynącymi ze straganów. Przechadzała się wolno pośród kolorowych budek z mydłem i powidłem, podziwiając gigantyczne kręgi żółtego sera Beemster. Otaczał ją gwar rozmów, śmiech bawiących się pomiędzy kramikami dzieci oraz pokrzykiwania sprzedawców, niezmordowanie zachwalających swoje towary.

Kiedy zaciekawiona przystanęła przy beczkach z solonymi śledziami, które tubylcy zgodnie z tradycją łapali za ogon, przekrzywiali głowy i wsuwali sobie prosto do ust,

---

[13] hol. do wieczora

spostrzegła przy jednym z plastikowych wysokich stolików Nicolette Harmsen. Już miała odwrócić się na pięcie, gdy wtem blond piękność zawołała ją po imieniu.

– Ty tutaj? – zapytała, lustrując z lekką drwiną w oku obszerne dżinsy i powyciągany sweter Niny. Sama miała na sobie nieskazitelnie biały sweterek i idealnie dopasowane skórzane cygaretki.

– To chyba nic dziwnego. – Wzruszyła ramionami. – Nie wiem, czy pamiętasz, ale pracuję w pobliżu. Mam na Walstraat swoją chocolatierkę.

– A tak, coś tam słyszałam. Afera z tortem Sachera i niezbyt świeżymi pralinkami? – Nicolette umiejętnie wbiła szpilę swojej rywalce. Tak, to umiała najlepiej.

– Już po aferze. To było rozdmuchane do granic możliwości nieporozumienie. – Nina zgrzytnęła zębami. Nie cierpiała tej wypacykowanej laluni. Dobrze, że Val się już z nią nie spotykał! – Przepraszam cię, ale muszę iść. Sprawy służbowe wzywają – rzuciła oficjalnym tonem.

– Ja również się zbieram. – Nicolette wydęła usta. – Wpadłam tutaj na śledzia, bo jak sama rozumiesz, w tym stanie ma się różne zachcianki. Kto wie, może za chwilę najdzie mnie ochota na czekoladę. Najlepsze pralinki sprzedają u Lentelinka, przy Engestraat.

Nina zrobiła się trupio blada.

– Co ty powiedziałaś? – Zatrzymała się w pół kroku.

– Już się tak nie irytuj, to cukiernia z tradycjami. Jest na rynku o wiele dłużej niż ta twoja... dziupla.
– Co masz na myśli, mówiąc „w tym stanie"? Jesteś chora?

Nicolette roześmiała się dźwięcznie.
– W żadnym wypadku! Val się jeszcze nie pochwalił? A to nieładnie z jego strony. Wyobraź sobie, że za kilka miesięcy zostanie ojcem! Już się nie mogę doczekać, kiedy zobaczę go z wózkiem w parku! To będzie takie słodkie!

– Nie rycz, Ninka. Mówię ci, uspokój się. To wszystko da się na pewno jakoś poukładać, uwierz mi... – Maniana gładziła z troską rdzawe loki przyjaciółki, która kompletnie się rozkleiła.

Siedziały od półgodziny na kanapie w salonie Niny i za każdym razem, kiedy wydawało się, że dziewczyna już się pogodziła z informacją o ciąży Nicolette, zaraz zaczynała płakać od nowa.

– Musisz z nim porozmawiać! O której zaprosił cię na kolację? – Maniana zerknęła dyskretnie na zegarek.

– Nigdzie nie idę! Nie chcę go widzieć! Jak on mógł się umawiać ze mną na randki, wiedząc...? – Nina przykryła twarz poduszką. Jej ramiona drgały.

– A jednak powinnaś się z nim spotkać, Ninka.

– Nie! To kłamca! Popatrz na to. – Kostrzewska zerwała się z kanapy i podbiegła do stolika. – Czytaj! – Chwyciła komórkę i rzuciła ją w kierunku Marianny.

*Bardzo się cieszę na nasz wieczór, Czekoladko. Do tej pory myślałem, że pralinki i inne słodkości są nie dla mnie. A teraz nagle uzmysłowiłem sobie, że nie umiem już bez nich żyć (oprócz tych z ogórkiem). I tęsknię do nich nieustannie. Tak jak do Ciebie.
Val*

– Porozmawiam z Romeem – zadecydowała nagle Marianna. – Może on coś więcej wie.

– Ani się waż! Zabraniam ci mówić cokolwiek na ten temat! A teraz leć już po Benia. Przecież widzę, że przebierasz nogami ze zniecierpliwienia. Nie martw się, nic głupiego nie zrobię. Lepiej jednak będzie, jak zostanę tutaj, bo nie ręczę za siebie za kontuarem.

Kiedy Marianna wyszła z mieszkania, Nina zaczęła nerwowo krążyć po pokoju. W jej głowie wściekłość mieszała się ze smutkiem, żal ze złością, a rozczarowanie z furią. Jak on mógł ją tak okłamać?! Co za cholerny dupek! Nina przeklęła siarczyście po polsku. Co by jej poradziła w takiej sytuacji bojowa i cięta na płeć brzydką ciotka Eugenia? Odpowiedź była tylko jedna... Klin klinem!

Nina chwyciła za telefon, poszperała w spisie numerów i nacisnęła zieloną słuchawkę.

– Stijn? Mówi Nina Kostrzewska. Tak, mnie również bardzo miło cię słyszeć. Mam do ciebie bardzo pilną sprawę. Czy twoje zaproszenie na wyprawę na Filipiny jest jeszcze aktualne? Marzę o tym, żeby zobaczyć wraz z tobą czekoladowe wzgórza na wyspie Bohol. I to jak najszybciej!

ROZDZIAŁ 29

Przyszłość w szponach hazardu

Badania wykazują, że na dziesięciu ludzi dwunastu kocha czekoladę.

Deventer, 2002

– Nie chcę cię martwić, Emmo, ale w mieście krążą nieprzyjemne plotki o twoim mężu. Podobno hazard tak go wciągnął, że zapożycza się na prawo i lewo. Może nie jestem najodpowiedniejszą osobą, która powinna cię o tym informować, ale uważam, że musisz o tym wiedzieć. Ze względu na dobro Malinowej Bombonierki. Zbyt dużo pracy i serca włożyłaś w ten biznes, żeby teraz wierzyciele pukali do twoich drzwi.

Lars i Emilia siedzieli na zapleczu chocolatierki, nad parującymi filiżankami z gorącą czekoladą. Za kontuarem uwijała się prawa ręka właścicielki, Evelien Witte, którą poznała na dworcu kolejowym w Deventer. Dziewczyna siedziała tam na peronie, roniąc łzy nad walizką i czekając na pociąg do Amsterdamu. Właśnie rozstała się z mężem i postanowiła uciec jak najdalej od wspomnień. Emilia nigdy by jej nie zagadnęła, gdyby nie wielka bombonierka, którą dostrzegła na podołku nieznajomej. To właśnie dzięki tym czekoladkom Emilia dowiedziała się, że Evelien pracowała kiedyś w fabryce Van Houtena jako kontrolerka jakości. Zapytała, czy dziewczyna nie chciałaby pomagać jej w chocolatierce. Evelien nie miała nic do stracenia, poza tym Emmie patrzyło dobrze z oczu, bez wahania przyjęła więc tę niespodziewaną propozycję. Emilia zaś od tej pory wierzyła, że kochana siostra Lukrecja czuwała nad nią z nieba i podsyłała jej dobrych ludzi, żeby mogła rozwijać swoją pasję.

Od tego spotkania minęło kilka lat i Emilia nie wyobrażała już sobie swojej chocolatierki bez tej niezwykłej, pełnej ciepła, miłości i talentów do konszowania i ozdabiania czekolady dziewczyny. Razem wymyślały nowe receptury, cieszyły się z coraz większych sukcesów i wspólnie rozwiązywały problemy, których na początku działalności nigdy nie brakowało. Julian był, niestety, jednym z nich.

– Na razie żaden wierzyciel się nie zjawił – odpowiedziała cicho Emma. Po jej jasnej i zazwyczaj pogodnej twarzy przebiegł cień.

Lars położył swoją dużą, ciepłą dłoń na jej ręce.

– Wiesz, że zawsze ci pomogę, Emmo – obiecał. – Ale z Julianem musisz poradzić sobie sama. Im wcześniej, tym lepiej, uwierz mi.

Okazja nadarzyła się już kilka dni później. Julian wrócił do domu po kilkudniowej nieobecności. Jak zwykle był na rauszu. Jego zacięta twarz nie wróżyła niczego dobrego, ale Emilia nie miała wyjścia. Musiała się z nim rozmówić.

– Masz jakieś kłopoty, Julianie? – zapytała spokojnie, zbierając brudne naczynia po kolacji.

– Tak, a moim największym zmartwieniem jesteś ty! – Spojrzał na nią wrogo.

– Mówię poważnie, nie odwracaj kota ogonem. Krążą plotki, że zadłużasz się w kasynie…

Julian poczerwieniał na twarzy i po kilku sekundach uderzył pięścią w stół.

– A ty w nie wierzysz? – wrzasnął. – To może ja również powinienem dać wiarę moim znajomym, którzy twierdzą, że puszczasz się z tym świątobliwym van Haasterenem?! Od samego początku zauważyłem, że wpadłaś mu w oko, ale nie przypuszczałem, że tak szybko wleziesz mu do łóżka.

– Jak śmiesz?! – Emilia stała z poszarzałą twarzą nad stosem naczyń. Tak mocno ścisnęła jeden z talerzy, że pękł pod naporem jej palców. Odłamek porcelany wbił się boleśnie w skórę, a kilka kropel krwi spłynęło na śnieżnobiały obrus. – Gdyby nie Lars i jego bezinteresowna pomoc, nigdy nie poradziłabym sobie z buchalterią w Bombonierce. Przypominam, że to ty miałeś się tym zajmować.

– Ja mam swoje sprawy! Ta cholerna czekolada to twoja działka. I ostrzegam cię, ogranicz kontakty z tym prawnikiem z bożej łaski, bo nie ręczę za siebie! Niedługo całe miasto będzie gadać, że przyprawiasz mi rogi. A dla wojskowego nie ma większej hańby niż niewierna żona!

Emila zacisnęła mocno powieki, ale nie zamierzała płakać. Już dosyć łez wylała z powodu Juliana. Obiecała sobie, że nigdy więcej nie pozwoli, żeby nią pomiatał i śmiał się z bliskich jej ludzi. Powinna robić wszystko, żeby stać się silna, niezależna i przede wszystkim samowystarczalna. I musiała w końcu przestać bać się swojego męża.

Nazajutrz wstała skoro świt. Julian jeszcze chrapał na swoim posłaniu. W sypialni unosił się kwaśny odór przetrawionego alkoholu.

W Bombonierce czekała na nią ubrana w wykrochmalony biały fartuch Evelien.

– Koniecznie musisz spróbować moich nowych, pistacjowych czekoladek! – zawołała rozpromieniona na jej widok. – Możemy też zrobić degustację nowych pralinek dla naszych najwierniejszych klientów.

– To świetny pomysł! Wiesz, kochana, co zawsze powtarzał mi Alexandre Cailler?

– Ten *maître chocolatier*, który wszystkiego cię nauczył?

– Ten sam – potwierdziła Emilia. – Jeżeli zaczynamy delektować się czekoladą, a nie po prostu ją zjadać, jesteśmy w stanie odkrywać wszystkie smaki, którymi chce się z nami podzielić.

– Praktyka czyni mistrza! – potaknęła Evelien. – Im więcej będziemy jej próbować, tym lepiej rozpoznamy poszczególne nuty smakowe. Nie możemy bać się eksperymentów, musimy się tym po prostu cieszyć. Zaraz biorę się za organizowanie tej degustacji. Niektórzy z naszych klientów pospiesznie wyciągają czekoladki z torebek, a potem gryzą pralinki i przełykają je od razu, nie dając masłu kakaowemu rozpuścić się w ustach. To tak jakbyśmy wypili duszkiem kieliszek wina, kompletnie nie czując jego aromatu. – Evelien się wzdrygnęła.

Emilia z zadowoleniem popatrzyła na swoją przyjaciółkę. Tak jak zapewne kiedyś Alexandre patrzył na nią. Z dumą i wdzięcznością za tak pojętną uczennicę. Emma na wspomnienie mistrza poczuła nagle bolesny ucisk w sercu. Przez wiele lat próbowała się z nim skontaktować, bezskutecznie dzwoniąc na jego prywatny numer. Parę razy wysłała nawet list na adres jego biura w Zurychu, ale nigdy nie doczekała się odpowiedzi. W końcu w jednym z pism branżowych, które prenumerowała, odkryła krótki nekrolog informujący, że mistrz zmarł po długiej i ciężkiej chorobie w swoim domu w szwajcarskich Alpach. Pod tą smutną informacją opublikowano wspomnienia znanych *maîtrise chocolatier*, którzy wychowali się na recepturach wielkiego cukiernika. Z wypowiedzi jednego z nich wynikało, że Alexandre cierpiał na alzheimera. Podobno pierwsze objawy tej strasznej choroby pojawiły się już w czasach, kiedy spotykała się z nim w Zurychu. Nic dziwnego, że potem nie odpowiadał na jej wiadomości. Najprawdopodobniej nie wiedział już, kim jest... Najbardziej żałowała tego, że mistrz nigdy nie widział jej Malinowej Bombonierki. Nie zmarnowała kapitału, który w nią zainwestował. Jedną z czekoladek, deserową z ganaszem z karmelizowanego migdała, nazwała jego imieniem. Miała głęboką nadzieję, że Cailler byłby z niej dumny.

Tego wieczoru natłok klientów sprawił, że Emilia nie zdążyła zanieść kasetki z dziennym utargiem do banku. Schowała ją w swojej skórzanej listonoszce, starannie zasuwając suwak. Kiedy przyszła do domu, cichutko zzuła buty i powiesiła torbę na wieszaku. W salonie przed telewizorem z kilkoma otwartymi puszkami piwa siedzieli, zaśmiewając się do rozpuku, Julian i Richard.

– Dobry wieczór – powiedziała Emilia, z trudem próbując ukryć rozdrażnienie. Nie lubiła niezapowiedzianych wizyt dorosłego pasierba. Prawie zawsze wynikały z tego kłopoty. – Myślałam, że zostaniesz na uczelni. Jest środek tygodnia – dodała, jakby na swoje usprawiedliwienie.

Richard nie zaszczycił macochy nawet jednym spojrzeniem.

– Rzuciłem studia. Marketing i komunikacja to nie dla mnie – burknął pod nosem, wpatrując się w odbiornik. – Pomieszkam przez kilka tygodni z wami. Ojciec już się zgodził. Ale… wolałbym wam nie przeszkadzać.

– Jak wspomniałeś, tato nie ma nic przeciwko temu, więc i ja nie będę protestować. Zresztą i tak cały dzień nie ma mnie w domu.

– Chodzi mi o tę Bombonierkę… – rzucił szybko. – Masz przecież wolną chatę nad tą swoją cukiernią. Może mógłbym się tam przeprowadzić? Chcę się trochę pouczyć. Mam zamiar dostać się na polibudę.

– Bardzo mi przykro, to wykluczone. Mieszkanko w kamienicy zajmuje chwilowo Evelien.

Nawet gdyby stało puste, nigdy, za żadną cenę, nie wpuściłaby tam Richarda.

– Mam nadzieję, że płaci nam sowicie za wynajem – wtrącił się w końcu Julian. – Nie zamierzam utrzymywać darmozjada.

– Evelien pracuje dla mnie, więc nie ma obawy, że w jakikolwiek sposób wykorzysta sytuację – ucięła Emilia. – Zrobić wam coś do jedzenia? – zaproponowała, chcąc jak najszybciej skończyć ten drażliwy temat.

Panowie van Toornowie nie wyrazili sprzeciwu, więc Emilia udała się do kuchni. Nie lubiła tego zimnego, bezosobowego wnętrza. Julian jeszcze nie wiedział o jej najnowszych planach. Postanowiła przekonać go, że lepiej dla nich obojga będzie, jeżeli z czasem zacznie pomieszkiwać w dziupli nad chocolatierką. Użyczyła gościny Evelien tylko na dwa tygodnie, potem przyjaciółka miała się przeprowadzić do mieszkania swoich rodziców. Staruszkowie podjęli w końcu decyzję o przenosinach do domu spokojnej starości. Ale nie zamierzała tego mówić van Toornom.

Emilia podała kolację i wymawiając się bólem głowy, poszła na górę, do sypialni. Zasnęła prawie natychmiast, ale w nocy obudził ją dziwny hałas. Odczekała chwilę, nadstawiając uważnie ucha. Dźwięki się już nie powtórzyły, przyłożyła więc głowę do poduszki, ale nie mogła zasnąć. Nagle, tknięta dziwnym przeczuciem, zerwała się z posłania i, narzuciwszy na ramiona cienką podomkę, zeszła na dół. Hol oświetlał sinawobłękitny poblask niewyłączonego telewizora. Nie namyślając się długo, dopadła do wiszącej na wieszaku torby, błyskawicznie rozsunęła suwak i… nogi ugięły się jej w kolanach. Po sekundzie bezradności poczuła nagłą złość. Tak jakby frustracje z ostatnich lat skumulowały się w jedno obezwładniające od stóp do głów uczucie niepohamowanej wściekłości.

– Julian! Do cholery! – wrzasnęła i po kilkudziesięciu sekundach z rozwianym włosem wbiegła na górę.

Jej małżonek stał już u szczytu schodów. Odepchnęła go na bok i rzuciła pod jego bose stopy pustą listonoszkę.

– Co się tak drzesz?! Zwariowałaś?! Obudzisz Richarda!

– Już nie śpię! – Z prawej strony ojca pojawił się, trąc oczy, zaspany młodzieniec. – Oszaleliście? Tłuczecie się po nocy jak wariaci!

– Kto ukradł kasetkę z mojej torby? Miałam tam cały wczorajszy utarg! – huknęła Emma. Jej dłonie drżały jak w febrze. – To ty, tak? Przyznaj się! Przepuściłeś wszystkie pieniądze w ruletkę i dlatego ograbiasz mnie teraz z uczciwego zarobku?

– Jak śmiesz, ty suko?! W jednej kiecce zgarnąłem cię z ulicy w Weert i teraz dostaję taką zapłatę?! Ja ci pokażę! – Van Toorn się zamachnął.

Emilia odruchowo zasłoniła rękoma twarz. Julian dał susa w jej stronę i w tym momencie jego prawa stopa omsknęła się na stromym stopniu. Mężczyzna niespodziewanie stracił równowagę i runął jak długi w dół. Nastała złowróżbna cisza. Richard z całej siły wczepił się pazurami w twarz macochy.

– Coś ty zrobiła? – wyjąkał i zbiegł po schodach w ślad za ojcem. Do uszu zmartwiałej Emilii doszedł po kilku sekundach jego zwierzęcy ryk. – Zamordowałaś mi ojca! Ty dziwko, zabiłaś mi ojca!

ROZDZIAŁ 30

Sekret skradzionego pamiętnika

Chroń naszą planetę.
To jedyne miejsce, gdzie można jeszcze znaleźć… czekoladę.

Witold Kostrzewski starannie zaprasował kołnierzyk ulubionej błękitnej koszuli, a potem odwiesił ją z pietyzmem do szafy. Wszystkie jego koszule wisiały w niej precyzyjnie dobrane kolorami i nie za blisko siebie, żeby broń Boże się nie pogniotły. Nikt w tym domu nie umiał ich prasować tak dobrze jak on sam. Na początku małżeństwa z Aurelią próbował wyszkolić młodą, niedoświadczoną żonę, jak to się prawidłowo robi, ale uczennica była wyjątkowo oporna w tej materii. Witoldowi nie pozostało nic innego, jak co poniedziałek samemu rozkładać deskę i niczym wzorowa pani domu oddawać się na przynajmniej kilka godzin tej wymagającej, ale jakże wdzięcznej sztuce.

Dziś jak zwykle prasował przy kojących dźwiękach ukochanej muzyki klasycznej, płynącej ze stojącego na komodzie adapteru. Aurelia poszła ze swoim ojcem na koncert poezji śpiewanej do domu kultury (oboje kochali tę tak obcą Witoldowi formę rozrywki, co dowodziło dobitnie, że genów nie da się wydłubać), dlatego mógł podkręcić maksymalnie głośność bez obawy, że małżonka urwie mu głowę.

W pewnym momencie w idealnie zharmonizowane ze sobą nuty wdarł się raz i drugi jakiś niepokojąco wysoki dźwięk. Zniecierpliwiony Witold zmarszczył czoło, odstawił żelazko na podpórkę i chwytając leżącego tuż obok pilota, wyłączył adapter, po czym niczym myśliwy w ambonie nadstawił ucha. W tym momencie rozległ się przeciągły dzwonek do drzwi. Ki diabeł? Witek westchnął i bez entuzjazmu poczłapał w stronę holu.

– Polecony, panie kochany! Prosto z Holandii! – zawołał na jego widok okrągły jak beczułka listonosz Remigiusz Wąsik. – Proszę tu podpisać, wprawdzie to dla żony, ale ptaszki jeszcze nie ćwierkały o waszym rozwodzie – zażartował.

Witold zmiażdżył go karcącym wzrokiem. Mierziły go niewybredne komentarze tak niskich lotów. Wąsik chyba się domyślił, że pan domu coś dzisiaj nie w sosie, gdyż uniósł dwa palce do czapki, pstryknął nimi zabawnie w daszek i pożegnał się błyskawicznie, mrucząc coś o nawale pracy.

Witold, drepcząc w miejscu, obracał niezdecydowanie długą kopertę w dłoniach. W jej lewym górnym rogu widniała pieczątka kancelarii notarialnej Larsa van Haasterena w Deventer. To chyba ten prawnik Ninki? Tylko czego on chciał od Aurelii? I skąd nagle ta oficjalna korespondencja? Witold zawahał się przez chwilę, zważył kopertę w dłoniach, zdusił w zarodku pokusę jej rozerwania, po czym sięgnął do kieszeni po telefon.

– Witku, zaraz wchodzimy na salę. Czy to naprawdę nie może poczekać? – Z drugiej strony aparatu odezwał się lekko zniecierpliwiony głos Kostrzewskiej.

– Dostałaś jakieś pismo od notariusza twojej siostry – sapnął Witold. – Czego on od ciebie chce?

– Nie mam pojęcia – jęknęła Aurelia. – Po prostu przeczytaj ten list. Chyba że już to zrobiłeś i mnie sprawdzasz.

– Wypraszam sobie – obruszył się Kostrzewski. – Tajemnica cudzej korespondencji to rzecz święta!

– W tym wypadku zwalniam cię z obowiązku jej zachowania. Czytaj, tylko szybko, bo zaraz ktoś mnie wyprosi za zakłócanie ciszy.

Witold odchrząknął, rozerwał kopertę i przebiegł szybko wzrokiem po krótkim tekście.

– Z tego, co zrozumiałem, a wiesz, że mój angielski trochę zardzewiał, van Haasteren prosi, żebyś przyjechała do Deventer. Podobno ma do ciebie jakąś niecierpiącą zwłoki sprawę.

– To dobrze się składa! Już dawno miałam zamiar odwiedzić naszą córkę na tym końcu świata. Myślę, że Kajetan chętnie się z nami wybierze. Już nawet kiwa głową, że się zgadza!
– W takim razie musimy również zapytać Eugenię. Od miesiąca zatruwa mi życie, kiedy w końcu zabiorę ją do Ninki. A skoro Eugenia, to i pewno pani Maria Grodnicka – westchnął lojalny Witold.
– Czyli mamy już pełen autobus do Holandii! Cudownie! A teraz naprawdę muszę kończyć!

– Jak to na Filipiny? Nina, oszalałaś?! Z tym Belgiem? Przecież ty go prawie nie znasz!

Marianna patrzyła z przerażeniem na przyjaciółkę, która parkowała swój ozdobiony koszykiem z kwiatami veloretti przed witryną chocolatierki. Właśnie przed chwilą panna Kostrzewska oznajmiła jej beztrosko, że za dwa dni wylatuje na drugą półkulę. Tak jakby chodziło o wyprawę autobusem do Łodzi. W dodatku z kimś, kogo widziała zaledwie raz w życiu!

– I co z tego? – obruszyła się Nina. – Dobrze się dogadujemy. Rozmawiam z nim prawie codziennie. Jest miły, zabawny, mamy podobne pasje… – wyliczała cierpliwie. – Poza tym muszę się zresetować. W ostatnim czasie zbyt wiele na mnie spadło... Ja naprawdę potrzebuję oddechu, Maniana.

– I nadal nie zamierzasz porozmawiać z Valem? Romeo mówił...

– Prosiłam cię, Mańka, żebyś nie omawiała tej sprawy ze swoim chłopakiem! Przecież to normalne, że będzie trzymał stronę brata!

– Nie trzyma żadnej strony – łagodziła Marianna. – Po prostu się o ciebie martwi. Podobno Val zerwał już z Nicolette, kiedy ta nagle oznajmiła mu nowinę o ciąży. Nie zamierza się uchylać od odpowiedzialności za dziecko, ale oni nigdy nie będą razem.

– Naprawdę mnie to nie interesuje. – Nina wzruszyła ramionami. – Pora to sobie powiedzieć otwarcie: z tej mąki nie będzie żadnego chleba. Gdyby Val traktował mnie poważnie, od razu powiedziałby o wszystkim, a nie ukrywał fakty, licząc na cud. Zachował się niedojrzale, ale czegóż innego mogłabym się po nim spodziewać?! To zawsze będzie rozpuszczony wieczny dzieciak.

Marianna chciała coś dodać, ale widząc zaciętą minę Niny, machnęła ręką.

– Pojdę lepiej na targ po świeże owoce – mruknęła tylko i, nie czekając na odpowiedź przyjaciółki, pomaszerowała w stronę miasta.

Nina przypięła rower do stojaka i otworzyła drzwi do Malinowej Bombonierki. W witrynie chocolatierki płynęła, szemrząc leniwie, czekoladowa fontanna. Specjalne urządzenie mieszało nieustannie jej fale, zapobiegając zastyganiu. Dziewczyny na bieżąco pobierały czekoladę z kaskady i maczały w niej owocowe szaszłyki. Na ladzie leżały już przygotowane plasterki bananów i kulki winogron nadziane na patyczki. Blaty drewnianych stolików zdobiły liście i owoce kawowca, ostatni dekoracyjny pomysł Niny, który udało się zrealizować tuż przed kontrolą z powodu pechowego tortu Sachera. Na szczęście wierni klienci szybko wynagrodzili Ninie ten przykry incydent. Tuż przy wejściu do Bombonierki, na ścianie po prawej stronie, zaledwie wczoraj zawisł przepiękny prezent od mecenasowej Klundert. Obraz przedstawiał postać młodej dziewczyny serwującej na tacy czekoladę. Wyglądała, jakby zeszła ze słynnego obrazu osiemnastowiecznego szwajcarskiego malarza Jeana-Étienne'a Liotarda. Nina przez chwilę wpatrywała się uważnie w twarz dziewczyny, a potem zerknęła z dumą na podświetlone jak u jubilera gabloty z pralinkami. Wszędzie pachniało pomarańczami i wanilią.

– Hej, dzień dobry, kochane, jestem! – zawołała i żwawym korkiem ruszyła na zaplecze.

Przy blacie stała odwrócona plecami do wejścia Marta. Nad jej głową widniały plansze z topową dziesiątką miłośników czekolady na świecie. Na zaszczytnym pierwszym miejscu byli Szwajcarzy, potem Niemcy i Irlandczycy. Eve groziła palcem, że muszą zrobić wszystko, aby do grona największych smakoszy pralinek dołączyli Holendrzy. „I Polacy" – śmiała się w myślach Nina, ale nie miała jeszcze pomysłu na podbicie rodzimego rynku.

Dziewczyna powiesiła kurtkę na wieszaku i niechcący zawadziła łokciem o przerzuconą niedbale przez hak ozdobioną perełkami aksamitną konduktorkę Marty. Torebka zsunęła się z wieszaka i upadła tuż pod jej stopy. Nina sięgnęła po nią i nagle zamarła z nosem tuż nad podłogą.

– Ile zamierzasz jeszcze tam sterczeć, Nina?! – zawołała niecierpliwie Marta.

Nie słysząc odpowiedzi, odwróciła się na pięcie i napotkała rozgniewany wzrok swojej szefowej. Twarz Kostrzewskiej pobielała. W wyciągniętej ręce trzymała gruby brulion o poprzecieranych ze starości rogach.

– Skąd to masz? – wychrypiała. – Nie mogę w to uwierzyć... To ty włamałaś się do mojego mieszkania i... ukradłaś pamiętnik Emmy? Po co? Dlaczego?

– Zaraz tam włamałaś! Nigdzie się nie włamywałam. Zawsze wszystko zostawiasz otwarte... – rzuciła zaczepnie.

– Odpowiedz na moje pytanie!

Marta energicznie potrząsnęła głową.

– Miałam ci go dzisiaj oddać – powiedziała pojednawczo. – Nie powinnam tego robić. Wybacz mi.

Nina bez słowa podeszła do taboretu stojącego w rogu pomieszczenia, usiadła ciężko i ukryła twarz w dłoniach.

– Przyznaję, odbiło mi. Chciałam cię ukarać za Mariannę. Za to, że tak kibicujesz jej związkowi z Romeem. Mimo iż dobrze wiesz, że zakochałam się w nim po uszy! A on tak po prostu mnie odepchnął!

– Marta! Nie chcę, do diabła, tego wiedzieć!

– Chyba będziesz musiała. Ja wiem, że nie masz żadnego wpływu na uczuciowe preferencje tego cholernego Jeurissena! Ale wtedy nie myślałam logicznie. Pałałam żądzą zemsty, w mojej głowie rodziły się chore scenariusze… i wtedy zjawił się ten pasierb twojej ciotki. Zagadał mnie przed Bombonierką, kiedy ją zamykałam. Najwyraźniej na mnie czekał. Nasionko nienawiści spadło na podatny grunt. *Mea culpa*!

– O czym ty mówisz? Richard? Richard van Toorn namówił cię, żebyś mnie okradła? Nie mogę w to uwierzyć! Czy on… czytał zapiski Emmy?

– Nie… Nie pokazałam mu ich, Nina. Chociaż nalegał. Sama przeczytałam kilkanaście stron pamiętnika twojej ciotki i zrozumiałam, że popełniłam błąd. On nie miał racji, twierdząc, że go okradła. To raczej on ograbił ją. Ze szczęścia i godności… – Marta stała ze zwieszonymi wzdłuż tułowia rękoma i wpatrywała się w czubki swoich wysłużonych adidasów.

Nina patrzyła na nią, jak gdyby cały czas nie dowierzając w to, co się właśnie wydarzyło. Za każdym razem, kiedy otwierała usta, jakaś niewidzialna siła powstrzymywała ją przed wypowiedzeniem ostatecznych słów. Ale one musiały w końcu paść.

– Marta, jesteś podporą Bombonierki, jedną z najlepszych i najzdolniejszych członkiń całego zespołu, ale nie możemy już razem pracować – zaczęła wolno, z trudem. – Nie po tym, co zrobiłaś. Nigdy nie potrafiłabym ci na nowo zaufać. Proszę, żebyś jeszcze dzisiaj opuściła naszą chocolatierkę. Wszystkie formalności załatwię osobiście z Larsem. Dostaniesz wypłatę za cały miesiąc.

Marta błyskawicznie rozwiązała poły fartucha.

– Rozumiem twoją decyzję – powiedziała. – To był błąd, że po odejściu w czerwcu ponownie tu wróciłam. Myślałam naiwnie, że uda się to wszystko jakoś poukładać, ale jednak to nie ma sensu. Naprawdę życzę ci jak najlepiej. Przepraszam za to, co zrobiłam, Nina. Twoja ciotka była kimś wyjątkowym. Żałuję, że musiałam dojść do tego wniosku w tak pokrętny sposób.

– Wybacz, Marta, ale nie chcę tego słuchać. A teraz po prostu już idź. Ja zajmę się resztą.

ROZDZIAŁ 31

Pomoc z zaświatów

Przejdź na ciemną stronę...
ciemną stronę czekolady.

Deventer, 2003

W obszernym gabinecie Larsa van Haasterena, tuż naprzeciw masywnego dębowego biurka, siedzieli Emma van Toorn i jej pasierb Richard. Młody mężczyzna miał zaciętą twarz i mocno zaciśnięte wąskie usta. Emilia, wyprostowana sztywno, trzymała obie ręce na kolanach. W ciągu ostatnich kilku miesięcy bardzo zeszczuplała. Pod obcisłym materiałem wełnianej sukienki rysowały się wyraźnie jej wystające obojczyki. Lars przeglądał jeszcze przez chwilę leżące na biurku teczki, po czym odchrząknął służbiście i powiedział:

– Muszę państwa zmartwić. Sytuacja finansowa Juliana van Toorna nie przedstawia się dobrze.
Richard prychnął sarkastycznie.
– Wcale mnie to nie dziwi. Oskubaliście mojego ojca do cna! – krzyknął, a jego policzki poczerwieniały.
Lars, nie zwracając na niego uwagi, spokojnie ciągnął dalej. Lata ciężkich studiów i praktyki w zawodzie nauczyły go anielskiej cierpliwości i żelaznej konsekwencji. Nie zamierzał wdawać się w pyskówki ze zblazowanym i wrogo nastawionym klientem.
– Julian miał mnóstwo długów. Był uzależniony od hazardu. Ruletka, automaty, blackjack, ale nie tylko… Gra na giełdzie, wyścigi konne i podejrzane „złote" inwestycje, które kosztowały go krocie. Na licznych rachunkach bankowych otwartych w ostatnich latach na jego nazwisko wieje pustką. Mało tego, wierzyciele zaczynają domagać się swoich należności.
– Co nam radzisz, Larsie? – zapytała cicho Emilia. Tak mocno ściskała palce obu dłoni, aż pobielały jej knykcie.
– Sprzedaj mieszkanie ojca i ureguluj te rzekome długi, a co zostanie, podziel pomiędzy nas oboje. Nie zapominajmy również o tej malinowej budzie. Mnie również należą się jakieś pieniądze. Jestem jego jedynym prawowitym spadkobiercą! – rzucił zaczepnie Richard.
– Mieszkanie przy Ceintuurbaan nie należało do Juliana. Jego właścicielem są holenderskie siły zbrojne. To lokal

z przydziału – objaśnił spokojnie Lars. – Co do Malinowej Bombonierki, zgodnie z prawem cała nieruchomość przechodzi na Emmę. Chocolatierka to w tej chwili jej jedyne źródło utrzymania. O ile mi wiadomo, nie angażował się pan nigdy w sprawy tej cukierni...

– To nie jest pańska sprawa!

– Jak najbardziej moja – skontrował stanowczo Lars. – Jestem prawnikiem reprezentującym interesy rodziny. Poza tym musimy najpierw rozwiązać sprawę narosłych długów i odsetek. Obawiam się, że mówimy tu o kwocie kilkudziesięciu tysięcy guldenów...

– Cooo?! To jakaś bzdura! Mnie w to nie mieszajcie! Szkalujecie człowieka, który nie może się już bronić! Te rzekome długi należą do Emmy! Kręciła ojcem, jak chciała! – Richard gwałtownie wstał. – Jeszcze się kiedyś rozliczymy! Nie wierzę w żadne słowo, które tutaj padło!

Kilka sekund później trzaśnięcie wejściowych drzwi dobitnie dowiodło, że syn Juliana opuścił kancelarię. Lars spojrzał zatroskany na Emmę. Cały czas zaciskała ze wszystkich sił swoje drobne dłonie.

– Jeszcze będą z nim problemy. Jest młody, gniewny i roszczeniowy. Ale poradzimy sobie ze wszystkim, pamiętaj. Richard niczego nie wskóra.

Emilia spojrzała na przyjaciela z wdzięcznością. Gdyby nie on, nigdy nie przeżyłaby piekła, które rozpętało się po tragicznej śmierci Juliana. Richard, oczywiście, całą winą obarczył Emilię. Twierdził z premedytacją, że zepchnęła ojca ze schodów w mściwym akcie zemsty. Jego chaotyczne zeznania nie miały najmniejszego sensu, nie kleiły się ze sobą i rwały w kluczowych momentach. Poza tym funkcjonariusze odkryli, że był pod wpływem środków odurzających zmieszanych z alkoholem. W jego pokoju znaleziono narkotyki i na wpół opróżnioną butelkę jakiejś najtańszej whisky. Emilia trzymała się dzielnie do momentu przyjazdu van Haasterena. Złożyła obszerne zeznania, wyjaśniając powody nocnej sprzeczki, nie wspominając jednak ani słowem o problemach finansowych męża, które najprawdopodobniej popchnęły go do kradzieży kasetki. Odnaleziono ją na tylnym siedzeniu jego samochodu. Nie zdążył wydać ani centa, zresztą ta suma nie pokryłaby nawet ułamka jego zobowiązań. Richard wyprowadził się z ich mieszkania jeszcze tego samego dnia, wrócił do matki, do Amsterdamu. Od tej pory nie odezwał się do macochy ani razu. Ich spotkanie w kancelarii Larsa było pierwszym od pogrzebu Juliana. Emma nie spodziewała się, że przebiegnie w przyjaznej atmosferze, ale nawet ją samą zdumiały abstrakcyjne żądania młodego van Toorna.

– Jeżeli chodzi o te długi... Ile mam czasu na ich uregulowanie? – zapytała cicho Emilia.

– Nie chcę cię martwić, ale im szybciej, tym lepiej. Z każdym dniem odsetki są coraz większe. – Lars patrzył

na nią uważnie zza grubych szkieł szylkretowych okularów. – Emmo, naprawdę nie chcesz, żebym pożyczył ci te pieniądze?
– Nie ma mowy, Lars. – Potrząsnęła energicznie głową. – Już o tym rozmawialiśmy! Nie mogę cię bezkarnie wykorzystywać. Masz swoje życie, swoje sprawy...
– Wiesz doskonale, że to nieprawda. Całym moim życiem już od jakiegoś czasu jesteś... ty, Emmo. Zakochałem się jak sztubak, po raz pierwszy... tak naprawdę i na zawsze. Od tego momentu, w którym zobaczyłem cię w tej sukience w grochy, wiedziałem, że żadna inna kobieta nie zawładnie już moim sercem.

Lars umilkł nagle, jakby sam zadziwiony własną śmiałością. Był raczej skryty i zamknięty w sobie. Nazywano go wybrednym starym kawalerem, a on po prostu wymyślił sobie dziewczynę, której nigdy nie mógł spotkać. A kiedy się w końcu pojawiła na horyzoncie, okazało się, że już ktoś go uprzedził.

– Lars... To nie czas na miłość. Nie zasługuję na kogoś takiego jak ty. Miałam nadzieję, że wszystkie moje problemy to przeszłość. Naiwnie wierzyłam, że uporałam się z nimi i będę mogła cieszyć się w końcu swoją Bombonierką i nowymi recepturami. Tyle mam ich w głowie! A tymczasem okrutne przeznaczenie uderzyło ze zdwojoną siłą. Nie chcę i nie mogę obarczać cię swoim życiem, choć przyznaję, czasem zastanawiam się, co takiego zrobiłam, kogo skrzywdziłam, że los tak srogo mnie karze... – Emilia podniosła prawą dłoń do ust, tak jakby chciała powiedzieć coś więcej, ale bała się, że będzie ją to kosztowało zbyt wiele emocji. – Proszę cię, daj mi szansę na samodzielne rozwiązanie tej łamigłówki. Wierzę, że i tym razem sobie poradzę... – szepnęła.

Lars doskonale wiedział, że dalsza dyskusja nie ma sensu. Może również dlatego tak bardzo ją kochał. Za tę waleczność i upór. We wszystkim i na przekór całemu światu.

– Może mogłabyś zaciągnąć pożyczkę hipoteczną pod zastaw kamienicy? Pozwól, że przynajmniej tym się zajmę. Jesteś niepoprawną *little miss independent*!

– W Polsce mówimy zosia samosia! – Emilia roześmiała się w końcu. – I to prawda, zawsze taka byłam.

Po pożegnaniu z Larsem Emilia wyszła na słoneczną ulicę. Kusiło ją, żeby przejść się do ukochanego kipiącego zielenią Rijsterborgherpark i nakarmić łabędzie resztkami bułki, którą od dwóch dni nosiła w kieszeni płaszcza, ale Evelien czekała już na nią niecierpliwie w Bombonierce. Miały przeprowadzić rozmowę kwalifikacyjną z potencjalną pracownicą, Kristen Dekkers, którą Eve bardzo zachwalała. Każda dodatkowa para rąk była teraz na wagę złota. Miały coraz więcej zamówień na ręcznie zdobione pralinki. Pakowały je wieczorami do malinowych pudełek *ballotine*. Największym powodzeniem wśród klientów cieszyły się pistacjowe, karmelkowe i śmietankowe nadzienia. Evelien eksperymentowała również z truskawką z cointreau czy ananasem z malibu. Obie nie stroniły od pieprzu, curry, goździków i bergamotki. Emma myślała również o kandyzowanych różach i jaśminie, ale nie miała jeszcze okazji przetestować tych dodatków w swojej kuchni.

Przed wejściem do Bombonierki zatrzymał ją listonosz. Zeskoczył ze swojego wysłużonego roweru i wręczył jej niepozorny szary pakunek.

– Proszę pokwitować. – Zmarszczył krzaczaste brwi, skłonił się i już go nie było.

Emilia niecierpliwie rozerwała papier. Jej oczom ukazało się aksamitne butelkowozielone puzderko. Zmrużyła zdziwiona oczy. Do pudełeczka dołączony był ręcznie napisany list.

Kochana Emmo!
Piszę do Ciebie już z nowego domu, w Utrechcie. Nasze zgromadzenie w Weert zostało definitywnie przeniesione do parafii w środkowej części kraju. Bardzo długo udawało nam się funkcjonować na nowych zasadach współpracy z nieocenionym Josem Hermansem (złoty człowiek i dobra dusza!). Wspólnie odremontowaliśmy refektarz, naprawiliśmy przeciekający dach i wymieniliśmy wszystkie nieszczelne okna. Nasze ciasta, „słodkości od Siostrzyczek", jak nazywano je

w miasteczku, cieszyły się ogromnym powodzeniem. *Gdybyś tylko zobaczyła sceptyczną z początku siostrę Joachimę i jej porzeczkowe* vlaaitjes! *Zrobiły prawdziwą furorę! Niebo w gębie, choć nie wiem, czy zakonnicy wypada tak mówić. Niestety, wszystko, co dobre, szybko się kończy. Władze kościelne wprawdzie dostrzegły i zapewne doceniły naszą aktywność i próby ratowania podupadającego budżetu zgromadzenia, ale już jakiś czas temu podjęto decyzję o naszych przenosinach do większej wspólnoty, w archidiecezji utrechckiej. Słowo ciałem się stało! Ale nie martw się, radzimy sobie świetnie i nie narzekamy! Jest tu o wiele więcej miejsca, mamy świetny kontakt z wiernymi i mnóstwo pracy.*

Moja kochana… wierzę, że u Ciebie wszystko dobrze i dziękuję za wielkie pudło czekoladek, które na szczęście zastało nas jeszcze w Weert. Ja sama z ogromną radością w sercu przekazuję Ci coś wyjątkowego. Wiem, że dałaś mi przyzwolenie, żeby w razie problemów sprzedać tę pamiątkę, ale nie miałam sumienia, żeby to zrobić. Zbyt dużo dla Ciebie znaczyła… Ciesz się nią, bo to dar miłości, a miłością należy się dzielić.

Niech Cię Bóg błogosławi, drogie dziecko!

Siostra Teresa

Emilia drżącymi rękoma otworzyła aksamitne puzderko. W środku na jedwabnej poduszeczce leżał medalion siostry Lukrecji. Kobieta delikatnie podważyła zaczep paznokciem. Miniaturowa klapka odskoczyła. W środku znajdował się przymocowany do złotej ścianki przezroczysty drogocenny kamień, który błysnął radośnie, tak jakby chciał powiedzieć: „Właśnie skończyły się twoje problemy, Emilio. Pomogę ci spłacić wszystkie długi Juliana!". Dziewczyna roześmiała się w głos i zaczęła tańczyć po wnętrzu swojej wymarzonej Bombonierki, a potem spojrzała w górę i szepnęła:

– Dziękuję, siostro Lukrecjo. Po raz kolejny mnie uratowałaś.

ROZDZIAŁ 32

Burzliwy, być może nieco przydługi finał, czyli co powstaje z fuzji croissanta z czekoladą

Oczywiście, że rozmiar się liczy!
Nikt nie zadowoli się maleńką kostką czekolady!

Marianna już od piętnastu minut siedziała w poczekalni gabinetu swojego nowego lekarza rodzinnego. Benio pokasływał od dwóch dni, a jego dzielna matka nie dała się zbyć telefoniczną poradą asystentki doktora, która nakazywała podawać małemu dostępny w każdej drogerii syrop na kaszel. Maniana uparła się, żeby lekarz go osłuchał. Benio bawił się rozłożonymi na ławce klockami, a Maniana starała się ze wszystkich sił nie tracić cierpliwości. Raz po raz wzdychała jednak głośno i ostentacyjnie spoglądała na zegarek. Co za pech, że muszą tracić akurat dzisiaj tyle cennego czasu! Wyjątkowo punktualnie musiała wrócić do Bombonierki. Nina wylatywała na Filipiny, a ona koniecznie chciała odprowadzić ją na dworzec i zamienić z przyjaciółką jeszcze kilka słów. Próby odwiedzenia jej od tej eskapady na drugi kraniec świata mijały się z celem, dlatego już nie próbowała przekonywać Niny, że ten wyjazd to szaleństwo. Chciała po prostu mocno ją uścisnąć i powiedzieć, tak zwyczajnie, że bardzo ją kocha i będzie tęsknić...

W drzwiach pojawiła się nagle pielęgniarka wyczytująca nazwisko kolejnego pacjenta. Maniana poderwała się z sofy, ale prawie natychmiast rozczarowana usiadła z powrotem.

– Harmsen Nicolette! Doktor Leijstra, gabinet numer dwa!

Zza pleców Marianny rozległ się szczebioczący dziecinnie kobiecy głos. Marianna odruchowo nadstawiła ucha i zerknęła zaciekawiona za siebie.

– Muszę kończyć, *schatje*. Patrick mnie wzywa. I mam nadzieję, że ten maraton w następnym miesiącu dojdzie do skutku. Tak długo się przygotowywałaś.

Z kanapy ustawionej za oparciem ławki Maniany wstała blond piękność w obcisłej czerwonej kiecy i białych kozaczkach. Ruszyła w kierunku pielęgniarki, rozsiewając za sobą smugę ciężkich, słodkich perfum. Kiedy znikła za drzwiami, Marianna zagadnęła, pozornie od niechcenia, siedzącą obok nobliwą jejmość.

– Ten doktor Leijstra... to ginekolog?

– A skąd! – obruszyła się paniusia. – To spec od sportowców. Ma pod swoją opieką naszą lokalną kadrę piłkarską. To bardzo znany specjalista. I w dodatku przystojny jak filmowy gwiazdor. – Ściszyła głos i wypięła dumnie pierś, jakby to była jej zasługa.

„Panna Harmsen powinna chyba raczej chadzać do ginekologa. Albo do położnej" – pomyślała Marianna. Szybko wyjęła z torebki komórkę i wybrała numer Romea. Tu zdecydowanie śmierdziało jakimś szwindlem…

– Val, czy mógłbyś przyjechać jak najszybciej do hospicjum? Elise bardzo źle się czuje. Powiedziała mi przed chwilą, że chciałaby cię zobaczyć. Serce mi się kraje, bo mała dosłownie przelewa się przez ręce…

Val zatrzymał się w pół drogi na schodach do swojego apartamentu. Jeszcze tego brakowało. Poczuł nagły strach. Tylko nie teraz, tylko nie Elise… Sam był w fatalnej formie i nie potrafił wykrzesać na swojej twarzy nawet cienia uśmiechu. Już od kilku dni prawie nie sypiał. Ta sprawa z Niną nie dawała mu spokoju i spędzała sen z powiek. Dziewczyna nie chciała z nim rozmawiać. Za każdym razem, kiedy próbował się do niej dodzwonić, odrzucała połączenie. Mimo tego nie dawał za wygraną. Codziennie czekał na nią przed Bombonierką, ale sprytnie mu się wymykała. W końcu po trzech dniach tej zabawy w kotka i myszkę spotkał na Walstraat Evelien. Powiedziała mu ze ściągniętą twarzą, żeby dał Ninie spokój. Przynajmniej na razie. Wyrzucał sobie, że za długo zwlekał z wyjawieniem informacji o ciąży Nicolette, ale czasu nie dało się już cofnąć. Musiał wierzyć, że w końcu Nina da mu szansę na choćby krótką rozmowę. Najgorsze było to, że nie wiedział, co tak właściwie powinien jej powiedzieć. Bo przecież gdyby wyjawił prawdę, nigdy by w to nie uwierzyła.

– Val… dasz radę? – zapytała cicho Loretta.

Jeurissen odruchowo przeciągnął dłonią po szorstkich policzkach.

– Dobrze, kochana, będę najszybciej, jak się da. Tylko daj mi chwilę. Wyglądam jak troglodyta, muszę się wykąpać i ogolić. Nie będę straszył naszej małej księżniczki zbójecką mordą. Gotowa mnie nie poznać!

– Próbuję również dodzwonić się do Niny, ale nie odbiera telefonu. Nagrałam się na sekretarkę, mam nadzieję, że odsłucha moją wiadomość. A może tobie uda się ją złapać? Pracujecie tak blisko siebie i chyba się przyjaźnicie?

– Uwierz mi, Loretto, jestem ostatnią osobą, z którą Nina chciałaby teraz rozmawiać. Trochę nabroiłem… sama wiesz, jaki ze mnie hultaj. A raczej zimny drań.

– Bzdury! Nie znam drugiego tak dobrego chłopaka jak ty, Valentijnie Jeurissenie! Ale jak świat ma w to uwierzyć, skoro ty sam ciągle temu zaprzeczasz?

– Romeo, do cholery! Przecież musimy jak najszybciej coś zrobić! Jesteś pewien, że twoje źródło informacji powiedziało prawdę?

– To największa plotkara w okolicy. Aż się trzęsła, żeby zdradzić mi wielki sekret panny Harmsen. Mój brat to jednak palant.

– Dlaczego pozwoliłam Ninie wsiąść do tego pociągu?

– Może dlatego, że wtedy jeszcze niczego nie wiedzieliśmy. Dzwoń do niej! Szybko!

– Dzwonię cały czas! Ma wyłączoną komórkę! O której jest ten samolot do Manili? Mój Boże, ona nie może tam polecieć! Wtedy... wszystko przepadnie!

– Według strony linii lotniczych KLM o siedemnastej pięćdziesiąt. Mamy trzy i pół godziny! Wsiadaj do auta! Jedziemy na lotnisko! I nagraj się jeszcze raz na automatyczną sekretarkę! Rób to cały czas!

Środkowym pasem autostrady A1 mknął ciemnowiśniowy minibus Forda. Za kierownicą siedział anioł, *pardon*, Witold Kostrzewski, który sam siebie uczynił właśnie świętym, zważywszy na pandemonium, które rozgrywało się w jego aucie i które pokornie musiał znosić. Same baby i on jeden! Rzucony im na pożarcie!

— Czy Ninka wie, że zwalacie się jej na głowę? — zapytała dramatycznym dyszkantem wystrojona w bluzkę z żabotem cioteczka Eugenia. — Na Jowisza, co to za zacofany kraj?! — dorzuciła, obrzucając pogardliwym wzrokiem mijane właśnie za szybą auta krajobrazy. — Same pastwiska i krowy! Zero cywilizacji!

— Co masz na myśli, mówiąc „zwalacie się"? Jeżeli dobrze widzę, ty także bierzesz udział w tej eskapadzie? — odgryzł się Witold i mocniej chwycił za kierownicę forda.

— Ja jem jak ptaszek i nie robię nikomu kłopotu! Jakby mnie nie było! Cicha i bezwonna! — rzuciła dumnie Eugenia.

— Ninka niczego się nie domyśla — wtrąciła w porę Aurelia, bo Witold już otwierał usta ze zgryźliwą ripostą. — To niespodzianka. Pan Haasteren obiecał, że zachowa wszystko w tajemnicy. Zatrzymamy się w hotelu pod miastem. Co to za złoty człowiek. Zarezerwował nam pokoje, wszystkim tak troskliwie się zajął…

— A wspominał coś o Emilii? — zapytała cicho Maria Grodnicka.

Trzymała kurczowo na kolanach swoją wysłużoną torebkę i rozglądała się wokoło z podekscytowaniem. Już nie pamiętała, kiedy ostatnio wybrała się w taką daleką podróż. W jej wieku zakrawało to na szaleństwo, ale nie mogła odmówić sobie przyjemności spotkania z Marianną i małym Beniem. Tak bardzo za nimi tęskniła.

– Tylko to, że bardzo się przyjaźnili. Ale moja kobieca intuicja podpowiada mi, że między nimi było o wiele więcej. Poczekajcie chwilę, dzwoni mój ojciec. Wyjechał dwie godziny po nas, więc na pewno pojawi się w Deventer nieco później. Nawet nie wiecie, jaka jestem podekscytowana!

Deventer, 2019

Emilia wpatrywała się w Larsa z poirytowaniem.

– Jak mogłeś mi to zrobić?! Przecież nie tak się umawialiśmy! Ukrywałeś to przede mną tyle lat!

– Nie denerwuj się, kochana. Po prostu nie chciałem, żebyś pozbywała się tej cennej pamiątki. Przecież dobrze wiem, ile dla ciebie znaczy. Nie mógłbym jej sprzedać…

Emila zacisnęła mocno powieki. A potem ciężko usiadła na fotelu pod oknem.

– A skąd wzięły się te pieniądze na spłatę długów?

– Powiedzmy, że zainwestowałem w doskonale rokującą czekoladową firmę. I ta inwestycja opłaciła się z nawiązką.

– Nie mam do ciebie siły… Chciałam ci zrobić karczemną awanturę. Już miałam rozpisany w głowie jej dokładny scenariusz. Planowałam nawet zbić jakąś szklankę albo dla większego efektu tę kryształową karafkę... ale nie umiem. Nie potrafię być na ciebie zła. Bardzo cię kocham, wiesz?

– To dlaczego nigdy nie chciałaś wyjść za mnie za mąż?

– W życiu można mieć tylko jednego męża i jedną prawdziwą miłość. Niekoniecznie idą one ze sobą w parze. Ja miałam i to, i to. Nie chciałam psuć statystyk. Tak uczyła mnie moja babcia, kiedy byłam małą dziewczynką.

– A ilu kochanków przewidziała twoja babcia w tych statystykach? – zażartował Lars i podszedł do ukochanej, czule całując jej włosy.

– Ile wlezie! – Emilia puściła mu oczko i nagle skrzywiła się z bólu.

– Musisz koniecznie iść do lekarza, *schat*. To trwa już zdecydowanie za długo. Prawie nic nie jesz, jesteś apatyczna i bez energii.

– Po prostu objadłam się pralinkami. Kilka dni i będzie po krzyku. No dobrze, już dobrze, nie patrz tak na mnie! Jeszcze dziś umówię się na wizytę! A teraz przytul mnie mocno, najmocniej na świecie. Tak jak tylko ty to potrafisz...

Aurelia i Witold Kostrzewscy rozglądali się z podziwem po imponującym wnętrzu kancelarii prawnika ich córki. Lars van Haasteren od razu zaskarbił sobie ich sympatię. Nawet ostrożny w kontaktach z obcymi Witold musiał szczerze przyznać, że notariusz wzbudzał zaufanie. Eugenii najbardziej podobała się jego przedwojenna elegancja. Starannie zaprasowane w kant spodnie, nieskazitelnie biała koszula i kamizelka z przywieszonym do niej zegarkiem z dewizką. Kto się teraz tak nosił? Tylko prawdziwi dżentelmeni!

Całe towarzystwo popijało aromatyczną kawę w porcelanowych filiżankach. Pomimo wielogodzinnej podróży nie czuli zmęczenia. Adrenalina zmieszana z podekscytowaniem i ciekawością robiły swoje.

– Zapraszam państwa do gabinetu – powiedział Lars po krótkiej rozmowie ze swoją sekretarką i wskazał szerokim gestem Aurelii i Witoldowi dębowe drzwi.

– My tu sobie na was poczekamy, bez obawy. – Eugenia popchnęła lekko brata. – No idźże już, człowieku, bo tubylcy pomyślą, że my z jakiejś dżungli, a nie z wielkiego świata przyjechali!

Witold zmierzył siostrę lekceważącym spojrzeniem i podążył za swoją żoną. Lars zasiadł już za swoim biurkiem.

– To dla mnie chwila nieopisanej radości – powiedział uroczyście. – W końcu mogę poznać siostrę tak drogiej mi Emmy. I od razu mam dobre wiadomości. Dzisiaj rano rozmawiałem z prawnikiem Richarda van Toorna, który z taką zawziętością walczył o prawa do schedy po swojej macosze. Złożył broń albo inaczej – wywiesił białą flagę. Kiedy spostrzegł, że nic więcej nie wskóra, wycofał wszelkie roszczenia. Podobno wyjechał do Ameryki w pogoni za jakimś nowym biznesem. Dobra nasza! Jestem przekonany, że nikt z nas nie będzie za nim tęsknić.

Kostrzewscy roześmiali się z ulgą.

– To prawdziwe szczęście, że moja siostra miała obok siebie kogoś takiego jak pan – powiedziała Aurelia. Nie mogła przyzwyczaić się jeszcze do nieformalnej formy per ty, którą preferowali Holendrzy, nawet w kontaktach biznesowych.

– Bardzo ją kochałem – odparł Lars. – I cały czas nie mogę odżałować, że już jej z nami nie ma.

Aurelia otarła dyskretnie zdradliwą łzę czającą się w kąciku oka.

– To jest nas dwoje – powiedziała cicho. – Ja również ciągle o niej myślę. I tak mi szkoda tych straconych lat. Emilka nigdy mi nie wybaczyła...

– To nieprawda. Była uparta jak oślica i nie umiała przyznać się do błędu. Właśnie dlatego państwa tu ściągnąłem – oznajmił tajemniczo notariusz.

– Co ma pan na myśli? – Aurelia patrzyła na niego zdezorientowana.

– Emma praktycznie na kilka godzin przed śmiercią wprowadziła do swojego testamentu ostatnie zmiany. Dała mi w ich realizacji wolną rękę. Zachorowała nagle, gdybym nie wysłał jej siłą do lekarza… – Głos Larsa załamał się nieco. – W każdym razie prosiła, żebym poinformował panią o wszystkim, kiedy uznam, że nadszedł na to czas. Nie chciałem tego robić od razu. Czekałem na odpowiedni moment, który właśnie teraz nastąpił.

Aurelia i Witold wymienili ze sobą szybkie spojrzenia. Lars schylił się i sięgnął do szuflady biurka. Wyciągnął z niej butelkowozielone puzderko z przyczepioną do niego plecionym sznureczkiem kartką.

– To dla ciebie. Ostatni prezent od Emilii – powiedział Lars.

Aurelia drżącymi dłońmi otworzyła pudełko. Po jej policzkach popłynęły łzy. Nie mogła w to uwierzyć. Medalion siostry Lukrecji.

Nie umiałam w żaden inny sposób powiedzieć, że przez te wszystkie stracone lata, których nikt nam już nie wróci, kochałam Cię najbardziej na świecie, Relko.

Teraz już mnie nie ma, ale wiedz, że cały czas byłaś przy mnie. Nawet wtedy, kiedy odpychałam Cię od siebie z całych sił. Właściwie wtedy chyba najbardziej…

Dziękuję Ci za to, że wytrwałaś. I wybacz mi te wszystkie listy, których do Ciebie nie wysłałam. W mojej głowie powstało ich setki. Szkoda tylko, że nie przelałam ich na papier.

Ale Ty już przecież wszystko wiesz…

Twoja Emilia

Na odwrocie kartki widniało przyczepione spinaczem czarno-białe zdjęcie. Przedstawiało dwie małe dziewczynki w letnich sukienkach i kokardach wplecionych w grube warkocze. Starsza z nich, wpatrująca się z poważną miną w obiektyw, obejmowała czułym i opiekuńczym gestem młodszą, która szczerzyła się do fotografa słodkim, szczerbatym uśmiechem…

Błękitny boeing 777 holenderskich linii lotniczych KLM wznosił się właśnie majestatycznie nad płytą lotniska Schiphol w Amsterdamie. Zdyszani Maniana i Romeo z nosami przyklejonymi do panoramicznych szyb tarasu widokowego śledzili uważnie zmniejszającą się z każdą sekundą maszynę. W końcu samolot zniknął, rozpłynął się gdzieś hen między chmurami.

– Zrobiliśmy wszystko, co w naszej mocy, żeby ją powstrzymać – odezwała się smutno Marianna.

Romeo objął ją mocno ramieniem i pocałował w czubek głowy.

– Przeprowadziliśmy szaleńczą akcję, *schat*. Jeżeli nie dostanę żadnego mandatu za przekroczenie prędkości na autostradzie, to będzie cud.

– A jednak musisz się ze mną zgodzić, że Nicolette świetnie to sobie wymyśliła. Chociaż muszę przyznać, przez moment byłam pewna, że ta ciąża to ściema.

– A tu się okazało, że owszem, panna Harmsen spodziewa się dziecka, ale nie mojego brata, a swojego przelotnego kochanka, pana doktorka od piłkarzy – powiedział drwiąco Romeo. – Majątek i prestiż, oto na czym jej zawsze najbardziej zależało! Gdyby nie fakt, że jej wybranek w końcu zdecydował się jednak rozwieść, zwodziłaby Vala do tej pory. Był jej planem B. Przecież ten głupek na pewno płaciłby spore alimenty i ani przez myśl by mu nie przeszło robić jakieś testy na ojcostwo. On tylko udaje twardziela, a tak naprawdę to straszliwie sentymentalny gość! A teraz chodźmy już do samochodu. Pora wracać.

Oboje skierowali się ku ruchomym schodom prowadzącym do hali głównej. Tuż przy wyjściu na zewnątrz z ogromną czerwoną walizką i w słomkowym kapeluszu na głowie przechadzał się... duch. Zjawa! W osobie Niny Kostrzewskiej, która siedziała przecież teraz w samolocie do Manili!

Marianna i Romeo stanęli jak wryci.

– Jak długo mam na was czekać? – syknęła Nina. – Mój telefon jest rozgrzany od miliona dramatycznych wiadomości, próbujących powstrzymać mnie od największego w życiu błędu, a tymczasem sprawcy tego całego zamieszania szwendają się po Schipholu jak turyści!

Marianna pisnęła jak nastolatka i rzuciła się przyjaciółce na szyję.

– Odsłuchałaś moją wiadomość? – szepnęła jej do ucha.

– Tę dwieście pięćdziesiątą drugą czy trzysta dwudziestą trzecią? – Roześmiała się. – Tak, już wszystko wiem. Ale nie myśl, że zostałam w Holandii z powodu Jeurissena. Z Elise jest bardzo źle. Musimy jak najszybciej wracać do Deventer!

Val przez całe popołudnie siedział przy łóżku swojej małej przyjaciółki. Dziewczynka została przewieziona do szpitala i leżała teraz z zamkniętymi oczami, podpięta do tych wszystkich przerażających maszyn wydających piskliwe dźwięki. Val trzymał Elise za rękę. Jej mama wyszła właśnie po kawę do automatu. Mała oddychała ciężko, ale jak powiedziała pielęgniarka, która przed chwilą zmieniła kroplówkę, jej stan na szczęście się ustabilizował. To było w tej chwili najważniejsze.

Jeurissen potarł obiema dłońmi skronie i pomasował szybko ścierpnięty kark. W tym momencie drzwi do sali otworzyły się i ktoś wszedł do środka.

– Już czuję naszą pyszną kawkę! – rzucił Val, odwrócił się i zamarł.

Przed nim stała Nina. Miała na sobie śmieszną bluzę z jakąś rudowłosą syrenką na piersiach.

– Co się tak gapisz?! Nie znasz Arielki? – powiedziała i podeszła do łóżka Elise. Jej twarz złagodniała.

W tym momencie dziewczynka otworzyła oczy i cała rozjaśniła się w uśmiechu.

– Jesteście tu... Oboje... – szepnęła. – Dlaczego nie trzymacie się za ręce? – Jej mina zmarkotniała.

Nina, nie patrząc na Vala, bez słowa wyciągnęła w jego kierunku rękę. Jeurissen od razu chwycił jej drobną, ciepłą dłoń i objął ją mocno palcami.

– Od razu lepiej – sapnęła Elise. – I jak zwykle udajecie, że się nie lubicie? Przecież jesteście dorośli, a dorośli nie powinni kłamać.

– Nie zamierzamy kłamać, kochanie – powiedziała Nina.

– Wcale a wcale – potaknął Val i dodał szybko. – Nawet nie wiesz, księżniczko, jak bardzo lubię Ninę. Tylko ona jest teraz na mnie trochę zła.

– I bardzo słusznie, że jest – mruknęła Nina. – Ma powody.

– To przeproś ją i powiedz, że już nigdy nie będziesz tak się zachowywał. – Elise zmarszczyła jasne brewki. – Wtedy na pewno ci wybaczy.

– Bardzo cię przepraszam, Nino. – Val łypnął na nią. – A teraz spójrz na mnie i powiedz, że już się nie gniewasz. Przecież na mnie nie można się gniewać, prawda, Elise?

– Tak – potwierdziła dziewczynka. – Jesteś najlepszym Bassim na świecie!

– To cios poniżej pasa – wymamrotała Nina pod nosem.

Val udawał, że tego nie słyszy.

– A teraz, księżniczko – zwrócił się do dziewczynki – zdradzę ci sekret, tylko obiecaj, że nikomu nie powiesz.

Dziewczynka skinęła z powagą główką.

– Tak naprawdę to ja nie tylko lubię Ninę, wiesz? Ja ją kocham – szepnął.

– Ojej, to jak w bajce! – zawołała mała. Na jej bladych policzkach pojawiły się delikatne rumieńce. – A ty, Nina, przyznaj się, też kochasz tego naszego Bassiego, prawda?

Oszołomiona Kostrzewska milczała przez chwilę, a potem powiedziała to, co tak naprawdę czuła od pierwszego momentu, w którym się poznali. Kiedy Val zapukał w nocy w witrynę Malinowej Bombonierki, uśmiechając się zawadiacko i przekornie, tak jak tylko on potrafił, wiedziała już, że ten chłopak na zawsze zmieni jej życie. Przez te wszystkie wzajemne złośliwości, dogryzania, Croissanty i Czekoladki, dąsy i żarty, łzy i uśmiech mówili sobie od samego początku, że są dla siebie ważni. Do wymarzonego celu prowadzą zawsze pokrętne drogi. I oni właśnie taką sobie wybrali.

– Obawiam się, że go kocham, Elise – powiedziała w końcu. – I to nawet bardzo!

Val patrzył na nią teraz jak nigdy w życiu na żadną inną kobietę.

Elise przymknęła oczy. W końcu wszystko było tak, jak powinno.

Malinowa Bombonierka pękała w szwach. Obok Evelien, Isy, Kristen i Nory stali Romeo z Marianną i Beniem oraz notariusz van Haasteren. Benio szeptał coś nieustannie do ucha swojej ukochanej cioci-babci Marysi, która zrobiła mu taką cudowną niespodziankę, przyjeżdżając do Holandii. Kostrzewscy podziwiali z niedowierzaniem piękne, starannie urządzone wnętrze chocolatierki. Zaledwie przed kwadransem dołączył do nich ojciec Aurelii, Kajetan Rydlewski, który dyskretnie ocierał oczy. Ciągle nie mógł uwierzyć, że udało mu się odzyskać utraconą przed laty rodzinę. Zamyślony rozglądał się po twarzach stojących w Bombonierce przyjaciół swojej wnuczki. Już za chwilę w końcu miał ją poznać. Trochę się obawiał tego spotkania, ale w głębi duszy wiedział, że przecież wszystko dobrze się skończy. Wtem jego wzrok napotkał spojrzenie Marii Grodnickiej. Patrzyła na niego serdecznie i ciepło, tak jakby dokładnie wiedziała, o czym myśli. Ona też znalazła w Kostrzewskich bratnie dusze i teraz mogła tak jak i on cieszyć się bliskością ludzi, którzy otworzyli przed nią swoje serca.

– A gdzie jest ciocia Marta? – zapytał nagle Benio. – Umiała robić najlepszą gorącą czekoladę. Chętnie bym się napił!

– Marta już tutaj nie pracuje, syneczku. Wyjechała do szkoły, daleko, aż do Amsterdamu. A ja zaraz zrobię ci jeszcze pyszniejszą czekoladę, zobaczysz! – Evelien rozwichrzyła dłonią gęstą czuprynę Bernarda.

Przylgnął do niej ufnie i łakomie oblizał usta.

– Cicho, już idą! – Romeo zerknął przez szybę wystawową na ulicę i położył palec na ustach. – Wszyscy na swoich stanowiskach? Raz, dwa, trzy!!!

Drzwi chocolatierki otworzyły się i do środka weszli Nina i Valentijn. Romeo, Lars i Marianna chwycili równocześnie w dłonie tuby i wystrzelili z nich z hukiem brązowe konfetti. Setki błyszczących płatków w formie miniaturowych pralinek zawirowało nad głowami Niny i Vala i, kręcąc zawadiacko w powietrzu piruety, łagodnie opadało na ich włosy i ramiona.

– Koniec z wymówkami! W końcu masz ten swój wymarzony i wyczekany czekoladowy deszcz, bracie. Oby przyniósł ci szczęście – powiedział Romeo, zabawnie modulując głos. – No co tak stoicie? Czekamy na wasz pierwszy oficjalny pocałunek. Już nie ma wyjścia! Jak widać, na sali mamy specjalnych gości z Polski.

Nina pomachała w stronę rozpromienionych rodziców i Eugenii. Nie mogła uwierzyć, że to wszystko dzieje się naprawdę. Ona i Val spojrzeli nagle na siebie, złapali się za ręce i wybuchnęli niepohamowanym śmiechem. Całe zgromadzone w chocolatierce towarzystwo zawtórowało im jak na zawołanie.

– Jesteście niemożliwi! – wykrzyknęła Nina.

Val przyciągnął ją zachłannie ku sobie, ujął w obie dłonie twarz dziewczyny i pocałował mocno jej lekko rozchylone wargi. Objęła go z całych sił i wtuliła się w jego szerokie ramiona. Ze wszystkich stron rozległy się pełne aprobaty gwizdy i oklaski.

– Ciekawa jestem, co za dziwo powstanie z połączenia niepokornego Croissanta z upartą Czekoladką? – szepnęła rozbawiona i czule przeciągnęła palcami po ustach Valentijna.

– Najlepszy wypiek świata, moja kochana – odpowiedział, mrużąc lekko oczy. – Nazywa się miłość.

KONIEC

Czekoladowe podziękowania i legenda

I tak oto dobrnęliśmy do końca naszej czekoladowej historii. Dziękuję Wam, moi kochani czytelnicy, za tę wspólną słodką przygodę. To była prawdziwa przyjemność móc opowiedzieć Wam o Holandii, Malinowej Bombonierce, pralinkach, braciach Jeurissenach, Emmie i Ninie. Mam nadzieję, że ta historia sprawiła, iż jeszcze bardziej pokochaliście czekoladę. Oczywiście teraz wszyscy doskonale wiecie, jak wygląda jej produkcja, ilu ludzi dba o to, by pralinki miały niepowtarzalny aksamitny połysk i smakowity ganasz, potraficie już objaśnić, co to konszowanie i temperowanie, ale czy znacie jedną z najważniejszych czekoladowych legend? Na sam koniec w mojej bombonierce pełnej literek specjalnie dla Was właśnie ta piękna historia. I pamiętajcie, życie jest jak czekolada. Czasem słodkie, niekiedy gorzkie, a momentami twarde jak orzechy wypełniające jej aksamitne wnętrze. Ale tę twardość zmiękcza zawsze pewien magiczny składnik każdego dobrego ganaszu – wielka miłość. Nigdy o tym nie zapominajcie.

A teraz zostawiam Was z legendą...
Quetzalcoatl według wierzeń Indian był bogiem wiatru, nieba i ziemi. Hojny i mądry bóg chciał, by jego poddani, Toltekowie, byli niezależni i bogaci, dlatego nauczył ich uprawy fasoli, kukurydzy i juki po to, żeby nigdy nie musieli chodzić głodni. Oprócz tego zachęcał ich do nauki rzeźby, rzemiosła i architektury, które to umiejętności miały im dać władzę nad światem i innymi plemionami. Kiedy nadszedł moment, że podopieczni Quetzalcoatla dzięki swojej ciężkiej pracy stali się silni i samowystarczalni, postanowił podarować im w nagrodę magiczną i niezwykle cenną roślinę. Bóg ukradł ją swojemu bratu bliźniakowi – Xolotlowi. Piękny zielony krzew o czerwonych kwiatach wyrastających na krótkich szypułkach wywołał zachwyt wśród plemienia. Quetzalcoatl poprosił boginię kwiatów, Xochiquetzal, o opiekę nad rośliną i Tlaloca, boga deszczu, by ją często i obficie podlewał. Z upływem czasu krzak rósł i zaczął wydawać pierwsze, dorodne owoce – owalne jagody o grubych łupinach. W ich wnętrzu Toltekowie znajdowali kilkadziesiąt kulistych nasion zatopionych w soczystym czerwonawym miąższu o słodkim smaku. Bóg nauczył ich, jak zbierać, fermentować, suszyć i prażyć nasiona, a potem usuwać z nich skorupkę. Quetzalcoatl nakazał mielić ziarna i dodawać do nich pastę z mąki kukurydzianej

i przyprawy – chilii, wanilię – i płatki kwiatów. Toltekowie zaczęli używać ziaren jako waluty, stali się bardzo zamożni, co szybko wzbudziło furię i zazdrość innych bogów. Postanowili pozbyć się przychylnego Toltekom Quetzalcoatla. Jeden z bogów przebrał się w szaty kupca i zaoferował mu magiczny napój tlachihuitli, który miał go uwolnić od wszelkich trosk i zmartwień. Quetzalcoatl upił się magiczną miksturą i zasnął, a po przebudzeniu ogarnęły go wstyd i złość na własną słabość. Sprzeniewierzył się swojemu bratu i musiał ponieść teraz srogie konsekwencje zdrady. Postanowił opuścić plemię Tolteków i odejść na zawsze. Na samym końcu zasadził jeszcze ostatnie nasiona kakaowca na żyznej i płodnej ziemi plemienia i wymusił na nim obietnicę, że nigdy nie dopuszczą, żeby choć jeden kakaowiec wysechł. Mieli o nie dbać i chronić jak najcenniejszy skarb. Toltekowie sumiennie wywiązali się z powierzonego im zadania. Dbali o magiczne rośliny najlepiej, jak umieli, a one w zamian rodziły im piękne i dorodne owoce.

Minęły tysiące lat i dzisiaj ten skarb zrodzony z kakaowców Tolteków znajduje się prawie w każdym domu. Czyż to nie piękne, że posiadając czekoladę, tak naprawdę jesteśmy bogaczami?

I tak niech już zostanie na zawsze.

Z miłością (i kilkoma kostkami wybornej czekolady!)

Wasza Autorka

Receptury prosto z Malinowej Bombonierki, specjalnie dla miłośników czekoladowej sagi

Czekolada lekarstwem na złamane serce? To, moi drodzy czytelnicy, wcale nie wytarty slogan reklamowy, a fakty. W XIX wieku produkowano czekolady lecznicze z przyprawami o różnych cudownych właściwościach. Do masy czekoladowej niczym do kotła czarownicy wrzucano różnorakie specyfiki, sago, jodek, żelazo, chininę lub ekstrakt z kalmusu i gencjany, świetny na problemy żołądkowe. Teraz będzie mniej romantycznie, ale produkowano również słodkie tabliczki przeciw... robakom! Podobno opatentowano także czekoladę... tranową, wszystko po to, żeby wzmacniać i uodparniać organizm. Producenci pożądanych smakołyków zapewniali, że czekolada nie zniekształca figury (dziś powiedzielibyśmy – nie tuczy). W eleganckich cukierniach przed wojną oprócz ciastek sprzedawano również syrop słodowy, pastylki na kaszel i karmelki z mięty pieprzowej. Spokojnie, Wasza autorka nie przygotowała dla Was udziwnionych receptur, wręcz odwrotnie, wybrała najbardziej smakowite przepisy z całej książki. Mam nadzieję, że je wypróbujecie. Koniecznie dajcie znać!

PODWÓJNY KOKTAJL CZEKOLADOWY EVELIEN

Składniki:
- 60 ml polewy czekoladowej
- 750 ml mleka
- 4 gałki lodów czekoladowych
- 60 ml syropu czekoladowego

Wykonanie:
Rozlej polewę czekoladową do czterech wysokich szklanek i zamieszaj. Wstaw je do lodówki i przygotuj koktajl mleczny. Umieść w blenderze mleko, lody oraz syrop czekoladowy i miksuj aż do uzyskania gładkiej konsystencji. Wlej do przygotowanych szklanek i rozkoszuj się smakiem prawdziwego płynnego przysmaku.

PIKANTNA CZEKOLADA MECENASOWEJ KLUNDERT

Składniki:
- 750 ml śmietanki 36%
- 125 ml mleka
- 400 g gorzkiej czekolady (żadnych podróbek)
- 2 łyżki cukru pudru
- ¼ łyżeczki cynamonu
- świeżo zmielona gałka muszkatołowa, do smaku
- chilli w proszku, do smaku (dodajcie jej trochę pikanterii!)

Wykonanie:
Śmietankę i mleko doprowadź do wrzenia w garnku o grubym dnie, w czasie podgrzewania nieustannie miksuj, aż do uzyskania piany. Do gotującego się mleka dodaj cukier puder, cynamon, gałkę muszkatołową i czekoladę. Mieszaj, aż czekolada się rozpuści, miksując intensywnie do uzyskania piany.

Wlej do podgrzanych kubków, usuwając pianę. Posyp chilli, od serca, nie żałuj!

TRUFLE GRAND MARNIER LARSA VAN HAASTERENA

Składniki:
- 300 g gorzkiej czekolady
- 90 ml śmietanki 36%
- 3 łyżki likieru Grand Marnier
- 2 łyżki masła
- 60 g czekolady zmielonej lub w płatkach, do dekoracji

Wykonanie:
Podgrzej czekoladę ze śmietanką w kąpieli wodnej. Mieszaj, aż mikstura stanie się gładka i błyszcząca. Zdejmij z ognia i dodaj likier oraz masło. Przelej miksturę na tacę i zakryj folią kuchenną. Schładzaj w lodówce, aż do stwardnienia, przez 1–2 godziny. Rękami uformuj masę czekoladową w nieduże łódeczki. Schładzaj w lodówce przez 30 minut. Wyjmij trufle z lodówki i roluj każdą z nich w rękach, aby ogrzać powierzchnię, następnie szybko obtaczaj w czekoladzie. Udało się? Brawo! Lars jest z ciebie dumny!

NIESŁAWNY, ALE ZREHABILITOWANY TORT SACHERA NINY KOSTRZEWSKIEJ

Składniki:
Ciasto
- 150 grubo krojonej gorzkiej czekolady
- 90 g miękkiego masła
- 100 g cukru
- 5 dużych jaj od szczęśliwych kurek
- 100 g mąki
- 90 g konfitury morelowej
- szczypta soli dla odważnych

Polewa
- 1 łyżka masła
- 125 g grubo krojonej gorzkiej czekolady
- 90 ml schłodzonej, mocnej, czarnej kawy
- 300 g cukru pudru
- 2 łyżki ekstraktu z wanilii

Wykonanie:
Ciasto: Rozgrzej piekarnik do 160 stopni. Przygotuj tortownicę o średnicy 23 cm. W naczyniu z podwójnym dnem i lekko wrzącą wodą rozpuść czekoladę. Odstaw do ostudzenia. W dużej misce mikserem na średnich obrotach

ubijaj masło z cukrem na gładki krem. Dodawaj po jednym żółtku, za każdym razem dobrze wmieszaj. Używając dużej szpatułki, dodawaj mąkę, sól i czekoladę. Mikserem na dużych obrotach ubij białka, aż zesztywnieją, i dodaj je do ciasta. Łyżką przełóż ciasto do przygotowanej tortownicy. Piecz przez 55–60 minut, do suchości patyczka. Daj ciastu ostygnąć w formie przez 20 minut, następnie zdejmij bok tortownicy i zostaw ciasto do całkowitego ostudzenia. Przekrój poziomo na pół i przełóż konfiturą.

Polewa: W naczyniu z podwójnym dnem z lekko wrzącą wodą rozpuść masło z czekoladą. Dodaj kawę, cukier puder i wanilię. Ubijaj, aż masa stanie się gładka i kremowa. Rozprowadź polewę na wierzchu i bokach ciasta.

Ależ pięknie wyszło ci ciasto, jak od najlepszych wiedeńskich cukierników! Gratuluję.

SPIS TREŚCI

PROLOG 7
ROZDZIAŁ 1. Tinder z tortem Sachera 11
ROZDZIAŁ 2. Sól w oku inspektorów jakości 20
ROZDZIAŁ 3. Światełko w tunelu 28
ROZDZIAŁ 4. Zapłakany klaun 39
ROZDZIAŁ 5. Słodkie eksperymenty i anielska pomidorowa ... 47
ROZDZIAŁ 6. Skradziony medalion i odsiecz w fiaciku 61
ROZDZIAŁ 7. Niespodzianka w antykwariacie
i rogalowy *savoir-vivre* 75
ROZDZIAŁ 8. Tajemniczy wojskowy i kuszenie ciastem 88
ROZDZIAŁ 9. Cmentarne intrygi cioteczki Eugenii 101
ROZDZIAŁ 10. Piwna pianka dla czekoladożerców 113
ROZDZIAŁ 11. Gołąb na skraju przepaści 125
ROZDZIAŁ 12. Stara przyjaźń nie rdzewieje 135
ROZDZIAŁ 13. Skrzypce w Saint Tropez 145
ROZDZIAŁ 14. Tajemnica medalionu siostry Lukrecji 159
ROZDZIAŁ 15. Róże i bomba 167
ROZDZIAŁ 16. Szybki remont i niecne knowania 176
ROZDZIAŁ 17. Czekoladowy wybuch i dramaty przeszłości ... 187
ROZDZIAŁ 18. Porwanie króla Bernarda 196

ROZDZIAŁ 19. Ojciec marnotrawny 209
ROZDZIAŁ 20. Czekoladowe wzgórza i nietypowa
propozycja 218
ROZDZIAŁ 21. Miłość kryje się za rogiem 232
ROZDZIAŁ 22. Arbuz i pomarańcza 242
ROZDZIAŁ 23. Tajna akcja Bractwa Czekoladowych
Spiskowców 252
ROZDZIAŁ 24. Bezlitosny wyrok 262
ROZDZIAŁ 25. Fabryka czekolady Willy'ego Wonki 272
ROZDZIAŁ 26. Nowe znajomości i stare problemy 286
ROZDZIAŁ 27. Wielkie marzenia zamknięte w małej
bombonierce 296
ROZDZIAŁ 28. Grom z jasnego nieba 306
ROZDZIAŁ 29. Przyszłość w szponach hazardu 316
ROZDZIAŁ 30. Sekret skradzionego pamiętnika 326
ROZDZIAŁ 31. Pomoc z zaświatów 335
ROZDZIAŁ 32. Burzliwy, być może nieco przydługi finał,
czyli co powstaje z fuzji croissanta z czekoladą 344
Czekoladowe podziękowania i legenda 363
Receptury prosto z Malinowej Bombonierki,
specjalnie dla miłośników czekoladowej sagi ... 366

AGNIESZKA ZAKRZEWSKA
SAGA CZEKOLADOWA

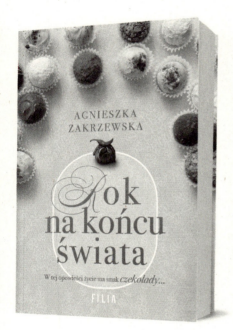

Opowieść o pasji i miłości ze szczyptą najróżniejszych smaków.

FILIA